当代中国实力派女作家书系

戴 来 著

一、二、一

中国言实出版社

图书在版编目（CIP）数据

一、二、一 / 戴来著. -- 北京：中国言实出版社，
2014.1
（女作家书系 / 梁鸿鹰主编）
ISBN 978-7-5171-0342-4

Ⅰ.①一… Ⅱ.①戴… Ⅲ.①中篇小说—小说集—中
国—当代②短篇小说—小说集—中国—当代 Ⅳ.
①I247.7

中国版本图书馆 CIP 数据核字（2013）第 310129 号

责任编辑：肖　彭

出版发行　中国言实出版社
　　　　　地　址：北京市朝阳区北苑路 180 号加利大厦 5 号楼 105 室
　　　　　邮　编：100101
　　　　　电　话：64966714（发行部）　　51147960（邮　购）
　　　　　　　　　64924853（总编室）　　68581997（编辑部）
　　　　　网　址：www.zgyscbs.cn
　　　　　E-mail：zgyscbs@263.net
经　　销　新华书店
印　　刷　三河市祥达印刷包装有限公司
版　　次　2014 年 1 月第 1 版　2014 年 1 月第 1 次印刷
开　　本　880 毫米×1230 毫米　　1/32　　8 印张
字　　数　191 千字
定　　价　22.00 元　　ISBN 978-7-5171-0342-4

女歌者或这个世界发生的一切

——为《当代中国实力派女作家》书系而作

梁鸿鹰

　　写下这个谈论小说的题目，心里有些打鼓，首先是"女歌者"，然后又是"世界"云云，难道男作家不是"歌者"？难道男作家不面对"世界"？但我也想问，面对每天都在被制造的喧闹、浮躁与庞杂，哪些说法对哪些人会真正具有合理性呢？还有——什么合理，什么不合理，难道会是有一定之规的吗？而且，文学或者小说如果都在一定之规里面，那还能称之为文学或小说吗？其实，文学经常面对的恰恰是一些不确定、不肯定的经验，作家提供细节、动机、苗头，一步步地构建着自足的审美世界，往往是在含混中与读者共同探寻意义、发现价值、暗示前景的。魏微、乔叶、金仁顺、戴来、叶弥、滕肖澜、付秀莹、阿袁，八位作家是当前女作家行列中的佼佼者，创作活跃、备受瞩目，中短篇小说向来人缘极好，她们善于用自己极富感性与智性的笔触，描摹出现代社会中男男女女躁动不安的心态，勾勒出这些人在迅速变化着的世界里的奔忙、辛劳，让读者一窥世间那些万番流转、林林总总、千折百回的真面目。作家们还特别善于透过主人公光鲜的外表，把他们的情感焦虑、内心挣扎、行为异动揭发出来，提醒人们提防、拒斥生活中那些磨损人心的负能量，安顿好自己的心灵，亲手全力以赴地迎接更加多彩美好的未来。

因为，这未来正是从当今延展而来的，由这世上万端细枝末节的真面目造就，大多情况下隐在了平常人的日子里，只不过我们没有长上一双灵异的慧眼——像眼前这八位无比敏感而聪慧的女作家或女歌者们那样，能够细致入微地、一层层地把真相亮出来。在魏微看来，日子表面上看一家与一家大同小异，内里却是没法比的，家底儿、德行、运气统统都要裹进来搅局，然而"更多的人家是没有背景的，他们平白地、单薄地生活在那儿，从来就在那儿。对于从前，他们没有记忆，也不愿意记忆。从时间的过道里一步步地走出来，过道的两旁都是些斑驳脱落的墙壁，墙角有一双破鞋，一辆自行车，过冬用的大白菜；从这阴冷的、长而窄的隧道里走出来的人，一般是不愿意回头看的。"（《薛家巷》），这薛家巷已然成为一个世道人心的凄冷演兵场，你在上面不管有多凛然，不管如何深文周纳，也迟早要露出大大小小的破绽来，烟火气就是这样产生的。

有烟火气处必有精彩或倒霉的人生，无非是饮食男女、蜚短流长、聚散无定。比方说在职场，在商场，一边是金融、实业、期货、投资，一边是男男女女、你来我往，听他们口头上说是渴望平静的，是要心如止水，但一落实到行动上就偏偏是不肯安分的了。他们不知是被欲望还是被生活之流推着、牵引着，一步步走向自己未曾预料到的结局。滕肖澜在《倾国倾城》里写的那个叫庞鹰的女孩子，不知不觉地"与人家苏园园"的老公佟承志搭上了。有天晚上，她"脑子里乱糟糟的，像缠成一团的毛线，总也找不到头。一会儿，好不容易理齐了，倏忽一下，变戏法似

2

的，又整个的没了，空荡荡的，什么也没有。更叫人彷徨了。"而且，她到底还是要沿着这条路走下去，生活中的那些吊诡的东西，犹如她的"老前辈"崔海的告诫——"每个字都是双刃刀，两边都擦得雪亮，碰一碰便要受伤。不是这边受伤，便是那边受伤。血会顺着刀刃流下来，一滴一滴，还没觉出痛来，已是奄奄一息了。"可开弓没有回头箭，她决绝地体验着、领悟着，不肯抽身而去。这便是一种新的人生样态吧。

当然这种样态在金仁顺的笔下更多的是情爱，是男男女女之间的瓜葛或者纠葛，她有篇作品写了一般人都不怎么敢涉笔的医生，写在医生之间发生过的情爱关系的逆转。其中有两个人这样议论男人和女人，"他们这些做医生的男人，从来不会觉得女人是玫瑰，女人对他们而言是具体的、真实的，里里外外都清晰无比。只有黎亚非老公那种职业的男人，才会觉得女人是玫瑰，是诗，结果呢，我们这些当医生的，能救女人的命却不一定能得到她们的心，或者说爱，而黎亚非老公这类男人，却能要了女人的命。"（《彼此》）你不得不佩服作家看得深。作品中的男人与女人，始终是在寻找着彼此。他们得到了彼此却又忙着远离彼此，最终实实在在地失去了彼此。这便是生活的变数造成的，更是心灵的变数所致。

不过，生活的变数或者世界的变数，无论城乡，恐怕都会有相似、有相异的吧。但乡村给人的感觉到底是不一样的，在付秀莹笔下，乡村散发的气息不单有十足的底气与野性，在细腻具体方面往往超过我们的认知。因为，即使世界再变化，我想总有一些东西是要影响人的舌尖、心头或者眼底的啊。比方乡下的时间感，乡下的色彩与声响——"夏天过去了。秋天来了。秋天的乡村，到处都流荡着一股醉人的气息。庄稼成熟了，一片，又一片，红的是高粱，黄的是玉米、谷子，白的是棉花。这些缤纷的色彩，在大平原上尽情地铺展，一直铺到遥远的天边。还有花生、红薯，它们藏在泥土深处，蓄了一季的心思，早已经膨胀了身子，有些等不及了。"（《爱情到处流传》）就在这样如诗如画的背景下，在人们的意识之外，那些有关爱情的故事慢慢地、永久地流传着，不管我们是否记得、写得下来，一切似乎都难以阻挡。

不过，世上的一切终究又都是可以细究与质疑的——只要关乎人的心灵，关乎人的情感，文学生长的空间就是这样构建、生长起来的，用以丰富人们的感觉与感官。我们的眼睛、我们的视觉，可能是最可宝贵的东西之一，可能也仅次于生命了，但现代都市里的我们给它什么样的机会呢？我们应该给它什么样的机会呢？戴来有篇小说叫《我看到了什么》，很让人有所触动。是啊，人虽说贵为宇宙之灵长，似乎一切都可以在人的掌控之中了，但是，似乎一切又都从人的眼前溜走了。如果我们只满足于死心塌地做俗世的"甲乙丙丁"，如果我们按照生活规定的步子"一、二、一"地走下去，每个人大概都不会为自己的内心收获更多的。幸好，那些天才而敏感的歌者们，用自己的文字，不倦地为我们留存了这个世界所发生的一切的踪迹，不是这样吗？

为追溯、探访这些踪迹，还是让大家再次回到自然、回到乡间吧。自然无疑是我们心中最辽远、最开阔的存在了，这里生长与发育的一切都没有受到惯常的约束，任何踪迹都是天然伸展的。不过，我还是惊叹于叶弥的感官对大自然、乡间所有美好的精准捕捉，而且，她生发于内心的情愫是那样的纯粹——"农历

4

九月中旬，稻田收了，黄豆收了。每当看见空空的稻田和豆田，我的心中会涌起无比的感动，人类的努力，在这时候呈现出和谐、本分的美。种植和收割的过程，与太阳、月亮、风息息相关，细腻而美妙，充满着真正的时尚元素。"（《拈花桥》）当然，她向来毫不吝啬自己对生长于自然之中的鱼虫花草、猫狗鸡犬的赞美，她在《香炉山》里写"我"在乡间的道路边上掩埋蝴蝶翅膀，在《桃花渡》里写在蓝湖边葬掉一岁大的猫咪"小玫瑰"。她写着这一切，是为了哀悼什么吗？"城市的光和影极尽奢华，到处是人类文明的痕迹。我出生在城市，在城里整整生活了二十八年，从来不知道城市到底意味着什么。就在今晚，我突然明白，城市里的文明和奢华，原来是为了消除人心的孤独。"在这个世界上，人原来是如此的孤独啊。在这里，我想起110年前德国诗人里尔克吟诵过的："说不定，我穿过沉重的大山/走进坚硬的矿脉，像矿苗一样孤独/我走得如此之深，深得看不见末端/看不见远方：一切近在眼前/一切近物都是石头"（《关于贫穷与死亡》），叶弥发现的孤独居然需要城市的喧嚣给予支撑，与里尔克的想法如此相通。

其实最需要支撑的当然还是人的内心，乔叶的《妊娠纹》写了想偷一次情的女人的矛盾心理，她事到临头，性的冲动生生被自己的妊娠纹给制止了，这便是心里没有底、没有支撑吧。再比如惯于写高校众生相的阿袁，同样发现了现代人心里发虚与飘忽的状态，她在《汤梨的革命》里以"围城"式的笔调写道："三十六岁对女人而言，按说是从良的年龄，是想被招安的年龄。莫说本来就是良家妇女，即便是青楼里的那些花花草草，到这年龄，也要收心了，将从前的荒唐岁月一古脑儿地藏到奁子里去，金盆洗手之后，开始过正经的日子。这是女人的世故，也是女人的无奈。所以陈青说，女人到这个时候，黄花菜都凉了。陈青三十九，是哲学系最年轻的女教授，也是哲学系资格最老的离婚单身女人。这使她的性格呈现出绝对的矛盾性，也使她的道德呈现出绝对的矛盾性。"因发虚所以就矛盾、就纠结，这同样是这个现实世界投射给人们心理的种种不正常情状之一，女作家们记录下来这一切，是惋叹，更是歌吟。

是为序。

2013 年 12 月 8 日北京德外

（作者为中国作协创研部主任、著名文学评论家）

目 录

在卫生间

从农村来到城市的那一年，老叶十九岁。他几乎是瞪大眼睛过了大半年才习惯城市的生活。地是硬的，也是平的，可踩上去却硌得慌，屋子外车多，人多，房子多，扯着嗓门说话会遭人白眼，憋着嗓子才是文明。

最让老叶别扭的是从小他就在野地里听着鸟叫看着虫飞大小便的，到城里以后，这项活动被安排到了一个叫公共厕所的地方。虽然是男女分开，可和陌生男人紧挨着蹲在同一个屋檐下，老叶还是感到极不自在。他认为这件事和过夫妻生活一样是不能示人的。可公共厕所的特性决定了这是一个川流不息的地方，尤其是胡同里的厕所，每天见到的都是熟面孔，即使没说过话，也点过头，哪怕没点过头，也在小胡同里打过照面。因为人来人往，老叶的一次活动经常被分解成若干个部分，耗时颇长。如果碰巧整个过程没人打扰他，对老叶来说，相当于意外地获得了一次畅快淋漓的性生活。

　　1986年，经过频繁的走动和激烈的明争暗斗，老叶从单位里分到了一套单元房。不过地段不理想，远在东郊，交通很不方便。而且那个地方挨着火葬场，站在阳台上首先看到的风景是焚尸间那只冒烟的大烟囱，刮东南风的时候，那烟往居民区这边飘过来，飘过来。老叶的老婆王鹃去实地勘察后表示实在不能接受将和死人相邻为伴的生活前景。老叶苦口婆心地劝了一个晚上，直到王鹃睡着，也没说通。老叶愣愣地在床边坐了许久，他想到进城以后工作娶妻生子的种种不易，一个接一个的麻烦，当然最让他烦心的还是每天早起的那一泡家里没处安置的东西。为了避开熟人，他曾经跑几条街去别的胡同，然而天长日久，当地的住户对他这个外来者占用他们的坑位表现出了不满和敌意。为了能有一个相对清静的方便环境，老叶也试过早起，趁天还不亮就把问题解决掉，然后回家再睡个回笼觉。可王鹃对此提出了强烈的抗议，她的睡眠本就不好，他这一早起，她也跟着醒，醒来就再也睡不着了。总之，这几十年过的都是看人脸色的生活，在单位看领导的，回家看老婆的，现在儿子大了，那张脸竟然慢慢地越拉越长越来越像他妈的驴脸了。想不看都不行。想着想着，老叶不由地在房间里快步走动了起来，他感觉到自己的身体发热脑子发热，这二十多年生活的艰辛和不如意似乎全集中到了那个每天都绕不过去的点上了。他只剩下一个念头：把王鹃说服。

　　"不管你怎么想，这房子我要定了。"还没等王鹃完全睁开眼，老叶就情绪激烈地说了起来。做了这么多年的夫妻，老叶始终是让着王鹃的。他的岳母曾经婉转地告诫过他，待她的女儿好一点，因为她女儿的神经多少有点问题，是遗传的，她的老伴也有相同的问题，她自己就是这样过来的。

　　王鹃吃惊地看着平日里木讷得有点窝囊的丈夫站在床边手舞足蹈、双眼发红、唾沫四溅地说道，好不容易分到了房子，你轻飘飘一句不要就不要了，挨着火葬场又怎么样，你知道这些年我过的是什么日子吗？她被迫问了一句：什么日子？老叶突然悲从中来，声泪俱下，什么日子，猪狗不如的日子！在王鹃眼里，老叶已经疯了。反正是这样，一个人疯了，另一个人就只能正常了。

此刻老叶蹲在抽水马桶上，回忆起当年劝王鹃搬家时的情景，对自己来势汹涌的伤心也有点不能理解。记忆中，那是老叶脾气最大的一次，有点像习惯把脑袋缩在壳里的乌龟，碰到危急情况，迅速地伸了一下脑袋随即又缩回去了。

"你在里面干嘛？"

"在卫生间还能干嘛。"老叶小声嘀咕着。他听见王鹃的脚步声在卫生间停了下来，她肯定把耳朵贴在门上在听。

"一点声音也没有，你到底在里面干嘛？"

"你想听到什么声音？真是的。"老叶的嗓门提高了一点，但也就一点。

疑神疑鬼已经成了王鹃身上最让老叶头疼的毛病。近些年她忽然就变得不自信起来，老叶出门没按王鹃预计的时间回来，她就心慌了。老叶出门前照一下镜子或整一下衣服，她就心慌了。老叶刚一开口说要出门她就心慌了。当然，她也曾经让老叶心慌过，也就是要搬家的前一年，她和隔壁新搬来的邻居神情暧昧了起来。那是一个瘦高个的小白脸，在中学教历史，说起话来眼珠子骨溜骨溜的，总让人觉得他话里有话。老叶不知他们是怎么对上眼的，反正他是胡同里最后一个知道的。还是拐弯抹角绕了好多弯由一个忍了又忍最后还是没忍住的邻居告诉的他。老叶努力想装出一副自己早已知晓了的样子，但是邻居却拍着他的肩膀安慰他，这样的事，做老公的总是最后一个知道，没什么的。

震惊之余，老叶迫切想知道的是这两人的关系到了什么程度，事情搞到这个地步，他们上没上过床成了老叶把握未来生活方向的一个关键。然而没人能告诉他。老叶鼓了几次勇气还是开

不了这个口。邻居们显然都知道老叶知道了，所以老叶进进出出总感觉大家用一种期待的目光在看着他。期待什么？当然是一场好戏啦。老叶知道自己得做出点什么反应来，否则无论是对邻居还是他自己都交代不过去。他觉得得发点脾气。可老叶是个没脾气的人。

那天老叶起得很早，毫无便意地蹲在胡同拐角公厕的坑位上，对生活的无能为力、对老婆的无能为力、对眼下自己头上戴着的这顶绿帽子的无能为力让他感到心里憋屈。就在这时，小白脸走了进来，腋下夹着一张卷成卷的报纸，还摇头晃脑地哼着小曲。小白脸显然没想到这么早就有人蹲在这里，更没想到蹲在这里的会是老叶。在门口他愣了一下，也就短暂的一下，随即就若无其事地走了进来，并颇富挑战性地站在了挨着老叶右首的那个坑位。多年后，老叶搭一老乡的车回老家，途中堵车，一辆旅游大巴停在他乘坐的小车旁，那种气势庞大的压迫感让他想到当年在公厕他蹲着小白脸站着的那个早晨。

小白脸解皮带扣的动静好象他穿的不是一条化纤长裤而是盔甲，他的动作有意无意地夸张着，把衬衣从裤腰里拉出来的时候衣角甚至扫到了老叶的脸。蹲下后，小白脸开始翻看那张报纸。准确地说，他没有看，只是不停地扯动着报纸，使其发出"哗哗"的声音，同时说不清是从胸腔还是鼻腔里一次次发出那种很用劲的声音。而在翻报纸和用劲的间隙，他还"呸呸呸"地吐着喉咙里存在或不存在的痰，就像老叶这个人根本不存在一样。

老叶突然就提着裤子站了起来，压迫感在瞬间转换了。他快速地扣上了皮带。他的动作实在过于迅速了，让蹲着的那位有些不安。小白脸看了老叶一眼。这一眼是个转折，老叶愣生生地在这一眼里看出了不屑、嘲笑和挑衅。

"这么久还不出来，蹲也该蹲累了吧？"

老叶慢慢抬起头冲着卫生间的门的方向叹了口气。对于王鹃的唠叨，老叶依然尽量遵从着三十多年前对丈母娘的承诺，凡事让着王鹃点，不要和她发生语言冲突。只是现在王鹃越来越絮叨，有时候她说了半天，老叶发现其实她是在现场解说她的心理活动。这一发现让老叶吃惊不小。王鹃的父亲就是一个精神矍铄的自言自语者，每天除了吃饭和睡觉，嘴巴一刻不停地说着，从对周围的人和事的看法一直说到对中东地区的民族争端与国际形势的担忧，说话间还夹杂着手势。如今他老人家已经进入了一个新的境界，不管有没有人听，也不管有没有回应，他都会情绪饱满地说下去，颇有点这世界唯我独在的味道。

"哎，跟你说话呢。"

"说。"

"这么久还不出来，蹲也该蹲累了吧？"

搬家没多久，有一天老叶进卫生间时没锁门，以为里面没人的王鹃走了进来，结果吃惊地看见自己的丈夫竟然像鸟一样蹲在马桶上。你在干什么？在马桶上还能干什么，你出去。老叶实在有些恼怒，可又不能发作，谁让他不锁门的。老叶从小他就习惯用这个姿势解决问题，他已经蹲了四十多年了，和他的家乡口音一样已经改不了了。但从此以后，只要家里有人，老叶走进卫生间时都会觉得背后有异样的眼光。而他的这个特别的习惯也经常遭到王鹃和两个孩子的取笑，甚至电视里说到伦敦这个地名时，母子俩都会放声大笑。

腿的确有点酸，老叶小心翼翼地轮换动了动左右腿。要在也就四公分宽而且是陶瓷质地的马桶边沿上站稳，是一件技术活。在最初的半年里，老叶也出过几次小事故，最糟糕的一次一只脚滑到了马桶里。不过再惨也惨不过小白脸当年一身臭粪地穿过半条胡同，那狼狈样让胡同里的人整整闲谈猜测了一个月。即使小白脸悄无声息地搬走之后，有时候大家在厕所遇见，还会兴致勃勃地就小白脸究竟是失脚滑落还是被人推下去的争论上几句。尽管演绎出很多版本，但就是没人想到会是老叶亲手把那家伙摁到粪坑里的。他们断定老叶这个出了名的温吞水加"妻管严"，就是别的男人当着他的面睡他老婆，他顶多也就是走开而已。

一晃，近二十年过去了，变化是真大啊。别的不说，搬家时还在读中学的一双儿女如今都有了自己的家庭。相比之下，儿子的变化更大一些，光婚就离了两次，听说最近又谈了一个，不出意外的话，下半年又该吃这小子的喜酒了。

"哎，跟你说话呢，蹲了这么久累了吧？"王鹃说着又敲了两下门。

"你贴在门上听了这么久也累了吧。"这句话老叶早就酝酿好并且已经在唇齿间转了好几个圈了，可他回应得太快了，听外面的动静，王鹃大概被噎住了。

老叶正揉着发麻的双腿想要尽可能步履正常地从卫生间走出来的时候，儿子来了。真不是时候，何况他还把女朋友带来了。王鹃一边招呼女孩坐下，一边埋怨着儿子不事先打个电话。儿子问，我爸呢？王鹃故作轻描淡写地说道，哦，你爸啊，去伦敦了，都去了半个小时了。老叶能想象得出王鹃脸上掩饰不了的幸灾乐祸的表情。儿子走到卫生间门口，隔着门喊了一声"爸"。老叶用轻得只有他自己听得见的声音应了一声。他想趁着儿子这一声"爸"走出去，可这样和未来的儿媳妇见面，老叶觉得多少有些尴尬。他干脆在浴缸边坐了下来。

王鹃开始回忆儿子小时侯的那些顽皮事了，这一说没个二十分钟下不来。老叶手握拳头，下意识地一下一下捶着大腿。卫生间也就不到四个平方，放了一台洗衣机后显得十分拥挤。但这是自己家的卫生间，对于一个有着痛苦的公厕经历的人来说，这不是简单意义上的新生活的开始。老叶还记得第一次在自己家的马桶上方便时他排泄的不是肠胃里的食物残渣，而是眼泪。感慨万千呐。

　　由于经年累月地踩踏，马桶边沿有了明显的磨损。王鹃每次清洗都要数落上老叶半天，她说她长了耳朵还没听说过谁是蹲在抽水马桶上方便的。她说你就是给狗一只抽水马桶，时间长了，它也会坐下来拉。她说像老叶这样与众不同的习惯真应该去申请吉尼斯世界记录，弄不好还真就上榜了呢。按照老叶已经去世的丈母娘和一个精神病人共同生活了四十八年的经验，这种时候就得有人在一边听着，这种语言宣泄是有益于病人身心健康的。因此只要心情尚可，老叶就尽量在旁边听两句，不听王鹃还不依，会追着你说，光听还不行，还得时不时地应上两声。老叶对自己说，就只当在陪护一个精神有问题的病人。

　　退休了以后，尤其是两个孩子都另立门户了以后，老叶有时会去外面闲逛逛，看看这个城市的变化。看多了，他最大的感触是现在的公厕比以前干净多了也亮堂多了，有的地方搞得比家还好。别处不说，光是他们小区菜场里的那个厕所为了跟上时代的步伐已经建、拆了好几次。每天老叶都会若干次经过那个公厕，每次他都会不由自主地看上它一眼，有时候是两眼。另一眼是看门口收费的那个女人。她就坐在一张像课桌一样的桌子后面，低头打着毛衣，桌上放着一个纸盒，里面是手纸，有人给两毛钱，她就随手给张纸，并不抬头，然后接着打毛衣，似乎她坐在公厕门口的工作就是打毛衣。老叶刻意观察过，那女人极少抬头，即使抬头也是快速地看一眼就低下，也没见她和谁长时间地说过话。老叶以前一直觉得女人天生话多，王鹃是个例子，虽然有点极端。可他女儿也这样，数落起她丈夫来那张嘴巴就像打机关枪。由此，老叶认为女人的快乐、自信和成就感就来自于数落男人。可这是个奇怪的女人，不爱说话，爱打毛衣。

　　"哎，里面的同志，四十分钟了啊，差不多了。"正说着儿子的事呢，王鹃突然提高嗓门，话题一转指向了老叶。短暂的停顿。王鹃在等待老叶的反应。儿子和他女朋友也在等待着他的反应。果然没有反应，王鹃接着说，"你永远不出来了？吃住在里面啦？"

到这会儿，老叶觉得更没法出去了。王鹃似乎打定了主意要出他的洋相，反正他难受了她就快乐了。她现在就很快乐。有时候，老叶会想婚姻真是一个奇怪的东西，男女两人在一起过了几十年，有一天，你却发现你身边躺着的这个人不是你当初娶回家的那个女人，身体和容貌的巨大变化还在其次，关键是性格脾气完全像换了一个人。反正老叶也打定主意了，任凭王鹃怎么损他，糟践他，在儿子的女朋友离开之前他都不出去。浴缸小是小了点，但将就着可以躺下，王鹃的唠叨声最适合催眠了，他已经听了几十年了，早就做到听了和没听见一样。老叶撕了些手纸团成团，塞在耳朵里。好了，就这么定了，不烦了。

有那么一会儿，老叶觉得自己就快要睡着了，他感觉自己的身体越来越轻，轻得仿佛要悬浮起来了。他的双手使劲抓着浴缸的边沿，他享受又害怕着这种悬浮的不踏实的感觉。卫生间外王鹃的声音时高时低，老叶不想听王鹃说了些什么，都听了三十多年了，翻来覆去就那么几句车轱辘话。但他关心王鹃说话的音量，那是王鹃的情绪指数。一味地高或者低，老叶都不怕，最叫他担心的是忽高忽低，那说明王鹃的情绪不稳定。

低下去了，又低下去了，低得让老叶心惊肉跳。老叶吃力地从浴缸里爬出来，他还从来没这样穿戴整齐地从浴缸里出来过。老叶揉着枕得生疼的后脑勺走到镜子前，自言自语道，没办法，没办法啊。

自己上一辈子肯定是欠了王鹃的，老叶想，所以要用这一辈子来偿还。不对，不对，话可不能这么讲，说起来，王鹃跟了他也没过过什么好日子，为房子愁，为工作愁，为钱愁，也就是这五六年，孩子大了，家里才有了改善。而且，有件事一直让老叶心怀内疚，那就是王鹃和小白脸的事。小白脸搬家后，心里老拧着一个疙瘩的老叶花了两个休息日辗转找到了他。见到老叶，小白脸的脸涨得通红，不过，毕竟是有文化的人，说话办事就是有水平。小白脸转身叫来了他漂亮的未婚妻。他们正忙着装修房子。他们马上就要结婚了。他们拉着手站在老叶面前，别的还用多说吗？老叶又找了几个老邻居，试图找到流言的源头，可这种事哪找得到什么始作俑者。你得原谅邻居们，他们无聊啊，他们空虚啊，他们想搞又搞不上啊，于是就把他们认为有可能性或者说性可能的男女用闲言碎语说到一块儿，说出暧昧来说出故事来直至说到床上。

　　恍惚中，老叶好像已经睡着了，但是一个激灵他又醒了过来。就这么躺着，歇着，可别睡着了，老叶叮嘱自己，这是浴缸，不是床，会睡出病来的。

　　又高起来了，高起来了，高得足以让耳朵里塞着纸团的老叶听得清清楚楚。老叶吃力地从浴缸里爬出来，他还从来没这样穿戴整齐地从浴缸里出来过。老叶揉着枕得生疼的后脑勺走到镜子前，自言自语道，没办法，没办法啊。

　　其实这会儿还是应该走出去，老叶想，在大家的眼光之下走到卧室里，床头柜上搁着王鹃常服的安定，倒上一杯水，然后哄王鹃服一粒。说到底，她是一个病人，她控制不住自己的情绪。自己既然已经忍让了她三十多年了，就继续忍让下去吧，没什么大不了的。眼看着儿女都有了各自的事业和生活，他也帮不上什么忙，唯一能做的就是和王鹃把日子过好，不给孩子们添麻烦，这样孩子们才能安心地干自己的工作过自己的生活。

　　此刻打开卫生间的门还真需要点勇气，老叶的手搭在门锁上，酝酿了一下情绪，他想再对自己说点什么，可一下子还真不知道说什么。

　　一阵剧烈的敲门声惊得老叶一下子从浴缸里坐了起来，

　　"你在里面干吗？这么长时间。"王鹃似乎吃准了老叶在卫生

在卫生间

间内做着某件和卫生间无关的隐秘的事。她的火气很大，老叶听出来了，她是在用脚踹门。

老叶吃力地从浴缸里爬出来，他还从来没这样穿戴整齐地从浴缸里出来过。

"爸，"儿子也走到了门跟前，"爸，你没事吧？"

老叶揉着枕得生疼的后脑勺走到镜子前，自言自语道，能有什么事，能有什么事呢。

"有事，他当然有事，你爸忙着呢，"王鹃很短地冷笑了一声，"你又不是不知道，这个家他最愿意待的地方就是卫生间了，进那里，门一关，谁都看不到他在做什么，又不看报也不抽烟的，怎么就待得下去，哼，我长了耳朵没听说过有人没事爱在卫生间待着的，我看他是有病，喜欢卫生间的味儿。"

门外一阵凌乱的来来去去的脚步声，大概是儿子在劝阻王鹃。老叶头抵着镜子，手撑着洗脸池，紧闭双眼，他觉得已经忍无可忍了，但他还得忍着。

"哎，我说，你到底在里面干吗？"

"你觉得我在干吗我就在干吗。"

"好，好，有本事你就永远不要出来。"最后"不要出来"那几个字，王鹃是用一种近乎歇斯底里的声音喊出来的。

"你让我不要出来我就不出来了？"说话间，老叶的手已经搭在了门锁上，这样的冲动是老叶久违了的，他过了大半辈子唯唯诺诺的生活，不出意外的话，他还会那样地过下去。

老叶没和那个已经站起来的姑娘打招呼，径直就走到了大门口，换了鞋，走了出去。

"爸。"儿子跟了出来。

"别管我，我出去走走。"

疾步走出一段后，老叶转身看，儿子并没有跟上来。他继续向前走，他也不知道要去哪儿，走动起来，离开王鹃的唠叨离开

10

让他尴尬的场景是他此刻唯一的想法。

　　走到公厕门口，老叶停了下来。他还没从刚才的速度里回过神来。看公厕的那个女人这时刚好抬起头来，看见愣愣地站在那儿的老叶，旋即又低了下去。她的脸红了，并且越来越红。老叶的手伸向口袋，他在想是不是花两毛钱进去待上一会儿。

在卫生间

11

一、二、一

第一章

1. 你能告诉我你是谁吗？

电话铃响的时候，安天还在床上，正打算再睡个回笼觉。他凌晨四点多才躺下，昨晚一个写了一个多星期的中篇终于有了个与他最初的设想背道而驰的结尾。他最喜欢这样的写作状态了，写着写着就忘了一切，只剩下连他自己都匪夷所思的想象力在电脑里驰骋。临睡前，他喝了两杯大概有三两多二锅头，冲了个温水澡后舒舒服服地躺在床上看了几页《围城》，这是他看了十几年、一度放下、五年前重又捧起的一本百看不厌的书，随便翻到哪一页他都能津津有味地看下去。

挂了电话后，安天立即从书桌的抽屉里找出那张他从九月二十一号的《人民日报》上裁下来的最新列车运行时刻表。十一点十二分有趟上海开往石家庄的火车，大概十二点半到苏州，如果这会儿马上去火车站，应该可以赶上。但安天点了根烟，在椅子上坐定，等待自己的心情慢慢平

12

静下来。

刚才任馨伊在电话那头泣不成声，除了不断地重复，他死了，他死了，其它的话安天一句也没听清楚。这个消息实在太突然了。安天说了几句安慰的话，然而任馨伊似乎更伤心了。最后安天冲动地说，我马上坐车过来，你知道我反正是个闲人。

可这会儿安天又在为自己刚才的冲动后悔了。他甚至没问问她丈夫是怎么死的，她是否需要他从千里之外的苏州赶过去。他这个被朋友们称作"冷血动物"的人不知为什么一碰到和任馨伊有关的事就变得冲动起来。

傍晚六点左右一般是安天散步的时间。当然这是指他生活得比较正常的时候，也就是他的写作生活正常，感情生活正常，性生活也正常。假如这三者中有一样不正常，还无妨，要是有两样出了毛病，问题就大了一些。他就得为其中的某一项去努力了。值得庆幸的是，眼下他一切正常。不过此刻他已经意识到，自己平静的生活正在起波澜。

快走到农行的时候，安天听见身后有一阵急促的脚步声。他回头一看，一个矮胖的中年男子脸上的肉一颤一颤地向他跑了过来。在安天身边站定后，这个男人一边呼呼地喘气，一边从口袋里掏出一包没有启封的红塔山。安天努力在脑海里搜索着这张胖得没边没界的脸。那人动作麻利地撕掉香烟的封条后，抽出一支，热情地递了过来。

"等一下，"安天的身体向后让了让，"对不起，你能告诉我你是谁吗？"

"来，先抽一支，先抽一支嘛。"那支烟被那只胖胖的手更为热情地递了过来。

安天犹豫了一下，还是接了过来，但是他坚决地挡住了对方紧跟着凑上来的打火机。

"你先告诉我，你是谁。"

"那个，其实我只是想向你打听一下，去城建二公司怎么走。"

一辆外地牌照的解放牌卡车缓缓开了过来，从驾驶室探出一只脑袋，密切地关注着安天他们这儿的情况。中年人冲那驾驶员一摆手，说：

"别急，我正问这位师傅呢。"

拿着那根得之意外的红塔山走出一大段后，安天才摸出打火机，点上。抽了两口，他忽然想起，自己刚才指的那条路走不到城建二公司，那儿正在修路呢。

2．改天我一定去乐不思蜀一回

吃完那碗应该称作晚餐的鳝糊面，安天决定去火车站看看票的情况。从饮马桥到火车站还有蛮长的一段路，但安天打算慢慢步行过去，因为他知道这个晚上自己肯定什么也干不成了。那个任馨伊就像是一只小小的掏耳勺，哪怕他暂时忘了自己还有两只会生耳屎的耳朵，只要被她一碰，他就会痒得坐立不安，心神不宁。

这个城市的夜晚已经展开了。人民路中段是繁华的商业区，两侧的商店和商用写字楼鳞次栉比，霓虹灯闪烁不定，迎宾小姐站在店门口不断地朝进进出出的顾客机械地鞠着躬，脸上挂着机械的笑容，嘴里机械地重复着：欢迎光临，谢谢光临。任馨伊前几年也做过几天礼仪小姐，因为好玩。她做什么都是因为好玩。包括以闪电般的速度嫁给了一位新乡的小伙子。她太想让认识她的人大吃一惊了，一想到别人吃惊的样子她就开心。她还想生个孩子玩玩，不过下这个决心需要不小的勇气，她暂时还不能接受长达十个月的妊娠期。她的父母从来就拿这个宝贝女儿没有办法。她的父亲说得好，什么时候馨伊要肯听我的话，那肯定是我爬进棺材前的最后一句话。

三月下旬的夜晚，微凉的风里有一丝甜腻腻的蛊惑人心的味道，让安天想起一场就要开始的恋爱。他贪婪地吸了一大口。没

错，就是这种越呼吸越心潮澎湃的气息。他已经很久没有触摸到这种感觉了。和相恋四年的女友分手之后，他只觉得身心疲惫，但他仍暗暗庆幸他们这一对冤家从此可以隔着一段客观的距离、从一个客观的角度、用相对客观的眼光再去打量已彼此伤害得伤痕累累的对方了。这也许比两个人再搅在一起互相无谓地消耗要来得好。他们在一起的四年就是争吵、和好、再争吵、再和好的四年，分手反倒是个互相体谅互相成全的决定。分手之后，他们之间又恢复了刚认识那会儿的客气和相互欣赏，还有时隐时现的欲望。安天认为这是男女之间最好的交往状态了，得而复失、可望而不可及的东西总是有着更为长久的魅力。

在火车站售票大厅门口，安天被一位脸蛋上有两坨冻疮疤痕的小姑娘拦住了去路，大哥，要票吗？

安天摇了摇头，绕开她进了大厅。除了上海方向的售票窗口，其它窗口的队伍都排得不长。安天走到列车时刻表前，又把往北方向去的车次看了一遍，496 次是唯一的选择。一转身，他发现刚才那个小姑娘还跟着他，大哥，你要去哪儿？

"我不要票。"安天用本地话告诉她。

"那，那你要住旅馆吗？"姑娘有些忸怩，看样子才出道不久。

这时从远处疾步走过来一个打扮妖艳的女人，走到跟前，她先对安天意味深长地一笑，然后把小姑娘拉到一边耳语了几句。安天正打算走，那女人撇下小姑娘走了过来。说实在的，像她这样的往男人面前一站，猜都能猜出是干什么的。这会儿，安天倒想看看她是如何做生意的。

"先生，你要往哪儿去啊？"她自我感觉很好地咧嘴冲安天笑了笑，牙缝里嵌着一丝绿色的像菜叶一样的东西让安天很不舒服。

"往北边去。"

"北边哪儿？"听安天这么一说，凭她的的经验，就知道生意已经做成一半了，"你要哪儿的票?"

"496 次，到新乡。"

"没问题。先生，我跟你说啊，我们给你的票保证是最优惠的，你如果住我们的旅店，我们可以按票的原价给你，怎么样?"

"可我是本地人，不用住店。"

"哎呀，先生，本地人怎么就不能住店呢。告诉你，我们那儿的姑娘很好的，人漂亮，服务周到，你去看了就知道了，眼见为实嘛。你去看看又不要钱的，不满意了再说。像先生你这么潇洒的，我保证给你找个最漂亮的的小姐陪你，先去看看嘛。"说着她就挎起安天的胳膊要走。

"等等，"安天挣脱开了她的手，"我得问问清楚，怎么个服务周到呢?"

"哎哟，先生，你去了不就知道了。"

"现在不都讲究承诺服务吗，你们的服务有些什么承诺呢?"

那女的略一思索，道:

"这么说吧，你要什么服务我们给你什么服务，直到你满意为止。"

"可是我怎么就能相信我付了钱一定能得到我想要的服务呢?"

"哎哟喂，先生，满意不满意你去了不就知道了。保证让你乐不思蜀。"

最后那四个字她是用普通话说的，安天禁不住乐了。不过他随即换了副一本正经的面孔道:

"哦，是吗? 我真想去，但是我今天出来得急，忘带钱包了，改天我一定去乐不思蜀一回，今天真遗憾。"

3．他很痛，却痛得畅快淋漓

那女的只一个眼神，就从不知什么地方冲过来两个气势汹汹的男人。他们和女的对了对眼神，然后不由分说地挟着安天就走。安天朝一左一右两个家伙看了看，然后多余地问了一句，你们想干什么？

　　走进一条叫思诸弄的弄堂口，那女的开始复述刚才那一幕，没等她说完，一只拳头就朝安天的脸部抢了过来。安天甚至没有看清楚这一拳头是那留着一搓小胡子的家伙还是那个长得黑乎乎的家伙打的。他感觉自己眼前一黑就摔倒在地，随后更为猛烈的拳打脚踢雨点般落在了他身上。他蜷身抱着头，感受着那来势凶猛的击打。他很痛，却痛得畅快淋漓，他一点也不意外，从一开始他就知道结果会是怎样，可以说，这顿打是他主动申请的，现在他最担心的是刚才挨了一拳的脸部，千万别留下太严重的伤痕，因为他已决定，明天去新乡。

　　在小杂货店的公用电话旁等了十来分钟，向勤的回电才打过来。安天的钱包、呼机、包括电话磁卡都被那几个家伙拿走了，他最后只在上衣口袋里找到了两枚一角面值的硬币，所以他连投币电话也不能打，只能一瘸一拐地找了部公用电话。小杂货店的老板是个热心肠的老头子，没等安天解释清楚，他就替安天拨了110。安天赶紧扑上去把通话键按了，他说我只是想给一个朋友打个电话。老板对安天脸上的伤痕和血迹的兴趣似乎比做生意还大，他甚至让他的顾客等一等，从柜台后面探出身子来观察安天已开始红肿的脸。

　　将出租车靠路边停好后，向勤惊叫着从车里出来。安天此刻已不想再说什么了，他问向勤要了二角钱，连同自己那二枚在手里已握出汗来的硬币，一起递给老板。没有平白无故的服务，这个道理就在刚才他又有了更为深刻的认识。

　　一路上安天都沉默不语，任向勤怎么问，他就是不开口。他很想抽支烟，那两个家伙连他的烟也搜走了。妈的，由此，他也有些看不起他们。向勤以前一直是抽烟的，自从认识了眼下的那个男人之后，就特别检点自己的行为举止。看得出来，她很在乎对方怎么看她。也说不清是为什么，和安天交往的女人几乎都抽烟，但她们抽的都只是香烟这种形式，对她们来说，抽烟的姿势才是最重要的。她们享受的是自己优雅的姿态和男人们欣赏的目光。

车到安天住的那幢楼下，安天才说，你别上去了，我自己可以处理，回头我再跟你联系吧，谢谢你。向勤已经把车钥匙拔了下来，她盯着手中的钥匙看了足有半分钟，突然骂了句很难听的粗话，你到底怎么回事，一个电话把我呼过来，一路上屁也不放一个，现在又让我走，你脑膜炎啊！安天这边的车门已经打开，他一只脚在车内一只脚在车外，迟疑了一下，还是用尽量和缓的语气解释道：

"我现在这副样子，只想好好地休息一下。"

"我又不是想要跟你做，但你总得和我说说是怎么回事吧，你不能老是这么莫名其妙啊。"

"是啊，我是个莫名其妙的人，你说的一点不错。你既然这么想知道是怎么回事，那我告诉你吧，我去嫖了，嫖完发现没带钱，所以挨了一通打，就是这么回事，你现在满意了吧。好，再见。"

4．听你的呼吸就知道你在干坏事

安天现在住的这套一室一厅最早是向勤租的，他们在这儿同居了有一年时间，大约半年前，向勤在她的出租车上认识了一位老实本分、有经济基础也有一定社会地位、关键是有结婚意向的离异男士。她年龄也不小了，她个把结婚早的同学孩子都快上小学了，所以她对安天说，我已经陪你玩不起了。紧接着她收拾了收拾，住回了父母家，像个正正经经的女孩那样早早收工，回家等待那位先生有空给她打个电话。这半年来，向勤总是在星期三傍晚收车后来这儿，完事后再开车回去，安天的性生活因此变得节制而有规律。看着镜子里那个右脸颊有一块青肿的男人，安天忽然想来了，今天就是星期三嘛。

简单地洗了洗后，安天将上衣脱掉，光着身子来到镜子前，扭头看见自己的脊背已经红肿了起来。他又脱了裤子，腰以下直至臀部也红通通的。他伸手摁了摁，很疼，不过肯定没伤着骨头。如果没有他的钱包和呼机垫底，他这会儿恐怕就得在医院躺着了。

赤条条在床上趴了一会儿，安天想起了他的脸。他下床去冰箱的冷冻室取了些冰块，用毛巾包好敷在伤处。他能够想象得出任馨伊见到这张脸时会是怎样的一副表情，她会好奇地伸手摸一摸，也许还会伸出她粉红色的舌头舔一舔。对于让她好奇的东西，她习惯像孩子那样用手用嘴去触摸而不是用脑子用心去观察。所以朋友们一致认为，任馨伊的丈夫不是她理性的选择，而且冲动的结果。

任馨伊的丈夫小陆是个傻里傻气的傻大个，一笑就露出两排整齐的牙齿和两个羞涩的酒窝。他和任馨伊以前碰到的男人都不一样。他们是在一个电脑学习班上认识的。头一次上课，他们正好坐在一起。小陆是河南新乡一个什么单位派驻苏州办事处的一个办事员，一口带着浓重河南腔的普通话让任馨伊觉得新奇，她忍不住就扭过脸去逗他说几句话，然后吃吃地笑。等下一次上课，她又坐到了他的旁边。和其他对任馨伊穷追不舍的男人不一样，小陆只知道一味的后退，这反倒激起了任馨伊凑上去摸一摸，闻一闻，咬一咬的好奇心。碰到这样的女孩，男人是很难拒绝的，不过安天也知道，等她把你了解了个大概，她就没有兴趣了。

令大家意外的是，不多久，居然传出任馨伊和小陆结婚的消息。任馨伊的年龄还小，完全可以慢慢地挑挑拣拣，她这么快就把自己嫁到了千里之外一个不起眼的城市，和一个不起眼的男人过起了日子，真够叫人吃惊的。静下心来，安天又觉得其实也没什么可意外的，就他对任馨伊的了解，这个任性的女孩做什么事，期待的结果就是要让周围人吃惊，其它的她都可以暂不考虑。

结婚后，任馨伊辞了工作随小陆去了新乡。不过她经常回来，聊起婚后的生活，她说自己很喜欢婚姻生活的内容，在她看来，婚姻生活其实就是一种奇特好玩的集体生活，两人一起吃饭一起睡觉一起换用旧了的牙刷毛巾。但同时她不喜欢婚姻这种形式，因为她的丈夫老是提醒她，她已是有夫之妇了，做什么都要以名花有主的标准来要求自己，这让她苦恼。

安天经常能在他意想不到的时候接到她的电话，比如他正在卫生间大便，电话铃响个不停，拿起电话，任馨伊会用一种不容置疑的口气说，你肯定在卫生间，否则不会这么长时间才来接。比如他正在床上和向勤忙碌，她会在电话那头很有把握地断定，听你的呼吸就知道你在干坏事。

5. 走过去以后他觉得窝囊极了

车快到火车站的时候，安天叮嘱司机尽量把车停得靠售票厅近一些。司机问，你要坐哪一趟车。安天说496。那还早着呢，我知道这一趟车，上海到石家庄的，今天早晨我还接了一位从石家庄过来的客人，那人居然穿了一件棉大衣。安天没有接他的话，他紧张地朝车外张望着，他已经看见了昨天那个脸上有冻疮疤痕的小姑娘。这时司机开了句玩笑，如果你需要我可以帮你把车开进售票厅，不过那样你就要多付点钱了。

没有想到的是，大厅西侧的卧铺窗口竟然还有剩余的496次卧铺票。窗口的队伍有些长，安天看了下表，离开车还有一个小时，应该来得及。排在安天前面的是一位提着小型密码箱的瘦高个男人，他不断地回过头来装作无意地打量身后大白天还戴着一副深色墨镜的安天。他手上的箱子好像很沉也很贵重，因为他不断地在左右手上换来换去，就是不放在地上。里面会是什么呢？一箱钞票还是毒品？安天忽然想，如果我给他一拳，然后一把从他手中把箱子抢过来，转身就跑，会怎么样呢？

大厅里的人群在那男人的一声惊叫声中仿佛被点了穴般都愣在了原地，安天在人缝里左突右冲很快跑出了大厅。这会儿他很庆幸自己出门前穿了一双运动鞋，阿迪达斯，花了他一篇扣除个人所得税后的中篇的稿费。不过现在拎着这么有份量的一只箱子，那点稿费就不能算钱了。

刚才来时乘的那辆出租车此刻正沿着站前广场的路基缓缓行驶着。站前广场是只能下客不准上客的，被巡警逮着，罚个几百是小意思，司机最怕的是扣分，那样的话，就死蟹一只了。不过还是有司机冒着风险希望能尽快载上客人，现在的生意不好做。

安天一边跑一边朝出租招手。司机从反光镜里看到后，从驾驶窗探出头来，车并没有停下来，而是朝安天的方向倒退了过来。奔跑的过程中，安天已决定等会儿下车时把身上所有的钱都付给这位帮了他大忙的司机。

快轮到安天时，他才想起他没有身份证（昨天连同钱包一起被"充公"了）。没有身份证就不能买卧铺票。他前面那个家伙还在貌似无意实则很警惕地观察他。他左眼的上眼皮上有米粒大一颗黑痣，让人感觉这层眼皮抬起来的时候一定很沉。安天几乎可以肯定，这个人和他箱子里的东西一定都很特别。

尽管安天戴着墨镜，昨天那个妖艳的女人还是认出了他来。她先是警惕地观察了一下安天的四周，然后才笑着朝安天走来。她就那样笑着走到安天跟前，笑着看着他，却不说话。安天犹豫了一下，只当不认识地从她身边走了过去。走过去以后他觉得窝囊极了。

广场喷泉边一对恋人手拉手一副依依不舍的样子。女的咬着嘴唇眼泪汪汪地注视着男的的眼睛，后者大概不忍心看自己泪随时会掉下来女伴，脸对着喷泉，说着什么。两人一左一右两只手紧紧握在一起。男的突然把女的的手放到唇边吻了一下，然后连同自己的手一起伸进了他裤子的口袋。女的身体顺势倒在了他的身上，泪夺眶而出。

走过喷泉，安天突然转身，发足朝售票大厅跑去。那个女的正和另一个看样子也是票贩子的中年女人说话。安天忽然出现在她面前，把她吓了一跳。

"你想干什么？"

"有票吗？"安天的脸冲着那个中年妇女。

中年妇女又意外又不解地看看安天再看看旁边那女的，然后才说：

"有，有，你要哪儿的？"

"496，到新乡，一张卧铺。"

交易很快就成交了。安天没有讨价还价，他就是要让那中年妇女多赚点，他就是要让那女的不舒服。

拿着票走出去没几步，安天听到身后那两个女人刺耳放肆的笑声，同时那中年妇女用和那女的同一种口音骂了一句：傻×！

第二章

1. 哦，原来是个哑巴

为了避免不必要的交谈，上车后安天把简单的行李安置好就脱了鞋爬上了他的中铺。车子启动后，卖盒饭的小车就推了过来。正是午饭时间，尽管安天早饭也没吃，可这会儿他一点胃口也没有。他将眼镜摘下，脸对着墙壁，肚子上搭了条被单，希望能就此睡去。

车过常州之后，车厢内渐渐安静了下来，列车广播也停止了播音。安天又翻了个身，他已经翻了几十个身了，无论采取何种睡姿，他都觉得浑身酸疼，不过他认为这下自己应该能睡着了。

"你在哪儿下车？"一个山东口音的男人突然问道。

安天睁开眼，只见一个头顶没几根毛发的中年男人正在问坐在过道椅子上吃方便面的小伙子。他说话的声音真响，连安天对面一上车就开始打手机、直到车在常州停下才关机躺下、刚才还在打呼噜的老头子也睁开了眼。小伙子端起面碗"咕咚咕咚"喝了几口后，才不大情愿地说：

"石家庄。"

"哦，我比你先下，我在邯郸下。这个方便面啊，吃来吃去还是康师傅好吃，"这位头发稀少的老兄在小伙子对面坐下，对着小伙子非常诚恳地问道："你认为呢？"

"我不大吃方便面。"小伙子已经吃完了，开始收拾。

"看起来你不大出差的，像我们这种老出差的，要想图个省事，还是方便面好吃。车上供应的盒饭没法吃，还贵。哪像方便面有汤有水热气腾腾的。"

小伙子捧着吃剩下的一包杂物去扔掉，去了很久也没回来。安天估计他在车厢连接处抽烟。此刻安天也很想抽支烟，顺便可以去趟厕所。以他坐车的经验，有问题越早解决越好，越往后厕所越脏。

从铺上跳下来，安天就迫不及待地点了根烟，弯着腰穿鞋的时候，那位就快要聪明绝顶的老兄小声地用一种神秘兮兮的口气问道，你的脸怎么啦？问了两遍，见安天都没有反应，他又伸手拍了拍安天的弓着的后背。安天转过身来，一脸迷惑地对着他，老头子又重复了一遍。安天指指自己的耳朵，指指自己的嘴，然后冲他摇摇头。哦，原来是个哑巴。

小伙子正站在车门那儿，对着车窗发呆。看见安天嘴上叼着一根烟过来，他好像才想起来似的从口袋里掏出一包烟，抽出一支，点上。他抽烟的样子很不老练，甚至有些慌乱，安天禁不住多看了他两眼。小伙子年龄也就二十刚出头，面白唇红，长得异常的清秀，头发比较软和少，但很有光泽。他穿了一件本白色、肘部有两块镶皮的樽领毛衣，白色的牛仔裤和运动鞋，出奇的干净。安天觉得像他穿得这么干净真不该出门。小伙子肯定觉察出安天在看他，他把才抽了几口的烟往连接处的烟盒里一扔，转身走了。

抽完手中这根烟，安天在连接处站了一会儿。从铁路附近建筑物的广告牌可以看出，车正行驶在镇江境内。安天父亲的老家是镇江的，父亲很小的时候就从家乡出来闯荡，闯了几十年也没闯出个名堂来。四十五岁以后，他就把希望寄托在了两个儿子身上。谁知道两个小子一个比一个不争气，安天从小到大没少让父母操心，是巷子里出了名的问题孩子。不过父亲一贯坚信问题孩子首先是聪明孩子，聪明孩子要是碰上了好机遇是会成功的。安天的弟弟因为喜欢看碟片进而做起了倒黄片的生意，已经被公安局请进去了好几次，算起来应该是三进三出了，而且身边净是些对毒品兴趣盎然的朋友。安天曾单独找他谈过一次，可他的弟弟是这样对他说的：我知道怎么保护自己，我每次注射用的都是一次性针管。我花钱买毒品，但我不贩毒。我有我的生活方式，就像你也跟大家生活得不同一样。你看不上我的生活，我不怪你，因为我也看不上你的生活方式。其实我觉得你生活得很糟糕，我一直不说是因为我实在不忍心打击你。

安天这两年初见端倪的写作已经让父亲看到了希望，老头子一直在计算着荣归故里的日子。每次安天回家，喝了点酒，父亲都会脸色酡红地向儿子讲述他儿时光屁股游泳的那条小河以及和他一起光屁股长大的玩伴。他相信率领作家儿子神气活现地出现在家乡小河畔的日子不远了。有时候，安天觉得自己是为父母在写作，至少他得埋首写下去，他的弟弟已经这样了，他不能再让他们失望。

2. 你不是哑巴！

这顿晚饭，安天是无论如何也不好意思再糊弄自己的胃了。

事实上，他久经忽视的胃已经在隐隐作痛了。那是这几年吃方便面吃的。他问一位推着小车卖盒饭的服务员，餐车有没有面条供应。正无聊地在过道上晃来晃去的那位头发稀少的中年人惊叫道：

"你不是哑巴！"

安天灵机一动，解释自己刚才的手势并不是他所理解的意思，指指耳朵是表明他听见了，指指嘴巴是因为他嘴里含着一口痰，不方便说话。中年人恍然大悟后又劝安天：

"与其去餐车吃面，还不如吃碗康师傅。餐车的面我吃过，真不如康师傅好吃，还贵。小伙子，听我的没错。

"我的胃有毛病，不能吃方便面，尤其不能吃康师傅，一吃就吐。"

"怎么会这样的，怎么会这样的，还有这样的事，这倒没听说过。"

"以前方便面吃多了，吃伤了。"

说完安天就往餐车走去，他担心这个喜欢发表看法的中年人还会就他的胃或方便面继续发表什么高见，再说就该说到他没有规律没有老婆的生活了，他实在不想就自己眼下的生活再说上点什么了，更不愿意别人来对他的生活指手划脚。

餐车人很多，已经没有空位了。安天点了一支烟站在餐车和卧铺车厢的连接处。抽完这根烟，就该有人抹嘴滚蛋了。那个穿得格外干净的小伙子也在餐车用餐，对面坐了个穿红毛衣的男人。两人的桌上摆了满满一桌菜，而服务员还在上菜，所以不得不盘叠盘。小伙子小口小口地喝着啤酒，却不动筷子。他对面的男人不断地往小伙子面前的小碟子里挟菜，自己却只是一个劲地抽烟。安天不由地好奇起来，印象中，这个睡在他对面上铺的小伙子是在无锡上的车，除了吃了碗方便面，似乎一直躺在铺位上睡觉。和这个穿红毛衣的男人是巧遇还是一起上的车？反正看这

25

一桌子足够浪费的菜，就知道他们的关系不一般。

安天一边吃面一边注视着斜对面俩人的动静。他坐的这个位置正对着小伙子的后背，恰好能看见穿红毛衣男人的脸。现在安天才看清，这个男人至少也有六十岁，那一头浓密的黑发不是染的就是假发。俩人面前的菜几乎没有动过，老头子忧心忡忡地看着小伙子，而后者一直心不在焉地看着窗外。

这碗面安天吃了有半个小时，他不断地要取下鼻梁上的墨镜，擦擦上面的水气。后来他干脆摘了下来，因为他觉得脸上的伤痕未必就比在室内戴副深色墨镜更引人注目和滑稽可笑。咽下最后一口汤后，安天慢慢地用纸巾擦着嘴，他已经越来越好奇了。他看见那边桌子底下老头子的膝盖有意识地顶了一下小伙子的膝盖，后者的腿触电似的缩了回去，随即脸涨得通红地朝两边看了看，突然站起身，快步走了出去。

3．春天有温暖的灵感还有痛苦的幻想

熄灯以后，安天仍在铺上翻来复去睡不着。他为任馨伊丈夫的死作了多种可能的假设。他在电话里没有问任馨伊她丈夫的死因，尽管他认为自己有必要知道，但任馨伊不说他就不问，这似乎已成了两人交往的规则。由此，任馨伊也觉得安天要比其他男人有意思一些也不可捉摸一些，所以她愿意时不时地给安天打个电话，或者突然出现在他面前，把自己那些稀奇古怪的念头像吐鱼刺一样吐在安天这只口袋里。她不用担心安天会大惊小怪地问为什么。安天想，在她眼中，自己应该是个处惊不乱、很能沉得住气的男人。

午夜十二点后，安天慢慢有了睡意，然而这时他倒不敢入睡了，如果火车正点的话，他该在凌晨三点十分下车。虽然列车员会提前叫他，可他怕像上次去呼和浩特那样，列车员把别人喊起来了，把他忘了。他从旅行包里翻出他的随身听，里面有一张张楚的《造飞机的工厂》的CD。安天摁PLAY，张楚唱：

春天有温暖的灵感还有痛苦的幻想
把恐惧紧闭的心眼睁开
没有身体的意外
才看清楚到你的精彩
平凡还坚定的一切
爱在里面不能停歇
不能照顾一切的风雨太阳
破坏会默默开始
变得徒劳的英雄

他就是被这些给害了
别扯蛋你这卑微的习惯
他就是被这些给害了
别扯蛋你这卑微的习惯

安天喜欢张楚那有气无力、略显颓废的嗓音和想法天真、意象跳跃、因而显得有些词不达意的歌词，以及简单的曲调和他忧郁的孩子气的面孔，它们和在一起的效果就是让安天在瞬间产生一种单纯的感动，仿佛又回到了自己的少年时代。那会儿他很年轻，对外面的世界对周围的人群很好奇，对女人就更不解更好奇了，心里时时会泛起那种淡淡的挥之不去、化解不了的忧伤，外部世界不断地刺激着他也打击着他。少年的安天正是揣着对成人来说早已见怪不怪而对他而言是新鲜的秘密的感动开始写作的。一晃，十来年过去了。

迷迷糊糊中有人在说话。安天将音量关小，转过脸去。借着过道上传来的微弱的灯光，安天看见对面上铺有个人正弓着身子趴在那儿，而小伙子双肘支撑着仰起的上身。

一、二、一

27

"你到底想要干什么？你给我下去。"

尽管小伙子的声音压得很低，仍然足够让任何一个醒着的人听清楚。如果安天没有看错的话，铺上的不速之客就是他在餐车上看见的那个穿红毛衣的老男人。

"你如果不跟我走，我就不下去，反正我已经豁出去了。"

老头子像一条狗那样趴着，他的声音有些沙哑，喉咙里明显地有痰。下铺有人含糊不清地说了一句梦话。两人僵持了一会儿，小伙子终于妥协了，他让老头子先下去。

身体往后退的时候，老头子的脑袋碰着了顶板，他"哎哟"了一声，马上抚着头顶说，不疼，不疼，也不知是安慰自己还是安慰小伙子。

安天将整张碟片听完，也不见小伙子回来，再有一个小时，他就该下车了。他干脆从铺上爬下来，拿上他的铺位号去乘务室换回了他的车票，然后在连接处吸了根烟。小伙子他们并没有在这个连接处，也许去了前一个连接处。安天大致能猜出这两个男人之间暧昧的关系，他也因此觉得这趟车坐得有点意思。

第三章

1. 任馨伊就是他生活中一个拖沓的破折号

新乡市火车站的出口有两扇铁门，外面站了一些正踮脚伸脖子向里张望的接客者，如果是白天，如果人再多一些，看起来更像是某个只等下班铃响就开门放行的工厂。安天的行李是一只小牛皮制成的 PUMA 牌小型旅行包。简洁是他出门旅行的风格，是他写作的风格，却不是他做人的风格。任馨伊就是他生活中一个拖沓的破折号。

走出车站，安天觉得自己其实就和这个城市的市民没什么区别了。多年来，他最喜欢的就是走出车站，走入某个陌生城市人群中的感觉了，他谁也不认识，也没有人认识他，他仅仅是以他的性别和躯体在行走。

上了一辆面的之后，安天从口袋里掏出通讯录，他请司机把顶灯打开，翻到有任馨伊的那一页，开发区振中路粤新小区。司机说，老师，开发区我知道，振中路我也知道，但这个粤新小区我不太熟，不过没关系，到了那儿我可以打听一下。安天去过济南，那儿的人也是开口闭口老师的，让安天这个南方人觉得受宠若惊。现在来到了中原之地，他又要做老师了。

因为是凌晨，街上除了偶尔疾驰而过的汽车外，几乎没有行人，很安静，整个城市就像睡着了一样。司机将车开得飞快，而且是一只手，另一只手一会儿摸摸鼻子，一会儿挠挠耳朵，后来他干脆连把方向盘的那只手也腾了出来，从从容容地点了根烟。抽上一口后，他得意地瞟了安天一眼。路上车辆是稀少，但路两边的隔离带可是硬棒棒的铁家伙，撞上了可不是闹着玩的。安天忍不住问了一句，师傅开了几年车了？

"不瞒老师你说，也就一个来月。但老师你放心，我的车技不错，主要是对车的感觉好，你就放一百个心吧。"

"但是还是安全第一，我反正也不赶时间。"

车过一家灯火通明的宾馆之后，安天让车停了下来，又倒了几十米，停在了宾馆门口。他决定还是先把落脚的地方找好，然后再和任馨伊联系。因为他突然觉得这辆车也许开不到粤新小区就会出事的。

"你是不是刚做了个荒唐的梦，所以给我打电话？"

电话中任馨伊的声音暗哑，她旁边还有个哼哼叽叽的男人的声音。安天的脑子里飞速地闪过好几个念头。迟疑了一下，他问：

"你怎么样？"

"什么怎么样，我很好呀，刚才还做了个美梦，可惜被你的

电话打断了。喂，你有什么事吗？你天不亮给我打电话该不会就是想问问我怎么样吧？"

"你不是经常这样做的吗？"

"是啊，可是你——"

"我真没什么事，打扰你了。对了，替我向小陆问好。"

"好，等他明天醒过来我就告诉他。没事我挂了。"

"再见。"

"再见。"

挂了电话，安天门也没关就一口气冲到了楼下。服务总台后面那一排各国不同时间的钟表顶上有一块巨大的电子时间显示屏，上面赫然显示着：1998 年 4 月 3 日星期五。也就是说，前天接到任馨伊电话的那天应该是一号，四月一号，愚人节。

2．最后他低头才找到自己的脚

航空宾馆座落在健康路上。

天刚亮，安天就背着包低头从宾馆走了出来。尽管他这会儿更需要好好睡上一觉，可冲完澡在床上躺下后，他却无论如何也睡不着。他心里憋气得厉害。这个玩笑开得固然有些过分，更让他生气的是，人家说完也就忘了，而他这个傻瓜不仅信了，还千里迢迢地赶来让笑话升级。亏得他没有一头撞到她家去，否则他这个超级大傻瓜在很长一断时间内都会成为朋友们茶余饭后的笑料。他爬起来后在窗口站了一会儿，然后决定去外面走走，呼吸点新鲜空气，顺便把肚子填饱。

外面的空气清新、冷冽，街上除了正忙着生火揉面做准备工作的小食摊外，少有路人。安天将衣领竖起，双手插在口袋里。张楚在这个冷清的早晨唱：

> 出门碰见老张手上戴着一只可以下潜五十米的手表
> 以每秒五十米的速度向前奔跑

随着理想纷纷躲闪跌倒
爱情从他的微笑掉进鞋里假装地逃掉
最后他低头才找到自己的脚

　　在健康路上走了一首《老张》的时间，安天无意间看见路边一个 IC 卡电话亭的架上有一串钥匙，下面压了一张纸。纸上字迹秀气地写着：刘萍 50369784561188 呼 3338，钥匙圈上除了三把钥匙外，还扣着一只灰色的绒毛玩具小熊，一看就是女孩子的玩意。安天左右看了看，不见有人过来。他又看了一遍纸上的名字和号码，最后把钥匙连同纸片装进了上衣口袋。现在在这个陌生的城市，安天又知道了一个叫刘萍的人，不出意外的话，这应该是个女人。安天想，临上火车前，自己可以给这个未曾谋面的女人打个电话，告诉她，我来过了，现在我要走了，让她莫名其妙，泼她一头雾水。

　　小吃摊的老板给安天介绍了一种新乡人爱吃的早点，胡辣汤加油饼，他说这么吃上一份，你会感到很得劲，并且好吃不贵。老板在腰上那和他端上来的油饼一样油的围裙上擦了擦手，然后点了根烟，一边抽一边问安天是从哪儿来的。安天说，苏州。哦，苏州，我知道。老板一副见多识广的样子，那儿离上海很近，有一次我差点去了那儿。听说你们那儿的鱼特别多，家家户户每顿饭都少不了鱼，这是真的吗？

　　吃完早餐，安天决定去火车站看看票的情况。付钱的时候，他向老板打听去火车站的路线。老板说了几个街名，告诉他要左转右转转好几转，最后一直走，走到底就是火车站。安天谢了他上路，可他脑子里对去火车站的路线和问之前没什么两样，最后他干脆伸手拦了辆出租车。

　　497 次是唯一一趟经过新乡开往上海的车，由石家庄始发，在新乡车站当然买不到卧铺票。让安天没有想到的是，连票贩子

一、二、一

手上也没有票。据说新乡正在开一个大型的订货会，这趟车在近几天都没有卧铺。安天又去附近的车站宾馆问了问，被告知也许会有临时不走的退票，不过这样的可能性不大。

回到宾馆，在服务总台上得到的回答和票贩子的说法大致相同。当班的总台小姐用非常标准的普通话建议安天可以先去郑州，从那儿路过或始发去上海方向的车比较多，并且马上从列车时刻表上为他查出了几趟以供选择。临上楼前，安天由衷地对小姐说，你的普通话真标准，你的声音真好听。

3.只当为他死去的朋友给前女友送了趟问候

在窗口买好了下午去郑州的火车票后，安天在售票厅门前的台阶上一屁股坐了下来。他反复看着手中的车票，试图为自己这两天的奔波作个自己能接受的总结。站前广场上一群打工者模样的人或背或扛着行李神情漠然地走了过来，走到安天旁边停下来。其中一个很费力地从贴身衣服的口袋里掏出一卷钱，拿出两张，再很费力地把其余的放回去，然后问他的同伴，买五张？要不买四张吧，到时候你们趁乱挤一挤就过去了。他们说的是安徽话，安天听懂了。

还有三个多小时，安天认为自己不该就此离开新乡这座陌生的城市，至少也得去市中心逛一逛，在人群里瞧瞧看看，嗅嗅这座城市的味道。按安天以往的经验，要想快速地浏览一座城市姑娘们的整体风貌，可以去百货商场，那儿的姑娘也许综合素质不那么高，但她们基本上是这座城市风化正茂的那一茬。不过这种经验这几年是越来越派不上用场了。他周围稍有几分姿色的女孩都为自己选择了另一种抛头露面、但要潇洒得多也轻松得多的工作，她们周围的男人的共同特点是：有钱。

和苏州的女孩比起来，新乡的姑娘们个子要高一些，身体稍微壮一些，脸上的化妆要浓一些。在食品柜台，安天从一位大眼睛的姑娘手上买了一瓶矿泉水，并立即打开盖喝了起来。姑娘在柜台后面好奇地看着他，然后用标准的普通话一字一顿地问，还要再来一瓶吗？安天立刻得出了另一个印象，那就是新乡女孩的普通话要比苏州女孩来得标准。

经过一家名为"博雅"的鲜花店，安天突然产生了给任馨伊送一束鲜花的念头，当然不是以他的名义。这束花所要达到的效果是要让她摸不着头脑，最好让她的生活也起一些波澜。安天想到了马松，任馨伊初恋的情人，三年前在一个大雾的早晨死于车祸。任馨伊在马松被推进焚尸炉的那一瞬间当场昏倒的场景，安天至今记忆犹新。以马松的名义给她送一束花，真是个不错的主意。

安天付了钱，指定明天，也就是四月五日，清明节的上午九点送到粤新小区十一幢东401室，任馨伊小姐签收。想了想，安天又挑了一张印有"你现在还好吗？"问候语的卡片，并在卡片右下角模仿马松的字迹签了个名。

走出花店，安天禁不住有几分得意，为自己的灵感。他从口袋里掏出烟，这时一张纸条被带了出来，它飘飘悠悠地落在了安天的脚边。刘萍 50369784561188 呼 3338。安天朝四周看看，马路对面有个邮报亭，那儿有部红色的公用电话。跟那个叫刘萍的小姐说上几句告别的话，他就该去赶火车了，不管怎样，他一度陡转直下的心情这会儿已经回升到了四月一号接到电话前的水平。气喘嘘嘘地来回跑了二千多公里，只当为他死去的朋友给前女友送了趟问候。回到苏州，他相信自己已经能像平常那样地生活下去，写作下去了，应该没问题的。

4．你是 5036978 吗？

"请问刘萍在吗？"

"我就是。"一个年轻的男声说道。

"你就是？"这是安天没有想到的，一个男人居然取了个这么女性化的名字。他又核实了一遍，"你的电话号码是 5036978 吗？"

"没错。"对方的口气相当友好也相当耳熟，所以安天忍不住继续问道：

"是萍水相逢的那个萍吗？"

"没错。请问你是哪一位？"

安天觉得这其中的缘由解释起来有些麻烦，他想就此挂断电话，但对方又"喂"了一声，而且那熟悉的声音勾起了安天的好奇心，他尽量简洁地解释道：

"我是来新乡办事的外地人，今天早晨路过一个 IC 卡电话亭时无意间看见架子上有张纸条，上面压了串钥匙，纸条上有你的名字和电话号码。我想钥匙的主人应该和纸上的人是认识的，因此打了这个电话，如果方便的话，你可以来把钥匙取走。不过我现在时间已经不多了，我赶四点半的火车，还有，还有大概四十分钟的时间，就是这样的。"

"那是怎么样一串钥匙？"

"钥匙扣上有一只小熊，灰色的，还有三把钥匙。"

"这样吧，你在火车站广场的进站口等我，我二十分钟内一定赶到。哦，对了，我戴一顶水灰色的棒球帽。"

从出租车上下来，安天一眼就看见了一个戴水灰色棒球帽的小伙子在进站口左顾右盼，走了几步，小伙子也看见了安天，继而有些紧张地看着安天朝自己走来。

"请问你是刘萍吗？"

"是的，你好！"小伙子拘谨地伸出了手。

"对不起，路上出了点问题，我打的那辆车被撞了一下，司机请我给他做一下证人，所以就留下来等交通事故组来处理，耽误了一会儿。"

"你乘的那趟车已经开走了，不过你可以坐下一趟，去郑州的车多得很，你也可以去后面汽车站坐依维柯。"

"反正我今天赶到郑州也来不及了，对了，你的钥匙。"

　　小伙子接过钥匙马上说，不是我的。不过他还是好奇地看了看钥匙扣上的小熊，然后说，这个小玩意倒是有些眼熟，噢，想起来了，我的小外甥也有一只。

　　"但是这串钥匙上压着有你名字和电话号码的一张纸。说明这串钥匙的主人和你认识，你再仔细看看，也许是你哪位朋友的钥匙。"

　　"再好的朋友我也不会去注意人家的钥匙，除非我一直谋算着要把钥匙搞到手。"

　　小伙子被自己的假设逗乐了，"哼哼哼"地笑了起来。这种带着浓重鼻音的笑是那么地熟悉，还有这小伙子的嗓音，包括那顶水灰色的棒球帽都是那么地熟悉。安天盯着眼前这个笑得肩膀一抽一抽的年轻人，心脏一阵狂跳，天哪，他自己就是那么说话那么笑的，他最喜欢的颜色也是水灰色。

第四章

1. Say you，say me

　　向日葵酒吧里的昏暗和嘈杂让安天很不舒服。刘萍，也就是那个戴棒球帽的年轻人也很不自在，坐下后就一直不停地转动着手中那杯柠檬红茶，并且不断地扭过脸去朝四周看看。他提议安天来这儿坐坐时，极力介绍这儿的优雅和舒适，可进来后却完全不是那么回事。安天猜他也只是听朋友说过，并没来过。

　　喝下一小瓶百威啤酒后，安天觉得舒坦了许多，同时也接受了这间小酒吧的氛围。有一伙装束怪异，头发或极端长或极端短的青年正每人拿着一瓶啤酒在高声行酒令、喝酒和互相拍打推搡。他们的举止夸张。这样的年轻人，安天见得多了，凑在一起是一条咋咋唬唬的龙，独个时就是一条安分的虫了。但他们还年轻，他们是可以被理解和原谅的。莱昂内尔·里奇在墙角的音箱里抒情地唱着"Say you, say me"。刘萍突然开口，我们还是换个地方吧。

好像也没在向日葵里坐多长时间，这会儿外面已是华灯初上了。这一次刘萍把安天领到了一家顾客盈门的大型商场。安天纳闷地跟在他后面，在人群里绕来绕去，最后走到了位于商场一楼中央的一个类似于茶座的地方。那儿摆了五、六张白色的沙滩桌，有一台饮料机和一个卖糕点的柜台。

坐下之后，刘萍又起身去饮料机那儿买了两杯可乐。旁边一张桌子一个四、五岁的女孩从椅子上跳下来，"蹬蹬蹬"地跑过来，仰着小脸认真地看了看安天，又跑到刘萍跟前认真地看了看，然后"蹬蹬蹬"跑回去，用手指向父母比划着说道，一个叔叔加一个叔叔，一共两个叔叔。

这个休息的场所东西两边各有两部一上一下运行的电梯。电梯上或上或下的人都会下意识地往这儿看看。其它的座位都空着，连刚才那个三口之家也走了，只剩下两个大男人神情呆板地坐在这里小口小口地喝着可乐，总让人觉得有些怪怪的。刘萍好像突然想起来似的说道：

"你的眼镜很漂亮。"

安天知道刘萍想说的其实是他左脸颊上的伤痕，他干脆摘下了眼镜，露出青紫的眼眶。

"出了点意外，没办法。"

刘萍大概没想到安天会这样直截了当，反而有些不好意思地说：

"戴上眼镜后就基本看不见了，而且你这副眼镜真的很不错，挺别致的。"

饮料机和糕点柜台后面的两个营业员一直在用眼角的余光瞟着安天他们，一边交头接耳地说着什么。安天很想抽根烟，可商场是禁烟场所。他看了一眼低头咬着嘴唇很别扭的刘萍，主动提出，我们还是走吧。

走出商场，安天迫不及待地掏出烟，先让了刘萍一根，然后给自己点上。正是下班放学的高峰，商场不远处的十字路口，一辆装满货物的卡车横亘在路口，几个男人在车后拚命地推，可它就是不动。四面路口已经堵了不少急待通行的车辆，交通警急得上窜下跳。安天忽然就对这座陌生的城市熟悉起来亲近起来也厌倦起来，和他生活了三十年的那座城市没什么区别。他扭过脸来，刘萍正皱眉看着路口，然而他空洞的眼神却说明他的注意力并不在那儿。

一个头发超级短的女孩突然斜冲过来，像一阵风似的就来到了安天他们身旁，并伸手拍了一下刘萍的肩膀。正在发呆的刘萍吓了一哆嗦，手上的烟也掉了。待他看清女孩的脸，自己的脸一下子红了。

"你怎么来了？"

"怎么，这儿我不能来？"

女孩的皮肤很白，浑身上下透着青春和健康，并且显然她也知道自己既青春又健康还有几分姿色，所以她很自信。安天一眼就能看出刘萍喜欢这个女孩。

"那你们聊吧，我先走了，再见。"安天伸出手去握了握刘萍有些迟疑的手。

走出没几步，刘萍从后面追了上来。追上后，他也不说话，只是和安天并排走着。

"那女孩呢？"

"走了，她还有事。"

他脸上毫不掩饰的失望说明他还只是个孩子。安天忽然很想和他说点什么，而不是像刚见面那会儿，仅仅是想听一个陌生人用和自己一样的声音说话。

一、二、一

2．你以后的酒量会很好的

这家小饭馆装修得非常简单，甚至有点简陋，但还算干净。安天选择它是因为他累了，不想走了，而它就在跟前。

在安天的要求下，刘萍点了两个价格比较便宜的凉菜。巧的是，都是安天平常爱吃的。安天要了两个热菜和一只砂锅。刘萍再一次表示他不会喝酒，顶多来一瓶啤酒，不过肯定喝不完。安天给自己要了瓶河南出的仰韶，四十多度的酒最适合他这种酒量尚可的人了，而且仰韶给他一种舒缓、温文尔雅的感觉。他喜欢跟这样的人和酒打交道。

"你不知道我特别怕和别人一起吃饭，因为一吃饭就得喝酒，我们这儿的酒风很盛，你不喝，人家就认为你不够朋友，其实我是真不会喝。"刘萍苦恼地说。

"今天你可以随意。"

小饭馆的顾客不多，除了安天他们，就只有两个女孩在靠门的一张桌子吃面。其中一个女孩抬起头来正碰上安天的目光，她的脸一下子红了，此后再也没有抬起过头来。

"刚才碰到的那个女孩是你的同学吧?"

"是啊，你怎么知道的?"

"猜的。"

"你觉得她怎么样?"

"挺好的。"

"说得具体点。"刘萍身体前倾，热切地看着安天，"说说你直观的印象。"

"直观印象就是年轻、漂亮、开朗，但是说实话，她不适合你。"

"为什么?"

"因为她太自信、太骄傲，而凭我的直觉，你又太把她当回事了。以我的经验，你太把她当回事，她就不把你当回事。也许她在情感上摔过一个跟头后回过头来会重新认识你对她的感情，不过眼下，说实话，你很难把握住她的。"

"你说得有道理，可我——，我也说不清，其实我也意识到了，可就是放不下，有时候好不容易下了决心不去找她，她又自己找上门来了，就像昨天，我约她今天出来玩，她说有重要的事要办，我知道那只是借口。昨晚我都下定决心不再去找她了，可刚才被她那么一拍，就又妥协了。"

刘萍无可奈何地摇摇头，拿起酒杯像喝苦药似的喝了一大口。安天替他满上。

"我刚才说了嘛，女人啊，你越把她当回事，她就越不把你当回事，所以，我劝你不妨看淡一些。女人就那么回事，满世界都是。老弟，别光盯着你脚跟前的这个。"

刘萍有些不满地看了安天一眼，说：

"我也知道女人到处都是，可我看不上怎么办？"

"那是因为你根本没去看。"

"不喜欢的我怎么会去看，看不上眼的我更不会喜欢了。"

"那还是因为你没认真地去看，你不去发现怎么会有惊喜。"

刘萍极为不满地盯着安天看了两眼，然后偏过脸去，不再理睬安天，似乎安天刚才的话已经深深地伤害到了他。安天开始喜欢这个固执的年轻人了。这时，刘萍的呼机响了。他低头看了看，然后"呼"地站起来，站起来后他又犹豫了。

"是那女孩呼你吧。"

刘萍索性一屁股坐了下来，跟谁赌气似的说道：

"我不给她回。"

呼机又响了。刘萍低头看了眼，说，还是她。安天笑着断言，还会响的。果真，在随后的半个小时里，呼机平均每隔二分钟响一次。刘萍开了震动，把呼机放在饭桌上。他说别在腰上，它每震动一次，就像有人在他腰上用手枪顶了一下，很不得劲，

一、二、一

可又不舍得关掉。安天猜他大概配备呼机以来收到女孩传呼的总和都不及今天多。

这顿饭吃的，就像还有一个人坐在他们中间。刘萍的心思完全在那只呼机上，它每在桌上震动一次，刘萍就下意识地喝口啤酒。等安天问他是不是再来一瓶时，他才拿起空酒瓶来晃了晃，脸上一副难以置信的表情。

对面这个叫刘萍的年轻人让安天越来越好奇，不光是他说话的声音，连他每喝一口酒必伸手摸一下鼻尖和爱皱眉的习惯以及夹烟的手势都是那么地熟悉，在千里之外的地方竟然有一个人和自己那么相似，安天觉得不可思议和有趣。安天突然冒出一句：你以后的酒量会很好的。为什么？安天顾自笑了起来，他不想告诉这个年轻人他以前也不会喝酒，但喝着喝着就练出来了。这是个秘密。

3．看一个小时行了，都差不多的

本来他们已经在饭馆门口分手了，安天打算重回航空宾馆，也许还能碰上那个普通话特别标准的前台小姐，在她那儿登记一间客房，再夸她两句。而刘萍说他脚下有些飘，想回家睡觉了。没走多远，刘萍从后面追了上来，说他忽然想起今晚新乡市体育场有一场规模空前的音乐会，98'中国新音乐会，阵容强大，几乎汇集了当今国内所有有名的摇滚乐队，有指南针、鲍家街四十三号、轮回、唐朝、眼镜蛇、零点、清醒，还有一些著名的音乐人，最让人激动的是崔健也将光临。

出租车开到一半，刘萍"哇"一声全无前兆地吐了安天一脚。司机赶紧把车靠路边停下来，从驾驶室里出来察看情况。安天再三打招呼，并答应一会儿加付他十块钱的洗车费。刘萍认为是车内的汽油让他反胃，因此他们干脆下了车步行。安天说要不你还是回家睡觉去吧。刘萍说吐过之后他好受多了，就像根本没喝过酒一样，再散一段步，他就会感觉更好。回去也没什么事，无非是看电视睡觉，没意思。

离体育场还有一段距离，就听到了音乐声。有几个从体育场方向过来的人在议论，原价六十元一张的票已降到了五元，再等一会儿两元钱就能买到。越走近体育场人越多，乱哄哄的人堆里有退票的，有买退票的，有等待着一会儿捡更大便宜的。刘萍用家乡话从一个退票者手上花十块钱买了两张原价八十的票。安天还是第一次听刘萍讲新乡话，他一下子有点回不过神来。

他们走进体育场时，演出已经开始有半个小时了，可仍有许多像安天他们这样买退票的观众在快步进场，大家脸上均是一副捡了个大便宜的表情。刘萍要走得更快一些，他不住地回过头来催促安天，快点，快点，看起来他相当兴奋。安天的步子已经够快的了，可还是跟不上那个年轻的背影，后来他干脆小跑了起来。跑着跑着，安天就觉得自己其实不是赶着去看一场音乐会，而是正在奔自己的过去而去。

零点乐队的那首《爱不爱我》相当煽情。看台上成千上百根荧光闪闪的荧光条在随着节奏晃动，还有上千只打火机打出的火光。因为票不对号，所以靠前的位子都已坐满了人。安天他们只能挑了两只靠后的位子。其实也没什么位子，就是一排排的水泥阶梯，不过这样反要比坐在那种彩色的塑料椅上舒服自在，放得开手脚。

场面的确非常宏大，体育场中央搭起的巨大的舞台上，零点乐队那位光头的主唱在声嘶力竭地唱着：你到底爱不爱我？安天点了根烟，抽了几口才想起没有让一让刘萍，他扭过脸去，只见刘萍正全神贯注地盯着场地中央，嘴里跟着在唱：你到底爱不爱我？

一曲终了，主唱问，你们还听什么？观众立即乱七八糟地喊叫起来。坐在安天隔壁看台的一个梳了一条马尾辫的男青年大声地吼了一句：操他妈。他周围几个显然是他一起来的小伙子都

"呵呵"地坏笑起来。主唱在台上做了个倾听的动作，然后好像听明白了似的点点头，对着麦克风说道，那我就再唱一首《站起来》吧。隔壁看台的男青年又吼了一嗓子，我要听操他妈。他周围立刻爆发出一片快活的喊叫声，爽！

两束灯光从场地中央打到了安天他们左边的那个看台。很多人都回过头来，安天也扭过脸去，只见一条横幅随着音乐在左右摇晃，上面赫然写着：零点，我们爱你！站在那儿举着横幅的是四个中学生模样的女孩子。她们脸上庄严的神情和摇滚音乐是那么地不相吻合。

零点是安天能接受的一支乐队，然而此时此刻，这热烈的场面这熟悉的音乐，却让安天一阵阵地起鸡皮疙瘩。原本以为就在他身边是他生活的一部分甚至早已融入他血液中的摇滚，竟然在摇滚的现场让他觉得陌生而遥远。他从包里掏出耳机，戴上，摁PLAY，张楚唱：

> 春天有温暖的灵感还有痛苦的幻想
> 把恐惧紧闭的心眼睁开
> 没有身体的意外
> 才看清楚到你的精彩
> 平凡还坚定的一切
> 爱在里面不能停歇
> 不能照顾一切的风雨太阳
> 破坏会默默开始
> 变得徒劳的英雄

坐久了，有一股寒气从臀部向周身浸渗开来，安天站起身，伸了个懒腰。舞台上换了另外一支名为轮回的乐队在演唱，安天记得自己有一阵很喜欢他们的那首《许多天来我很难过》，因为它恰好和他当时的感情生活相吻合。那一段他十分沮丧，相恋多年的女友离他而去，酗酒、无规律的饮食和拼命的写作使得他的身体如一只内里已没有水、却还在火上高温加热着的玻璃杯，随时都有爆裂的可能。他的父母硬是把他接回了家，他在弟弟的音响里发现了一张轮回乐队的《轮回》，他一下子就喜欢上了里面这首《许多天来我很难过》，一天到晚反复地播放这首歌，这也使得他那一向视摇滚音乐为噪音、认为所谓摇滚就是乱喊乱叫明明好好的一首歌就是不好好地去唱的母亲对摇滚音乐有了点难得的好感。你不知道，这有多么不容易。这首歌安天反反复复听了足有一千遍才慢慢缓过劲来。后来他认识了任馨伊，她由马松带到朋友中来时才十八岁。不知为什么，她的顽皮任性总让安天不由自主地想到他的前女友。她们在处事待人上有着惊人的相似，都是随意而冲动。从一开始，安天就知道应该和任馨伊保持距离，这一类任性、随意性很大的女孩不是他这个骨子里极为严肃的男人消受得了的。他的前女友已经看透了他，所以离开了。他也看透了自己。他明白只有距离才能让他和任馨伊的交往变得有意思和有吸引力一些。

安天他们这个看台最后一排有几个高中生模样的男孩子不知是由于兴奋还是不满一齐用脚踢着身后铁制的广告牌，嘴里"噭噭"直叫。很多人都回过头去看他们，这一下他们更来劲了，踢得更欢也叫得更响了，直到几个手持电警棍的武警不知从哪个角落冲上来，他们才安静下来。

看台上有三分之一的观众都是学生，他们的狂热、投入和年轻的模样真叫人羡慕。安天旁边一位中年男子一个劲地在推他看得很投入很激动已经热泪盈眶的女儿，走吧，时间不早了，看一个小时行了，都差不多的，明天还要上学的。我们不是说好了的吗，你要不遵守诺言，爸爸以后就不相信你了。女孩极不情愿地站起身，拍了拍屁股，一边退场，一边还扭过脸去看场

一、二、一

中央的表演。

4．你不要跟着我，你为什么要跟着我？

没有和已投入得忘我的刘萍打招呼，安天就随那对父女退了场。他觉得那位父亲说得没错，都差不多的，中国的摇滚音乐都差不多的，即使是他推崇的崔健在给中国摇滚树起了一面旗帜后，也开始在自己的风格前徘徊不前了。安天在场内坐了一个多小时，可有半个小时是在听随身听里张楚的音乐，场上的气氛居然感染不了他这个以摇滚迷自居的观众。他就像一个无聊的旁观者似的东瞧瞧西看看。

体育场外除了做着夜市生意的小商贩外，还有一些不想买票进场其实听不听看不看都无所谓的无事可干者。他们在体育场门口晃来晃去，一副无聊样。看见安天出来，一个有严重口臭的中年男人凑了上来，怎么出来了，没劲吧？

安天看了他一眼，满口的黄牙，没理他，顾自走了。没走两步，他的包带被抓住了，回头一看，是刚才那个有口臭的家伙，正愤怒地盯着他。

"你为什么不理我？"他歪着脑袋，梗着脖子，一副受了莫大委屈的样子。

"我为什么要理你？"安天抖了一下自己的包，没能抖开那只手。

"我问你怎么出来了，你为什么不回答我？"

"我为什么要回答你？"

"因为我问你了。"

"你问我我就得回答你，你是谁呀？"安天使劲地拽了拽自己的包带，还是没能从那只里拽出来。他有些生气了，直着嗓门吼道，"你他妈的算什么东西。"

那家伙愣了一下，忽然松开手，低着头走了。安天看见他疾步走到路边的一辆自行车前，开了锁，也不骑，推着走了。看着那个低着头踯躅前行的背影，安天的心脏一阵狂跳，他认为这是不可能的，那个正在走远的失意的背影居然让他在一瞬间以为看到了自己的父亲。他快步跟了上去。

"对不起，其实一开始你问我的问题我并没听清楚。我不是新乡人，第一次来这儿，新乡话听不太懂。"

让安天吃惊的是，那家伙居然泪流满面，边哭边走边不停地神经质地摇着头。他没有看安天，就像在自言自语似的说：

"听不懂，听不懂，你不要解释了，我知道你是在安慰我。听不懂你不会问吗，你根本就不打算理我，你看不起我，我知道的，你们都看不起我，我是个没用的人，下了岗，又没有手艺，挣不了钱，挣不了钱就是个废人，不是吗？孩子看不起我，老婆看不起我，兄弟姐妹也看不起我，其实我也看不起我自己。我他妈的还能算个男人吗，老婆为了几个钱竟然得去卖，而且卖了一次还不够，还得一次一次地卖下去，现在居然卖上了瘾，可我又能说什么呢？你不要跟着我，你为什么要跟着我？"

尽管已走出了一大段路，安天还是能听清楚体育场传来的音乐声，那是轮回乐队那首著名的《烽火扬州路》。

第五章

1. 你是想问路吗？

电话铃响的时候，安天还在床上。有斑斑点点的阳光透过百叶窗帘洒在窗前那张写字台上，昨晚安天开了个夜车，给半个月前完成的那个中篇换了个他更为满意的结尾，然后喝了杯二锅头，又冲了个温水澡后，躺在床上翻了几页《围城》。这一觉他睡得非常踏实，和酒有关系，和他这个晚上终于做了点他认为有意义的事有关系。电话铃还在响，安天再一次提醒自己，应该在床头装个分机。

一、二、一

　　电话是任馨伊打来的。从她欢快的语调中，安天得出了她的心情很好的结论。这种时候，往往是这种时候，她会由着性子开一些让安天消受不了的玩笑。安天说，对不起，你稍等一下。他跑到卧室门背后，查了下日历，在确定只是个普通的日子后，他才重新拿起了话筒。

　　"有个消息要告诉你，你听了也许会吃惊的。"

　　"你说吧，我有思想准备。"

　　"我离婚了，刚办完手续。"

　　挂了电话，安天再一次跑到门背后，重又看了遍日历，四月二十七日，星期三，确实只是个普通的日子。

　　傍晚六点左右一般是安天散步的时间。今天是星期三，是向勤来他这儿的日子，下午向勤来电话说她身体不舒服，想在家休息一下午，车也不出了。

　　从新乡回来后，安天主动约向勤吃了顿饭，她的态度起先十分冷淡，但喝了点酒，尤其是上了床，一切又变了回来。对向勤，安天是有把握的，他手上握着一把能让她哭让她笑的钥匙。安天不知道是否是因为这样，他才对向勤没有更大的想法，即使向勤婉转地告诉他，她将在今年下半年结婚，他也没什么触动。而任馨伊就不同了，她的脑子很活，鬼念头很多，让人捉摸不定。

　　走到农行的时候，安天听到身后一阵急促的噼呖啪啦的脚步声，他回过头去，只见二十来个穿着运动服的中学生正气喘嘘嘘地朝他跑过来，旁边一个骑着自行车、车上驮着一大堆衣服的男老师嘴里喊着，坚持，坚持到底就是胜利。安天往人行道上让了让，然后停下来看他们一个一个通过。落在队伍后面一个像豆芽菜一样瘦长的男生和第一个差了有五、六百米的距离，他身后另一个骑着车同样驮了一大堆衣服的男老师嘴里还在喊着口令：一、二、一，二，一，一，二、二、三、三、四。安天忽然想起自己读高中的时候，测验一千五百米也是在校外公路上进行的。他让弟弟骑着车在一个路口等他，他故意落在队伍后面，然后由弟弟骑车带着他抄近路和队伍汇合。

不知什么时候，安天身旁站了个老头子，后者眼巴巴地看着安天，好像一直在等安天注意到他。见安天终于扭过脸来，他咳了一声，然后从早就拿在手里的烟盒中抽出一支，递给安天，谦意地说，烟不好，凑合着抽吧。安天没有伸手接，而是问，你是想问路吗？

一、二、一

红烧肉

　　菜市场的早市，小军妈最熟悉不过了。她以前就在菜场工作，负责豆制品柜台。三年前，刚参加工作的女儿小铃大清早从自家四楼的阳台跳了下去，腿摔断了，胳膊摔断了，脊椎摔断了，却奇迹般地活了下来。没人知道她为了什么跳楼，反正她肯定是不想活了。

　　但既然活着，你就得管她。小军妈只得请了长期病假照顾再也没从床上走下来的女儿。做后妈的，当好了，还不要紧，稍不小心，闲话就来了。

　　小军妈手里握着一张五块钱的钞票，已在菜场里来来回回转了好几圈了。早市的菜，她当然不会买，她只是想看看行情，特别是肉的价格。儿子小军已嚷了好一阵要吃肉，要吃肉。十七岁的孩子正是长身体的时候，瘦得像一根竹子似的在你眼前晃荡，你能不心疼吗。都说这一段的肉是近几年来最便宜的，今天无论如何也要买点回去，不多，就五块钱，让儿子解解馋。

菜场里闹哄哄的。小军妈看见一个少妇模样的女人正背着摊主狠狠地频率很快地把青菜叶子往下掰。她急步上前，从口袋里掏出随身携带的马夹袋，把地上的菜叶捡起来，装进去。这么好的菜叶。少妇扭过脸来，很不屑地瞟了她一眼，然后频率更快地掰着。

摊主做完手中的生意，转过脸来，一下子喊了起来，多好的菜呀。他的语气听起来像是在心疼自己的孩子。他探过身子，打算按住少妇的手，被后者躲开了。

不卖拉倒，想吃豆腐啊。

摊主愣了一下，然后一把抓过小军妈手中的马夹袋，拎起底，往地下一抖，菜叶们全倒在了地上。

真没见过你们这种城里人，真是的，真是的。

小军妈把马夹袋叠好，重新放回口袋，慢慢往肉摊走去。这种事碰得多了，也就不像一开始那么尴尬了。她的男人写了那么多的句子，只有一句，她记住了，那就是：时间是改变一切的罪魁祸首。

两年前，当她因为长期病假而成为单位第一个下岗者的时候，她觉得天都快要塌下来了。靠除了写诗和能说会道、对其它事都一窍不通的丈夫，这日子可怎么过啊。两人一个月加起来不到五百块钱的工资，一家四口要吃饭，还有一个上高中的儿子和一个瘫在床上的女儿，怎么算都不够用。后来，她弄了辆二手三轮车，打算每天去郊外的农贸批发市场批点蔬菜来卖。然而有一天卖完菜回家，发现小铃从床上滚了下来，脸憋得黑紫，送到医院一看，她居然吞下了一把剃须刀片。

当晚，小军妈和丈夫商量，要不就随小铃去吧，她现在这副样子，说实话，还不如死了爽快。话没说完，脸上就挨了一巴掌。那是男人第一次打她，那叫狠呐。

后来男人对她说，我们家现在的状况，开源是办法之一，节流是办法之二，你先把节流工作做好吧。于是她比以前更精打细算，可不花的钱，当然不花，可花可不花的钱，尽量不花，必须得花的钱，比如买菜，也尽可能地少花。

她妈说得没错，她的男人的确是说得比做得好。可是现在后悔有什么用呢。当年这个能说会道爱看书还会写诗的男人往自己面前一站，自己就迷糊了。她从来没遇见过说话举止这么文绉绉的男人，肚子里有墨水的人就是和别人不一样。进而她不顾家人的反对，硬是嫁给了他。而结果呢，除了写总也发表不出来的诗，她男人要技术没技术，要力气没力气，烧了二十来年锅炉，不出意外的话，还得烧下去。

不想了，不想了，小军妈使劲摇摇头，把注意力集中到对面的肉摊上。她看上了靠墙边的那个肉摊上一块只带着一薄层瘦肉的猪脯肉。这肯定是肉案上最便宜的一块肉，但怎么看，都要有四斤多。她希望有人能去买走其中的四分之三，或者更多，这样，她就能对肉摊的老板说，便宜一点卖给我吧，这种肉谁会要。

肉摊老板是个跟小军他爸差不多年龄的中年男人，精瘦，嘴上叼着一根永不见灭的香烟。他切肉、过秤和算帐都很慢，看起来像个新手。他摊位的生意不是太好，七点半了，肉案上还剩着不少肉。

犹豫再三，小军妈走了上去。她必须在八点之前，也就是她男人上班之前赶回家。自从小铃吞剃须刀后，家里再不敢断人了。这两天，她男人的脾气变得从未有过地暴燥，易怒，下班回到家不是倒头睡觉，就是找她和小军的茬，然后是没头没脑一顿乱嚷嚷。她又想起了母亲在世时常说的那句话：贫贱夫妻百事哀。一点没错。早几年，她们家虽然不富裕，可还算过得去，一家人和和睦睦的，后来小铃出了事，她下了岗，男人单位的效益也不好，只能拿百分之八十的工资，还不准时，为给小铃看病又借了不少钱，于是，钱成了家里一切话题的中心。细想想，几乎所有的矛盾争吵都是因钱而起的。

这块肉有多重？

我给你称一下。大姐，四斤一两多。这样吧，你要全要了，就算四斤好了。

要不了，要不了那么多。我只想，要两块钱的，就两块钱的。

两块钱我没法卖。大姐，两块钱的肉，你叫我怎么给你切。

旁边摊位的几个顾客和摊主都扭过脸来，用一种奇怪的眼神看着小军妈。小军妈真想立刻转身走开，但一想到小军那副馋肉的模样，她还是艰难地把握着五块钱的那只手摊开在老板面前，那张折成四层又被握成一团的小纸片在她手心里慢慢舒展开来。小军妈的眼睛盯着那块很多人根本看不上眼的肉，嘴里十分艰难地说道：

你就看着给点吧。

两块钱，没法给。

你就看着给点吧，随便给多少。

真的没法卖，大姐，你说这几两肉让我怎么下刀啊。

我只有五块钱，是我们一家四口一天的伙食费。两个孩子都正是长身体的时候，儿子吵着吃肉已吵了一个月了，但我不敢买。我已经下岗两年了，我男人的单位效益不好，两个人一个月拿四百八十块工资，上有老，下有小，哪敢乱花钱啊。我也知道两块钱的肉，你不好卖，你就随便切一刀吧。

小军妈的脸涨得通红，眼睛仍然死死地盯着那块肉，那张五块的钞票重又被她紧紧地握在手里，她觉得自己马上就要哭出来了。她只等老板说"不行"，就转身离开。

摊主什么也没说，拿过那块肉，切下一半，又从另一块五花肉上切下一块，然后从案台下扯过一只马夹袋，装进去，称也没称就递给了小军妈。

红烧肉

51

这——

拿着，回去给孩子做上，不要说客气话。我也是下岗的，我能体会你的难处。这钱我是不会收的，别跟我推来推去的，这多不好。

红烧肉的香味溢满了厨房。小军妈用力嗅了嗅鼻子。她想象着中午小军放学回来闻到肉香时的高兴样。这两年，家里吃肉的次数数都数得清，若不是小铃出事，家里还不至于会一下子这么困难。想到小铃，她就犯愁，二十二岁的大姑娘瘫在床上，以后可怎么办啊。家里条件本就不好，再摊上这么一个姐姐，小军日后找老婆就更困难了。

这样的担心，小军妈曾多次跟自己男人提过，可每一次都被男人用眼睛狠狠地瞪了回去。也不知为什么，她就是有点怕自己男人，像学生怕老师。瞪完后，男人会安慰她，还早着呢，只要小军自己有出息，什么样的老婆找不到。

现在连阳台上也飘着红烧肉的香味。小军妈觉得就让香味们这么顺着阳台窗户飘走真是可惜了。她使劲地吸着鼻子，下意识地就把阳台的窗户给关上了，但随即她就笑了，摇着头又把窗户打开。

晾完衣服，小军妈来到小铃的房间。先拉开窗帘，打开窗户，然后费力地把小铃从床上抱到一张特制的带滑轮的椅子上，推到窗前那一小块阳光里。

叠被，换尿垫，拖地板，这一套活小军妈已经干了快三年了，没人给她工资，也捞不到一句好听宽心的话。小铃自从出事后，再也没说过话。一句也没说过。不是不能说，而是不愿说，并且脸上一点表情也没有。就这样，她还得伺候她下去，嘴里埋怨心里埋怨，也得伺候下去。这就是她的命。是命，就得认。就像她和楼下刘胖子的那件事，若不是小铃出了事，她怎么会一而再，再而三地上刘胖子的家。一来二去就出了事。平时大家没事也相互串个门什么的，但从来没出过事。可就是为了那把椅子，那把该死的带轮子的椅子，还不是为了省几个钱，结果把自己给搭上了。事后她后悔得要命，觉得对自己男人不起。尽管她一再告诉自己，我是为了他的女儿，可从此她觉得自己更怕男人了，就像犯了错误的学生怕老师。

一只苍蝇在小军妈眼前盘旋了一圈后向窗口飞去，它大概是想停在窗户上，但脚下直打滑，所以它又在房间里飞舞起来。在小军妈看来，这只苍蝇非常快乐，因为它不停地在飞，一圈，一圈，又一圈，就是不从窗口飞出去。难道它是因为舍不得离开红烧肉的香味？

今天我们吃红烧肉。

话说出口后，小军妈自己也吃了一惊。她停下手中抹桌的动作，转过身去看了一眼坐在阳光里的小铃。小铃眯着眼睛，侧对着她，挺直微翘的鼻子及尖尖的下巴酷似小军的父亲。她坐在那儿，一动不动，像一座雕塑。

小军妈没想到自己会脱口而出这么一句话，她刚要转过身去，忽然发现小铃的嘴动了一下，接着看见她的喉咙处也动了一下，一声清晰的咽口水的声音像是被放大了般传到她的耳朵里。

小军妈低下头，继续擦着桌子，泪不由她控制地夺眶而出。

上午十点半，该做的家务差不多都做完了。小军妈解下围裙，在厨房门边一张小方凳上坐下。坐下后，小军妈觉得有些累。真也怪了，忙的时候倒不觉得怎么样，一停下来，反倒浑身被打了一顿似的酸疼。她一下一下地捶着自己的大腿。前两天在街上碰到小学同学张美琴，人家也是四十一岁，可怎么看都像是三十一岁。那十年也不知怎么给抹去的。回到家她跟自己的男人感叹，人跟人真不一样啊。后者连屁也没放一个，就把头扭开了。

最近男人有些不对劲，话特别少，吃过饭后书也不碰笔也不

红烧肉

摸，倒头就睡，可又睡不着，光翻身。而且他们已经有近一个月没做那件事了。在这事上一贯表现得兴致勃勃的男人，往常总是很主动的，他说我没有钱让你去外面玩，这就是我们既锻炼身体又陶冶情操的的娱乐。

因为已成了习惯，突然少了这项娱乐，小军妈不免有些想法。有一天她实在忍不住，问，你是不是嫌我老了，或者外面有别的女人了？男人良久没有回答。她就推了推他的身体，这时男人头也不回地粗声粗气地吼了两个字，睡觉。

小军妈的眼光落在那只烧锅上，她的嘴角弯了。她身体前倾，伸长脖子，看了一眼客厅墙上的钟，十点四十五，再有一个小时，小军就该放学回家了。这么浓的肉香，楼道里肯定都能闻到。小军一定不会想到家里有一大锅红烧肉在等着他。

这么一大锅肉，可不能一顿全吃了，留下三分之一，明天买些土豆，往里一炖，又是一顿菜。想到这儿，小军妈起身从碗柜里拿出一只汤盆，从烧锅里拨出三分之一，想了想，又拨出来一些。

十一点钟的时候，小军妈想起该给小铃挪挪位置了。走到房门口，她听见背对着她的小铃正在很响地呼吸着，确切地说，是在用力吸鼻子。她走过去，把小铃的椅子往有太阳的地方推了推，迟疑了一下，问，要不要吃一块？

小铃没有反应，依然眯着眼睛，脸上一点表情也没有。小军妈知道她不会开口，但她还是在小铃身后站了一会儿，然后才退出去。走到门口的时候，她对小铃，更像是对自己说道，还是等小军他们回来一起吃吧。

小军的爸爸开门进来，比平时要早一些。进门后，他转身就进了厨房，直奔炖肉的那只烧锅。他掀开锅盖，看了一眼，然后重重地合上了。

小军妈随后跟了进来，刚要开口，男人脸色灰暗地转过身来，沉着脸，声音不大，但异常沙哑地说了一句，这日子不过啦?！既像是喝问，又像是下结论。说完用力推开小军妈堵在门口的身体，走了出去。

你听我说，这肉不是买的，是肉摊老板送的。

后半句话被她男人挡在了大门内。他摔门而去。小军妈站在门后，听着一阵急促下楼的脚步声，一下子有点反应不过来。

过了一会儿，她突然想起了什么，跑到阳台，打开窗，探出头去。她看见她男人像一头受了伤的公鹿撒腿在楼下小径上跑着，转了一个弯后，不见了。

在床上坐下后，小军妈的第一反应是她和刘胖子的事被男人知道了。从没见过他发这么大的火，虽然他近来脾气不大好，可也没像刚才那么又吼又摔门的。但是男人是怎么知道的呢？这事除了她和刘胖子，没有第三个人知道，难道刘胖子告诉其他人了？小军妈六神无主地站起又坐下，坐下又站起，并且不断地跑到阳台上往下张望。

是我们家做红烧肉了吗？妈——，妈。

去洗手。

先让我尝一块。

去洗手。一会儿等你爸回来了一起吃。

就吃一块，就一块嘛。

小军，你去楼下看看你爸，他刚才回来后又出去了，也不知道去干什么了。

又不知道去哪儿，我怎么去找。

妈让你下去你就下去，看见了就让你爸回来吃饭。哎，等等，你爸这些天心情不好，别惹他生气。

好吧，好吧。

小军妈搓着手，心神不宁地在屋子里走来走去，不时跑到阳台上，往下看看。楼下传来了乒乒乓乓的敲打声，肯定是刘胖子

红烧肉

又在做木工活了。这个死胖子也下岗了，可人家有手艺，时常帮邻居朋友和朋友的朋友敲打点什么，收入竟然比上班时多许多。

现在是市场经济，已经没有白帮的忙了。对，那天刘胖子就是这么对她说的，说完他就脱开了衣服，一副很有把握的样子。这个死胖子。

楼道里传来了脚步声。小军妈快步走到门后，手搭在门把上，侧耳细听，不是自己儿子和男人。小军习惯一步跨两个台阶，咚咚咚地，特别有劲。而自己男人的脚步总是很轻，上下楼梯时脚跟几乎不着地。

和他一起生活了十八年，小军妈觉得自己其实并不了解这个男人，有时候仿佛依稀看清楚了一些，但旋即就会明白，那只是假像。他的那些怪念头怪习惯使他就像是一团抓不牢握不住的迷雾，十八年前她走进了这团迷雾，然后就再也没走出来过。

近二十年来，这个男人一直在试图让她相信他是个暂时被诗坛遗忘忽略了的诗人，总有一天他会成功的。她相信了。所以这些年来她毫无怨言地包揽了一切家务，尽量腾出时间来让丈夫能安心地伏在桌子上写那些将被流芳传世的诗句。

男人写了足有三箱子，是那种装红富士的纸箱，都堆在他们的床底下，每年黄梅雨季前翻出来晾一晾。因此整个黄梅雨季，男人的心情和这个季节一样黯淡无常也就没什么可奇怪的了。

凭良心说，男人对她，对孩子都还算不错，起码在言语上，只要他愿意，总是能让大家心满意足。不过，现在孩子大了，已不是用几句好话能唬住的了。儿子曾语出惊人，说，语言这个东西是最具欺骗性的，只有钱才是最迷人最可爱最实实在在的东西。男人听完立即像挨了一闷棍般低着头走了出去，直到很晚才回来。这之后好几天他都哭丧着个脸不说话。有时候，她真觉得她有两个儿子。

小军妈猛然意识到家里弥漫了一上午的红烧肉的味道没有

了，一点也没有了，就像是场梦，梦醒了，就只剩下现实这个大疤瘌了。她急忙走进厨房，掀开烧锅盖。谢天谢地，这不是一场梦，虽然面上已冻了起来，但肉们就在下面。

小军首先推门进来，拉长了个脸，噘着嘴进了卫生间。

你爸爸呢？

在后面。

小军妈赶紧去厨房，打上火，然后走到房门口把小军进门时随手带上的防盗门打开。这时她看见自己的男人低着头在往上走，走得很慢很吃力，好像还有点迟疑，另外，手里竟然拿着一瓶酒。自从她下岗后，他就主动把酒戒了，烟也偶尔才抽上一根。

小军妈偷偷地观察着男人的脸色，小心翼翼地问道，吃饭吧？

去把小铃推出来。男人仍然低着头，嗓音有些沙哑。

她不是一直在屋里吃的吗。她不愿意和我们一起吃，你知道的。

去把她推出来，我有话要说。

小军妈冲里屋喊，小军，把你姐姐推出来。

不，你去推。男人的口气是不容置疑和反驳的，说完他进了厨房。

男人倒了一杯酒，满满的。他让大家每人都喝一口，从小军开始，必须得喝。接着每人半碗肉汤，他亲手给倒的，也必须得喝下去，然后才开始吃肉和饭。男人指着桌子当中的烧锅，说，多吃，把它吃完。

小军吃得很畅快。肉汁从他一边的嘴角流了下来，他用手背抹了一下。抬头间，他正好看见母亲在冲着自己发愣，他笑了，鼓得满满的嘴里含乎不清地咕囔了一句，真好吃。

男人闷头不语往喉咙里灌酒的样子让小军妈心里有些发怵。无意中，她和小铃对视了一下，能看出小铃的眼睛中也有不安。

红烧肉

坐在她身旁的丈夫一仰脖，又把一大杯白酒灌了下去，与此同时，泪流了下来。他又倒了一杯，拿起杯子刚要往嘴里送，被小军妈一下子按住了。

你不对头。到底怎么啦？你说，到底发生什么事了。

让我喝。

男人一把推开小军妈的手，杯中的酒洒了出来。但小军妈已经站了起来，死命夺过他已经端到嘴边的杯子。

让我喝。

这么喝，你不要命啦！

争夺中，杯子掉在了地上，飞溅开来的酒和玻璃碎片落在小军妈的脚上。除了还在咀嚼的小军，大家都定格了般愣在那儿。

突然，男人发了疯似的越过桌面，夺下小军手中的筷子，扔在地上，然后起身冲到小军身边，一把抱住小军的脑袋，另一只手掐着小军的喉咙，嘴里喊着，吐出来，快吐出来，里面有老鼠药，快吐出来。

小军妈的脑子"嗡"地一下，就像短路似的一片空白。

小军已经感到不对劲了，他捂着肚子，慢慢蹲了下去。男人吓坏了，像被毒蛇咬了似的一下子从小军身边跳开，退到墙角，双手抱着自己的脑袋，绝望而无助地看看儿子抽搐的身体看看小军妈，嘴里反复说着，不要怪我，我也是没办法，我下岗了，我也下岗了，这日子是没法过了，我也是没办法，不要怪我……

小军妈冲过来抱住儿子的身体。她看见有白沫从小军的口中源源不断地吐出来。她第一个念头就是冲下楼去找邻居，但刚走到门口，一阵急剧而至的腹痛使她一头栽倒在地。随后，她听见身后轰然一声巨响，小铃连人带车倒在地上。

剧烈的疼痛从腹部向周身扩散开来，来得是那么地突然，小军妈仰起脖子，想看一眼丈夫，但没有看见。她用尽全身的力气，喊了一声，救命啊！

我看到了什么

1

在天完全黑下来之前，安天打算去街上走一走。这段被称作"黄昏"的时间，安天一度喜欢在某个窗口点一支烟静静享受。不过，那都是好几年以前的事了。如今，只要他待在家里，就别想有片刻的宁静。他的新婚旧妻子——曾任过两年别人的妻子——于玲，不是不停地唠叨就是没来由地送上在安天看来纯属骚扰的脉脉温情。而后者却极有把握地认为，男人结婚要的就是这个。

今天是星期天，行人和车辆明显地比往日里少。平常安天五点下班后，总是先乘两站单位的通勤车，然后慢慢步行回家。结婚后，他已不需要为自己的衣食操心了。他所要做的就是在固定的时间坐在饭桌旁，并且每周以固定的姿势让他的妻子满足上一回。如此这般，他就完成了至今还让他感到陌生的角色——丈夫——的义务。也许，当初安天就是冲着于玲远近闻名的任劳任怨才娶她的。不过，事隔半年，那会儿的初衷已变得模糊而不可查了。安天点了一支烟，然后抬腕看了下表，六点二十分。往常这个时间，他也差不多走到这个路段。夹在急匆匆往家赶的人流中，安天散漫的脚步总是显得别扭而醒目。实际上，安天想，别人才不会去注意那个神色慌张脚步零乱的男人。他们关心的是顺路带点什么菜回去，晚上有无好电视节目，如果心情愉快而且有兴致的话，不妨过上一回性生活。就是这样的。让安天觉得别扭的从来只是他自己。

　　尽管别扭，只要有可能，安天仍然鼓励自己走到黄昏里去。将暗未暗的天色里，安天总能在一支烟的帮助下，顺利地找到那种叫"黯淡"的心情。他已经以这种心情生活了许多年，并且不出意外的话，他还要这么生活下去。安天觉得自己越来越有理由认为，生活对他来说，只是一堆慢慢熄灭的火苗，不断地失去着光亮和热情，最终的结局不言而喻。有时候，安天想，自己时不时地走到黄昏里去，或许只是为了证实一下，自己确实依然生活在黯淡里，这样，他才能比较踏实地等待预料中的结局的到来。

　　一辆从安天身边呼啸而过的丰田子弹头面包车在二十米外突然一个急刹车。车没停稳，后排车门就打开了。一条穿黑丝袜的腿先伸了出来，接着是一只长头发的脑袋。没等下车的人站稳，那辆银灰色的子弹头又像离膛的子弹一样冲了出去。安天只觉得眼前晃了两晃。街灯亮了。

　　安天有意识放慢了本就够慢的脚步。他看见下车的女人此刻正一手卡在自己脖子上，另一只手按在胸口，弯腰朝熊猫状的垃圾桶里吐什么东西。吐完一口，她直起腰，酝酿了一会儿，又吐了一口。然而这一口东西似乎并不愿意就这么离开那张可爱的小嘴。它像一个拉长了的感叹号，缓缓向下垂挂并小幅度地晃悠着。它就是不断。

　　坦率地说，那个女人有着一副不错的身材。她穿了一条在安天看来只要在中间砸一根线就是一条平角短裤的超短裙。修长笔直的双腿简直就像某种召唤。安天无法移动自己的视线。事实上他也不想。美好的东西就是给人享受的。虽然看了也白看，但不看白不看。

现在，安天看得更清楚了点，那个嘴上挂着一个感叹号的女人其实只是个十七八岁的少女，或者更小。她的高跟鞋和略显夸张的化妆只是为了使自己看上去更像个风情万种的女人。安天不由自主加快了吸烟的频率。

在安天快走到稚态可掬的熊猫跟前时，那个液体感叹号终于断了。女孩掏出纸巾擦了擦嘴，然后准确地扔进了熊猫的嘴里，一拂她的长发，走了。天哪，我看到了什么？安天惊恐地问自己，熊猫的嘴角，瞧，熊猫的嘴角上挂着一滩似痰然而肯定非痰的乳白色液体，它太像某种东西了。凑近仔细看了一会儿，安天断定，就是那种东西。

2

"怎么到现在才回来？"

"碰到一个熟人，在路边聊了一会儿。"安天在门口换上拖鞋，然后去卫生间洗手。花了半年的时间，安天才习惯了在门口换了拖鞋进屋，饭前洗手，以及喝加了大量味精的鲜汤这些原本只是于玲的生活习惯。于玲称之为磨合。可她自己却完全没有打算去适应安天某些习惯的意思。在她看来，安天以前的生活方式和某些嗜好首先是错误的，其次还很荒唐，所以是该彻底摈弃的。她雄心勃勃地要把安天调教成一个讲卫生，懂道理的好孩子。据说，她的前任丈夫就是被她伟大的母性给吓跑的。然而，安天却想试一试。他需要一次婚姻（不管是为了父母还是周围的好心人）。娶一个年龄比自己略大，能干善良诚实的女人，在半

我看到了什么

年前的安天看来，是谢绝众多热心的红娘们最为省心的办法。

安天洗完手回来，于玲已经把碗筷摆好了。掀开盖的搪瓷烧锅里冒着腾腾的热气，不管里面是什么内容，反正是一锅能鲜掉你眉毛的鲜汤。吃了两口饭，安天发现没拿汤勺，他刚要站起来，于玲一把按住了他的肩，你坐着，让我来。应该说，安天活这么大，从未见过像于玲这么主动、积极、霸道地要把家务一揽子包的女人。就连每周一次的性生活，她也是从头到尾地一个人忙活。一开始，安天觉得很新鲜，可时间长了就不免感到乏味。总是那么一套程序，就连运动的频率和次数都一成不变。好几次安天要求改变一下姿势，都被对方一口回绝了。她认定那就是唯一的标准，除此之外都是不可取的。如今，安天愈来愈觉得自己其实只是个摆设，或者说，是于玲生活中不可少的一个服务对象。在单位里，作为内勤，她为她的领导服务，回到家，她为丈夫服务。她天生就愿意不停地忙碌，这样，她才觉得活得有滋味。真难以想象，离婚后的那段日子她是怎么过来的。

"刚刚你说在路上碰到了一个人，碰到谁了？"

"一个以前的熟人，你不认识的。"

"男的女的？"

"男的。"

"他是干什么的？"

"你问这干什么？跟你说了你不认识的。"

"随便问问，随便问问嘛。来，吃点青菜，——你总是不肯吃青菜，这里面有丰富的维生素 C 和叶绿素，都是人体必需的元素，还有通便和去火的功能，哎，最近你的大便正常吗？"

"你不要挟，让我自己来，好不好？我又不是没有手。"

"可是我不给你挟，你根本就不会吃青菜的。这两天你额头上又长出了两个红疙瘩，那就是因为上火，你需要吃点败火的东西。一会儿吃完饭，你再吃几颗清热解毒丸，——听见了吗？

来，再吃点青菜。"

不要反抗，安天知道那没用。自己每一次的反抗，在眼前这个三十二岁的女人眼里，只不过是孩子的无理取闹。她总归是对的。从来都是这样。然而，说实话，安天真不知道自己还能忍受多久。有时候，他觉得自己真他妈的像个可笑的老小孩，二十九岁还被迫戴着一只围兜张着嘴等别人给自己喂食。也许俩人之间有个小孩，会转移掉一些于玲无穷无尽的关怀。可这仅是一种假设，只要一想到于玲铺天盖地无微不至的关心，安天就不得不绝望而清醒地认识到，即使有上十个孩子，于玲也不会错过对他的照料的。

3

蔡家西弄是条死弄堂，一共有十二个门牌号。但这并不意味着只住了十二户人家。在苏州这座以园林假山闻名的古城，你要想理解"别有洞天"这个词的含义，那你不妨去走走小弄堂和私家花园，它们会让你大吃一惊的。你会发现一个门牌号就像一只有魔力的盒子，从里面会源源不断地走出各式各样的人来。你简直难以想象一个门牌号里能住得下这么多人。这很好玩。

作为土生土长的苏州人，安天当然知道这一点。此刻，他正站在蔡家西弄对面的人行道上，密切注视着弄堂口的动静。昨天黄昏的那个女孩最终就拐进了这条弄堂。安天一直在他现在的这个位置——十九路公共汽车站站牌下——等到天黑透（这是条死弄堂，只有这么一个出口），也没见她出来，据此，安天可以不肯定地判断，她就住在这弄堂里。

连着抽了三支烟后，安天觉得有点恶心。那是因为一下子吸了太多烟又吸得太深的缘故，并且昨晚的睡眠非常糟糕。按惯例，昨晚是他向于玲交公粮的日子。对，就是把自己攒了一星期的那几毫升液体交给他的组织。不管需不需要，身体状况如何，每个星期天晚上九点之前，于玲总会提前准备好该准备的一切东西，包括一只用于装公粮的直径为三十三毫米的优质乳胶口袋。九点正，准时开始。不，你不要动，只管躺着，让我来。于玲先动作利索地脱去自己身上的一切武装，接着帮助平躺在床上的安天剥去已所剩不多的一点布头。可是，可是我想换一换，安天可怜巴巴地请求，让我们换一下位置吧。于玲正一刻不停地耕耘着她身下这片不算肥沃的土地，只忙中偷闲然而非常坚决地摇了摇头。同样的频率，同样的程序，在同样的高潮到来之前，安天激动地请求，我把它放到你嘴里面吧。

尽管难受，安天还是再次给自己点了一支烟，这能使他看起来显得从容一些。不时有人从蔡家西弄进进出出，可安天等待已久的美腿却一直没有出现。这会儿它们正在哪儿溜达呢？昨晚那双美腿和垃圾桶上那口可疑的东西闹腾了安天整整一宿。他三番五次催促自己赶紧睡着，不要再胡思乱想。可是没用，前半夜是美腿在天花板上跳舞，后半夜换成了一摊乳白色液体，它搅拌着于玲起伏有序的呼噜声在安天头顶不屈不挠地盘旋到了天明。以至于今天整个上午，安天所在的浸渍车间里都回荡着不轻不重的呼噜声。

街灯亮起的时候，安天开始往回走。他明白，要是不想招来于玲没完没了的盘问的话，自己最好这就回去，早早吃了晚饭后爬到床上去。在这个家中，只有进入了梦乡，安天才能得到他想要的安宁。或许明天，他就不会荒唐地站在街上等一个自己根本不认识的女人的出现了。谁知道呢？

4

三年前，也就是一九九四年，当时安天还没改名字，那会儿他叫安乐。他已用这个名字安然地生活了二十五年。除了中学因考试作弊让这个名字记了一次大过外，他再没让"安乐"受过其它委屈。他的父母对他的期望并不高，只要他能平安快乐地过日子就够了。然而有一天，他突然发现周围的人，当然主要是单位里的同事，全都表情暧昧地在冲他乐。安乐从来不是个引人注目的人，因而偶尔被众人的目光推到舞台的中心，他便感到心慌意乱，手足无措。怎么回事？告诉我怎么了？为什么会这样？你们都在乐什么？安天惊恐不安地问众人。卫生巾，大家一起大声喊。对，他们就是这么喊的：安乐牌卫生巾，安乐牌卫——生——巾。

这是安乐没有料到的。当然安乐的父母也没料到，二十五年后自己的儿子会和一种卫生巾同一名字。要知道，二十五年前根本没有卫生巾那玩艺儿。可是安天一点也听不进那充满歉意的老俩口的解释，眼下他已成了一条可笑的卫生巾。安天原还寄希望于别人叫上一段时间就淡忘了，然而事实证明这其实仅是一种妄想。这种女人每个月都要用上几天的东西，怎么能叫人彻底将它忘掉呢？而他们单位至少有二百来名女工，她们对卫生巾在时间上的需求肯定是分散的。也就是说，弄不好每天都有人在使用卫生巾。别忘了，还有那些男同事，他们大部分都有老婆和女朋友，她们也能让自己的男人或男友很自然地想起单位里有个和某种卫生巾同名的同事。说不定正是她们这几天在用着的牌子。

经过差不多半年的焦急等待和不懈努力，安天才如愿以偿地为自己换了一个新的名字。当他从派出所里领回那张新身份证的时候，竟然一下子热泪盈眶。他为那个倒霉的旧名字付出的实在太多了。他的女朋友——本单位食堂一位略有几分姿色的临时工——因为不能忍受和一条卫生巾一起进进出出，毅然决然地投入了一名腿有残疾——其中一条比另一条短一公分——的电工的怀抱，并且以闪电般的速度——交往仅三个月——结了婚。这对

我看到了什么

安天的打击是巨大的。你不知道，在这以前他一直在为自己的父母而苦苦向她求婚。她既不回绝也不答应，心情好的时候，她会突然单方面允诺要给安天生个儿子，八斤以上的（她的骨盆宽广，应该没问题）。

另一个打击紧跟着就来了，那名骨盆宽广的女工放出风来，她与安天断绝关系的原因是因为安天的某项功能没达到她要求的指标。大家追着问她的指标具体是多少，她只笑而不答。反正自从她结婚以后，她什么话都敢说了，要命的是她什么话都只说三分之二，留着三分之一让那些个无聊得要发疯的好事者去发挥想象。这样，安乐那个来得莫名其妙的绰号上又多了个有凭有据的前缀：柔软。

没法待下去了。安乐知道即使换个名字他也仍然是条举而不坚，坚而不挺的卫生巾。只要还呆在这个鬼单位，他将永远是条女工们难以割舍男工们月月念起的卫生巾。只能是这样。

一九九四年，对于安天来说是个多事之年，他在为自己换了个名字之后，又不得不继为自己的工作奔波。没人能理解他的举动。

"不就是个绰号吗，难听是难听了点，但这又有什么关系呢？小伙子，等结婚以后你就不会在意了。"

"可是，我怎么听说那种牌子的卫生巾非常好使，价廉物美，很受女人们的欢迎。看样子，近几年都不会从市场上消失。"

"价廉物美，嘿嘿，很受女人的欢迎，嘿嘿，这有什么不好，这不是你小子一直梦寐以求的吗？"

"别开玩笑了，你不知道现在电视里都在大做特做那种卫生巾的广告，天哪，连中央电视台也……，唉，我都不敢在电视前坐……"

"你小子现在可算是国内驰名啦，连我老婆也用上你了。不过，一想到我老婆每月都要把你垫在那个部位，我就心里他妈的不舒服。不行，我得让她换种牌子……"

　　九五年的元旦到来之前，安天终于在他姐夫的活动之下，揣着一个新名字来到了他现在工作的这家电容器厂。一开始，安天就小心翼翼地应付着新同事对他的好奇，尽可能圆满地解释他换工作的因由。他明白这世界很小，而人们的好奇心很大，一不小心，他就将前功尽弃。他要求他的家人不要再叫那个他们叫了二十五年一张口就滑出口腔的小名——小乐子，改叫安天。要是在马路上有人喊"安乐"，他只当没听见。安天下定决心，要在形式和内容上彻底与那个卫生巾名字告别。

5

　　差不多有两年的时间没发生什么大事了。安天站在蔡家西弄对面的十九路公共汽车站牌下，一边抽烟一边为自己总结到。不管怎么样，他是一定要给父母找个能生孩子的儿媳妇的，为此，他也一直在努力。但是，人家不是嫌他没这就是嫌他没那。当然，他也有过为数不多的几次回绝对方的记录。而和于玲，几乎别人一撮合，俩人就顺势搅到了一起。实在是个意外。没费什么精力和钱财，只是把他的一些替换衣物搬到于玲物件齐备、单缺一个男主人的家里，就算结婚了。感觉上，安天好像有一天出门散步，却意外地拣到了一件自己期待已久，却无力购买的东西。就这么简单。婚后的生活，怎么说呢，安天吃不准别人家是怎么回事，反正他们家事无巨细都不要他过问。他只需要按时回家并按时交上二种公粮，一是他每月的工资，另一种就是每周一交的几毫升精液。一度曾让他兴致勃勃的性生活，眼下已让他越来越感到乏味。安天完全也没想到娶一个刻板勤快的女人做老婆，竟然意味着他们将一辈子用一种姿势过他们的夫妻生活。

　　猛吸两口后，安天把手中的烟头扔进两米外一只垃圾筒里。

那是一只熊猫状的垃圾筒。以前安天没注意，现在他发现这座城市到处都是这种形状的垃圾筒。安天扔完烟头后重又站回原地。不时有人站到他身边，和他待上几分钟，然后又换另外几位。十九路车不是趟热线，乘的人不是很多。安天庆幸蔡家西弄对面有这么个车站，他已接连在这儿等了四个黄昏了，虽然要等的人至今未曾露面，但他也没因此引起别人的怀疑。

车站对面的情况，安天也大致有了一点了解。蔡家西弄右首依次是：布店、文具店、童装店、点心店、电池厂门市部、理发店、修车铺和一家中型百货商场，这就到了四叉路口，左首是一所小学的外围墙。连着两天，安天都在六点十分左右看见一个四十多岁，白净，端庄，还有几分姿色的妇女步行进对面弄堂。不知为什么，安天几乎一下子就认定她是他要等的女孩的母亲。他甚至在她脸上捕捉到了一种模模糊糊的焦急之色。安天想，该不会是那女孩病了吧，否则，为何总不见她从弄堂里出来呢？

6

看来，只有请一天假了。第五天凌晨，安天望着天花板上吊灯的那个位置对自己说。连着五天的失望而归，让他开始怀疑自己五天前的亲眼目睹。问题极有可能就出在时间上，用每天黄昏的半个小时去等那么漂亮的一个姑娘，显然是不够的。同时，他也问自己，真要见到了那女孩，打算怎么办？是上前拦住她问，小姐，你还记得那天你朝垃圾筒里吐了什么吗？或者，小姐，我也想和你那么地来上一回，多少钱，你说。身边的于玲睡得很熟，打着轻微但没有丝毫变化的呼噜。安天不可思议地看着枕边这张越看越陌生的脸，真不明白这个活得有板有眼的女人怎么能把呼噜都打得这么均匀，前后一致。

饭桌上摆着一只热气腾腾的小碗，里面有两只糖水鸡蛋，是安天的早餐。在于玲的要求下，安天又接上了断档四年的吃早餐的习惯。于玲每个要求后面都有一大堆有科学依据的理由。她总是对的。

安天喝完最后一口汤，去卫生间擦嘴。于玲正在里面往洗衣机桶里塞刚换下来的被单，枕巾什么的。她的一天可真够忙的，一早起来去菜场买菜，买回来后，给安天准备早饭，洗脸水，安天吃早饭的时候她整理床铺，弄完这一切，她匆匆吃点东西赶去单位为她的领导服务，晚上下班回来还要洗菜做饭和不停地唠叨。安天本想问问今天又不是星期天，为什么要换洗床上物品，话到嘴边，他只说了一句，我去上班了。他知道于玲做每件事都是有其充足的理由的。她从来都是对的。

7

今天见到那女孩的概率要比前几天大得多，安天抬腕看了看表，才六点五十分。也就是说，他有十一个小时的时间可以用来等待那女孩的出现。小姑娘，你就乖乖地给我出来吧。

驶过六辆十九路车后，差不多就七点半了。不用看表，安天完全能估计出来，每隔五六分钟一趟，五六得三十。可事实上，安天一直在不停地看表。他看起来和站在他周围的人一样像个赶着去上班的等车人。有那么一会儿，他甚至走下了人行道，左顾右盼。安天估摸自己大该是想招辆出租车，因为他等公共汽车已等得不耐烦了。当一辆十九路车进站之后，安天退回到了人行道上。他终于送走了那一拨感觉正逐渐在对他起疑心的家伙，和另外一些从四面八方聚拢在十九路站牌下的人们一起翘首而待，并不时看看手腕，皱皱眉头。

八点半的时候，安天穿过马路，到对面的公用电话上，向单位请了个假。自从进电容器厂后，安天从未请过假。他的生活就是上班和待在家里。他的时间就分布在这两点及连接这两点的连线上。没人需要他的时间。对别人来说，安天的时间和他的人一样，都是不被需要和可以忽略的。就连安天的父母也从不指望自己的儿子能帮家里做点什么。他们知道指望不上，因此从不指望。顺便说一下，他们原指望——也是唯一的一点指望——安天能给他们生个孙子，哪怕是孙女也行呀。可安天偏偏粗心大意地娶了个有先天性心脏病不能生育的女人。接电话的是安天的车间主任，他略显意外但马上爽快地答应了。

为那女孩设计的多种身份中的一种大致已被否定了。除非她是个住校的学生，要不然不可能在上学和放学的时间都不见她出现。老实说，安天已记不清她究竟有多大了。感觉上好像是个中学生，也许只是他心里这么愿意吧。一个十六、七岁的女孩从一辆形迹可疑的车上跳下来，往垃圾筒里吐了一口热乎乎的精液，天哪，这太刺激也太让人难以置信了。其实，她的超短裙、高跟鞋、黑丝袜和一脸脂粉使她看起来像只鸡。不过，安天知道如今这个年代，已不时兴以装束去判断人的身份了。只要有不同的要求，就会有相应的服务。有人喜欢胖的，有人偏爱瘦的，有人倾向于浓妆艳抹，有人愿意和纯情少女状的女人打交道。而像自己这种男人，安天清楚地意识到，无论是哪一方面都还没富裕到可以挑三拣四去考虑口味的地步。要让安天说，那个小姑娘就很合他的口味。

上班上学的高潮过去之后，街上的车辆和行人都少了许多。站在十九路车牌下一支连一支抽烟的安天显得越来越醒目。他命令自己挺直腰，眼睛大大方方地看着一个方向——弄堂口，可是过不了一会儿，他又佝背缩颈东张西望起来。于是，他不得不一次一次地提醒自己。

大该十点半的时候，安天看见一个臂上别着红袖章的老太太奋力追上了两个正在巡逻的巡警，然后比比划划地跟他们说着什么。他们三人的目光好几次落在了安天身上。必须得离开了，安天告诫自己，而且要快，你可不想惹什么不必要的麻烦。

在回家的路上，安天不无遗憾地认识到，于玲以外的女人对于他来说，永远只不过是一个幻想，以他现在的境况，有于玲这么个虽然功能不全但得之意外的老婆，自己应该感到满足了。还想怎么样呢？即使每周一次刻板透顶的性生活也总比没有来得强。想想那些光棍，想想以前那个东碰西撞地为那几毫升东西寻找排泄地的自己，眼下还有什么可抱怨的。想明白这些问题，会有助于自己以后心平气和地生活。

8

经过卤菜店的时候，安天顺便买了四分之一只咸水鸭。在店主转过身去剁的当口，安天又开口要了半斤鸡杂。他觉得自己已饿成一个空洞了，四分之一只鸭恐怕难以打发自己的胃。走到楼底下，安天忽然想起于玲一早去菜场买了二斤小排骨。在他刷牙的时候，后者充满柔情地宣布，晚上下班后要给他做他最喜欢吃的糖醋排骨。这么说的同时，她还用她柔软的腹部拱了一下安天的臀部。就像安天一直希望自己能做的那样。一边上楼，安天一边想，为了避免于玲的唠叨，我中午最好把两样卤菜消灭干净，吃不完就扔掉，没什么舍不得的。一想到于玲的唠叨，安天头都疼了。

四楼的楼道里弥漫着一股糖醋的味道。等安天打开 401 室的门后，味道就更浓了。鞋架上没找到他的蓝拖鞋，安天赤着脚走进客厅。他看见饭桌上摆着两副碗筷，碗边有两堆吃剩的骨头，其中一堆比另一堆至少多出二倍。饭桌当中是一盆吃剩的糖醋排骨和两盆安天看了一会儿才认出来的炒茄子和素什锦。现在，安天看见自己的拖鞋了，它们一只底朝天地躺在客厅的角落，另一只夹在半开半合的卧室门口。

中午是这栋楼一天中最安静的时候。安天静静地站在卧室门口，手中那包鸡杂的袋不知什么时候破了，正一滴一滴往下滴着卤汁。床上的两人肩挨肩躺在一条桔黄色的毛巾被下，光看那姿势，安天觉得跟他在于玲的旧相册里的一张五寸彩照上看到的没什么两样，只不过这会儿他俩没穿婚纱礼服。可是他俩的脸上都泛着淡淡的红晕。依安天看，比相片上的化妆自然多了也迷人多了。如果此刻手上有照相机，安天真想给他俩拍上一张。他们不知道，这一刻他们的样子真是棒极了。

五月十二号的生活

1

后来他们都老了。

他们躺在床上抚摸着对方干燥的身体时，没有一点欲望。男的拎起女的肚皮上一层松驰的皮肉，说：

"你以前这么平躺着时，肚子是扁平的。"

"不，"女的纠正道，"最早是凹下去的。那时你一摸我的肚皮，就问我是不是没有吃饱。"

平躺着的女的看了看面朝自己侧躺着的男的。男的点点头。于是女的继续说：

"直到怀了红梅，它才慢慢平了，后来鼓起来了，再后来越来越大，越来越大。"

"刚结婚的时候，你一直担心怀孕了怎么见人。你那时很害羞，一说话就脸红，还说'肚子大了怎么见人哦，难为情都难为情死了。'"男的模仿着少女那种尖尖的嗓音说。

女的笑了，依稀有着当年那种羞涩。

"多少年过去了?"过了一会儿,她问男的,也问自己,"二十九年过去了吧?"

男的微笑着点点头,又用手心抚了抚刚才拎起的那层皮肉和整个肚皮。

2

当这对老夫妻躺在家传的雕花大床上回忆过去的时候,他们唯一的女儿红梅也躺在 887 公里之外的一张床上,听一个叫丁欧的男人充满激情地胡言乱语。

"我要把特别的爱送给特别的你,"说着丁欧纵身扑在了红梅的身上,"让我一次爱个够吧!"

中午一点钟的阳光透过玻璃窗洒满了这间十平方米的小屋,没有窗帘,窗帘被丁欧的老婆临走时拿下来泡在盆里了。她有理由这么做,她的丈夫在她出差的时候老是不失时机地会犯上几次错误。作为妻子,她至少有权利要求丈夫别在自家的床上犯错误。

"刺眼。"红梅指指明晃晃的窗户,"我讨厌阳光。"

她还不习惯在大白天做爱,而且是和一个不太熟悉的男人。她和小东总是把窗帘拉得严严的。这样,即使是白天,也有了晚上的效果。

"你闭上眼睛,"丁欧这样教红梅,"你只管享受,让我来服侍你。"

于是,红梅闭上了眼睛。丁欧用他的男低音接着朗诵道:

"爱是什么? 爱是一种梦境。做爱是什么? 做爱是两个人在快乐中的交融。"

当这个男人一边朗诵一边在红梅身上忙这忙那的时候,红梅听到了走廊里的脚步声。这不奇怪,这幢电厂的宿舍楼白天黑夜地响着各种脚步声，总得有人上早班、中班和夜班吧。而宿舍离他们的岗位又这么近，谁也不能保证不抽空溜回宿舍一趟。很多时候什么也不为，只因为无聊。

丁欧就是从岗位上溜出来的。他对在控制室和他一起监盘的同事说，他的肚子不舒服，要去厕所。他的同事哼了一声说，妈的，你的肚子什么时候舒服过。

不过丁欧还是像那么回事地捂着肚子出了控制室，并以百米冲刺的速度跑回了宿舍，然后把对门的红梅拉到了自己的屋里，接着又拉到了床上。看这种速度，你就知道他们显然已经不是第一次了，不过说实话，也仅是第二次。

丁欧把他的嘴从红梅的胸口移到她的嘴唇时，打了个饱嗝。一股变酸了的洋葱炒肉片味直冲红梅的鼻腔。小东中午也买了洋葱炒肉片，他和红梅在食堂吃完饭后，叮嘱红梅睡一会儿。

"我一下班就回来，"他们在食堂门口分手时小东说，"今天我们班上有人请假，实在没办法溜回来，六点半，最晚六点三十五，我就回来了。"

最后，他还对红梅眨眨眼，暧昧地说，别忘了，把我们的窗帘拉上。

丁欧的吻投入而且花样百出。红梅不明白丁欧嘴里怎么会有那么多源源不断的口水。她觉得这会儿自己整个身体都已湿乎乎地散发着洋葱炒肉片的味道了，而丁欧还没有忙完。他专心致致地做着这一切，直到看见自己身下的这个女人像雷雨前河面缺氧的鱼儿那样不停地向上扑腾，他才豪情万丈地奔向主题。

红梅一直闭着的眼睛猛然间睁开了。她听到走廊里一阵熟悉的脚步声，正由远而近。脚步声停在他们外面，敲了敲对面的门，接着又敲了敲。丁欧也听到了，他们都意识到谁回来了。他们觉得小东回来得真他妈的不是时候，他们正爬到快乐的半山腰，准备向山顶冲刺。现在只能把昂扬的斗志暂时搁一搁了。不

五月十二号的生活

过，老实说，他们也没觉得有多糟糕，他们甚至因此体会到了更为刺激的偷情的乐趣。他们俩屏息待在半山腰上，听着走廊里的动静。

掏钥匙的声音，开门的声音，奔向水房的声音，奔回来的声音。五秒钟过后，丁欧的门被敲响了，随后，丁欧家贴了窗纸的气窗被一拳头砸开了，小东的脸出现在气窗窗口。

小东并不相信他眼前所看到的，或者说他不愿意相信，所以他长时间不眨眼地俯视着下面。洒满阳光的大床上并排着两颗他熟悉的头颅，这两颗头颅上的四只眼睛也在看着突然出现在气窗上的这颗头颅。

他们就这样不出声地看着，直到红梅怒气冲冲地说了两遍：你给我下去。小东才从垫脚的椅子上跳了下来。他把椅子搬回自己的屋里，在屋里转了几个圈子。他一时不知道往下该怎么办了，但他知道肯定得做点什么，不能这么就罢休了。最后，他的眼光停留在一把菜刀上。他盯着这把不锈钢菜刀看了一会儿，操起它，冲到对面，然后咬牙切齿地砍向大门。

3

红梅妈首先从午睡中醒来。她丈夫熟睡中一只手仍然搭在她的肚皮上，由此，她打消了马上起床的念头。真不容易呀，她想，经过这么多年的风风雨雨和琐碎生活的摩擦，两人仍然会时不时地做些年轻人才会做的小动作，说些恋爱中的人才会说的甜言蜜语，真不容易。她带着油然而升的柔情看着枕边的丈夫，他酒糟红鼻头下面因常年抽烟而呈紫红色的嘴唇忽然动了一下，红梅妈紧张地盯着它，它努了几下后喉咙里发出了满足的哼哼声，然后微张着又睡了过去。红梅妈松了一口气。

红梅妈没办法不紧张，就是这张嘴，十八年前的一个晚上叫出了一个陌生的名字：铃铃。他仰面叫了一声后，嘴巴里含糊不清地发出一连串快活的哼哼声，接着翻了一个身，背对着红梅妈又喊了两遍：铃铃，铃铃，这才满足地睡去。

可怜红梅妈一个晚上都没睡着。她想起了"日有所思，夜有所梦"这句老话。她相信确有铃铃这个女人，可她不知道这个女人藏在什么地方。丈夫刚才那一阵快活的哼哼声证明两人在梦里相会了，且做了什么（这让红梅揪心般地难受），也就是说，她丈夫对那女人有着不一般的企图，说不定俩人早就勾搭成奸了，而自己一直蒙在鼓里。红梅妈任凭自己翻来覆去，也没有叫醒有可能仍在梦里干着什么快活事的丈夫。那天天快亮的时候，她想出了自己的办法。

4

丁欧家的门快要被小东砍烂的时候，门打开了。这一刀差点砍在红梅的胳膊上，后者惊叫了一声，往后跳开半步。小东铁青着脸推开门和红梅，挥舞着菜刀直奔丁欧。跟在小东后面的几个人首先反应过来，从身后拦腰抱住了小东。他们是听到玻璃打碎的声音后聚拢来的。他们看着小东站在丁欧家气窗口往里看了一会儿，屋里意外地传出了红梅的喝斥声，小东从椅子上跳了下来，把椅子放回屋，又在屋里没头苍蝇似的转了几个圈，最后拿了一把菜刀砍起了丁欧家的门。他们大致已知道是怎么回事了，丁欧这个风流成性的男人肯定又犯了用丁欧的老婆的话说"要带到棺材里去的错误"，他们时刻提防丁欧把错误犯到自己老婆身上的同时又不无幸灾乐祸地盼着他能在别人的老婆身上搞出点风波，好了，现在终于发生了。

小东被拦腰抱住后，愈发勇猛地向丁欧发起了徒劳无功的进攻。没人敢去夺他手中的菜刀，也没人敢挡在小东的面前。他们只会喊：

"丁欧快逃呀。"

"红梅你快劝劝小东呀。"

红梅第一次看见小东这么勇猛，脸上竟然杀气腾腾的。她还第一次听见小东骂粗话。

"妈了个×，你这个流氓，我杀了你，妈了个×。"

小东手上的血在挥舞的过程中溅到了丁欧的衬衣上，崭新的红豆牌衬衣上溅了几滴红豆一样美丽的鲜血。

"好了。"红梅突然叫到，然后双手插腰站到了小东和丁欧的中间。丁欧乘机从自己的屋里逃了出来。

"莫名其妙。"丁欧对着身后的同事们解释道，"我和红梅在屋里只不过说说话，又没做什么，说说话都不行呀，真是莫名其妙。"

这时丁欧已经逃到了走廊上，而小东还被拦腰抱在屋里。丁欧一下子感到安全了许多，于是他想到了自己虽然一贯不太清白但也需要维护的名誉。他实在有必要就小东向自己攻击这一行为对好奇的围观者们作出解释。丁欧解释的方式就是表现得对小东的行为和大家一样地莫名其妙。只有这样才能表明自己的清白无辜。也只有这样了。

5

…………

6

红梅和小东在小东的屋里僵持了有三十分钟。从看到小东探在丁欧家气窗上的头开始，红梅就明白她和小东之间完了。一切都结束了。从此以后，她大概再也不会出现在这幢电厂宿舍楼里了。因此，当她说过"好了"之后，就不打算再说什么了。反正说什么都不能解释自己和男友的同事兼对门邻居躺在同一条被子下面。真是要命，大白天的。

小东一支接一支地抽着烟。有好几次都因为手抖得厉害而点不上火。这个可怜的男人开始自己问自己：

"怎么会这样？怎么会这样的？"

显然自己给不了自己答案，于是他把目光转向红梅。他看见这个刚犯了严重错误的女人正从她的钥匙圈上解下其中的一把，然后扔在了床上，她说：

"还给你。"

"你什么意思？"小东一下子被激怒了。他一直在等红梅向自己解释，痛哭流涕地请求自己原谅，而这个女人却突然轻描淡写地把一把钥匙扔还给自己，用一把钥匙作为结束两人之间恩恩怨怨的句号。那也太简单，太不负责任了。他还记得当初自己把那把钥匙装在一只信封里，偷偷塞在红梅包里时的虔诚和对未来生活的蠢蠢欲动。从那时起，他就决定把自己像一把钥匙一样交给这个女人掌管了。可现在她却极轻巧地把自己扔在了床上，不要了。甚至也不解释一下刚才的行为。她怎么能这样？小东气得脸都涨红了，他又问了一遍：

"你这是什么意思？"

"没意思。我们结束了。"

小东一个箭步冲到门口，用背抵着门，他说：

"你不能走，你还没说明白呢。不说明白就别想从这扇门出去。"

小东指指床沿，然后说：

"你给我坐那儿。"

他自己搬了张椅子在门那儿坐下。红梅本来已站了起来，她看看门前的小东又看看床，还是在床沿坐了下来。

　　小东抽了半支烟，抬头看看红梅。只见后者正无聊地把玩着那把扔在床上的钥匙，脸上没有丝毫悔意。天哪，这女人！小东这会儿都有些怀疑自己刚才站在椅子上看到的那一幕的真实性了。

　　"你为什么不开口？你以为不说话就没事了？这不可能，告诉你，这不可能。你倒好，不开口，扔完钥匙，拍拍屁股走了，我呢？我怎么办？"

　　小东扔掉手中的半截烟，站起身，走到红梅面前，义愤填膺地指着红梅，你说，我怎么办？我可还得做人，还得做人呀。

　　小东说着用那只夹过烟又指过红梅的手拍打着自己的胸脯，拍了七八下后，渐渐没了声音，他颓然地坐回了自己的椅子上，双手撑着膝盖，脑袋无力地垂在胸前，都快要垂到叉开的两腿之间了。他开始回忆：

　　"看到你和那个臭流氓躺在一起，并排并地躺在一条被子下面，我的脑子'嗡嗡'叫了两声，就空了。我真不明白，你怎么会躺到他的床上去的。我兴冲冲地溜回来，却在别人床上找到了你。我要不是溜回来，还一直以为你在我的床上躺着呢。

　　"回来看到你不在我的床上，不在水房，还穿着我的拖鞋，我就知道你不会走出这幢楼的，我忽然就预感出问题了，一预感出问题我就想到了那个臭流氓，这幢楼里只有他能让女人出问题。我提醒过你多少回了，他是个色鬼——"

　　"算了吧，你，"红梅打断到，"什么提醒，我看你没少羡慕人家，就差——"

　　"那是男人之间的事，"小东挥挥手也打断了红梅的话，"可你是个女人，是我的女人——"

　　"放屁，谁是你的——"红梅又打断了小东的话。

　　"我的意思是全厂的人都知道你是我的女朋友，你现在——"

　　"那又怎么样？我又不是——"

　　他们俩就这样打断来打断去，谁也没有机会说完整一段话。最后，两人都站了起来，红梅拿了包走到门前，小东想都没想就把红梅拖回了床边，一把推在床上，然后回到门前的座位上。红梅的后脑勺很响地撞在了床架子上，眼前直冒金星。她还是第一次受到小东如此粗暴的对待。她对自己说，这还有点意思。

7

　　红梅的爸爸妈妈午睡起来后，拿着菜篮一起去居委会看了一圈麻将，然后才去菜市场。他们总是一天去两趟菜场，不一定买什么，可好歹是个去处，是个对邻居对自己都交待得过去的去处。自从他们的女儿跟着一个外地男人去了887公里以外的一个地方之后，他们就明白，白生这个女儿了。

　　老俩口越来越体会到老伴老伴真就是老来作伴。他们都已经退了休，有着多得花不完的时间，他们已习惯了俩人一起消磨这些时间。

　　刚才，他们什么菜也没买，冰箱里还有中午吃剩的蒜苗炒蛋和炖排骨，晚上只需热一下就能吃了。他们的胃口大多数时间都不算太好。他们把空篮子放回厨房后，一屁股坐在了客厅的沙发上。

　　"我们都老了。"六十四岁的红梅爸坐在黄昏的沙发里感叹道。

　　红梅妈点点头。虽然她比红梅爸小十一岁，但她习惯与自己的丈夫同进同出，甚至发同一种感慨。她说：

　　"是呀，一动就累。你靠着休息会儿，等会儿我去做饭。"

　　红梅爸听话地把头靠在沙发的背上。只一小会儿就打起了鼾，本来闭着的嘴巴慢慢张开了。

　　"红梅爸，"红梅妈突然想起了什么，"你还记得一个人吗？"

　　"谁呀？"红梅爸有些迷糊地问道。

"铃铃。"

红梅爸一下子就坐直了身子。他以为自己听错了。他又问：

"谁？你说谁？"

"铃铃。"

红梅妈说完酸溜溜地看着自己丈夫的反应。只见红梅爸伸手揉了揉眼睛，又抚了一把面孔，好象还偷偷地咽了口口水。他显得有些手足无措。

"你怎么突然想到她了？"

红梅妈一眼不眨地盯着她丈夫，她说：

"不是突然，我午睡起来就想到了。我醒来看见你一动一动的嘴巴，就想到了。十八年前的一个晚上，你也是动了动嘴巴，就闭着眼睛说出了那个名字。一共说了三遍。"

红梅爸"嘿嘿"地笑了，不好意思地说：

'都那么多年过去了，你还提。"

"是呀，都那么多年过去了，可我每次想起来，还会难过。一想到你抱过那个女人的身体，还啃过她的嘴巴，我的心就像是被刀剜了似的难受。"

红梅爸舔了舔嘴唇，有点不高兴地说：

"可是我们什么也没做，而你，你却和对门的林大胖子把什么都做了，而且是在七月大伏天，一想到这儿，我就——"

"你就恶心，是吧？"红梅妈接过红梅爸的话，"这是对你不忠的惩罚，你以为我愿意那么做？不过，要是知道你和那女人没干那事，我也就不会——，唉，不说了，不说了，阳台上的衣服该收回来了。"

8

"这么说，你们这是第二次？"小东问红梅。

红梅点点头，她看了看小东痛心疾首的样子，说：

"要不是你三天两头地夸丁欧有本事，我也不会想到要去对他动心思，也就不会有第一次，更不会有第二次了。事实上，我一走进他的屋，他就先开始勾引我了。"

"他妈的，这个流氓。"小东朝地上狠狠地吐了一口痰，"他明知道你是我的女朋友，他他妈的还勾引你。"

"可你不是一直对他佩服得五体投地的吗？"

"那他也不能勾引我的女朋友呀！我操他妈，操他奶奶，操他十八代祖宗。"小东把粗话骂得非常流利非常得心应口。他从中体会到了前所未有的快感。最后，他总结性地骂到，这狗娘养的。

红梅忽然说，我真没想到你还会骂粗话，而且你骂人的样子还很迷人。

说完，她从小包里拿出化妆盒，挤眉弄眼地对着化妆盒上的小镜子开始重新布置自己的脸蛋。她先用纸巾擦去嘴唇上斑斑驳驳的口红。小东想，这些残留下来的是没有被丁欧吃掉的。她又用一张湿面巾擦去脸上旧有的脂粉，然后重新往上打粉底。小东又想，丁欧身上肯定蹭了不少这种脂粉，而红梅身上也肯定留有丁欧的气息。这么想着，小东就走到了床前，他一把夺过了红梅手中的化妆盒和粉扑，扔在地上，嘴里低吼了一声：

"你这婊子。"

紧接着用他包了纱布的右手捆了红梅一巴掌。红梅惊叫一声，倒在床上。小东把她拉起来，又捆了一记耳光，他骂道：你这贱货。

他骂一句，打一记耳光。

"你勾引我还不够。"

啪！

"还去勾引别的男人。"

五月十二号的生活

83

啪!

"我知道你骨子里是个荡妇。"

啪!

"可你竟然勾引到了我的对门。"

啪!

红梅穿着鞋在小东的床上抱着头东躲西藏。小东起先一只膝盖跪在床边,后来另一只也跪了上去。他用一只手揪住红梅的头发,以便于另一只手能更好地有的放矢。好几次,红梅乱蹬的脚蹬到了小东的肚子上,小东试图用膝盖去压她的双脚,但压不住,于是,他干脆扑到了红梅的身上。

这时,奇妙的事情发生了。红梅环臂抱住了小东。她用流着血的嘴对着气喘吁吁的小东说,我爱你。

小东吃惊地挣脱开红梅的手臂,喘着粗气看着眼前这个要不不开口,一开口就胡言乱语的女人。

"我爱你。"红梅又说了一遍。

红梅说"爱"字的时候,小东看见她的牙缝里全是血。小东的身体被再次抱住了,比上一次还紧一些。他因势就势地把头埋在红梅的右肩头,他忽然觉得自己累了,很累,他不想再挣脱了。其实他是糊涂了。

9

这样,就到了夜晚。

小东砸过玻璃又掴过脸蛋的右手开始疼了,并且越来越疼。他都能感觉到手背上的神经"哔哔啵啵"地在跳动。明天也许会好一些的,他这样安慰自己,只要红梅真爱我,只要红梅能悔过自新,一切都会慢慢好起来的。

这个夜晚似乎没人愿意多说话,走廊里也异乎寻常地安静。

红梅被小东一动不动的身体压得有些喘不过气来。但她没有推开他，她只是抬起了挨在小东右肩头的下巴。她看见了拉得严严实实的窗帘。她又想起了小东中午在食堂门口向她眨着眼说，"把我们的窗帘拉上"。她按照小东的吩咐把窗帘拉上之后，却去了一间没有窗帘的房间，还在那里做了爱。现在她又回到了这间有窗帘的屋子，和这个早就预约好要做爱的人一动不动地躺在床上。红梅想，整个下午，我只是在不该去的屋子里做了不该做的事，而在该待的地方却什么也没做。尽管这样，这个下午总算过去了，红梅接着宽慰自己，夜晚也很快会过去的，明天也许会发生些什么事情，可也不会比今天差到哪儿去。最后，红梅向自己重申了一遍，我可没真正爱过谁，从来没有。这很重要。

10

不要为明天忧虑，明天自有明天的忧虑。一天的苦劳，一天当就够了。

——《新约圣经·马太福音》

11

红梅妈躺在床上看中央电视台《新闻联播》的时候，知道了今天是"护士节"，这与她没什么关系。接着，她又知道了另一个节日的名称——"母亲节"。这听来实在有些陌生和新鲜。这时，她想到了自己的女儿，她已经很久没给家里来信了。

红梅妈用胳膊肘捅了捅身边的丈夫，问道：

"你说红梅现在怎么样了？"

红梅爸也看到了"护士节""母亲节"的新闻，很自然地，他也想到了他们的女儿。然而，他和他的妻子一样，一点也不知道自己女儿现在的状况。他说：

"红梅结婚的时候来过一封信，打算离婚的时候来过一封信，哦，离完婚又来过一封信，这以后就再也没收到过她的信。这说明眼下她还没有再结婚。我想她什么时候又要结婚了，就会给我们来信的。也许明天，我们就会收到她的信，说她又结婚了。她上一封信中不是说她又找到爱情了吗？我有预感，也许就在明天。"

红梅妈点点头，然后把头往红梅爸身上靠了靠，她说：

"明天，也许就在明天。"

茄　子

　　从家到彩扩店有两站路，慢慢地走，也就是两根烟的功夫。老孙一般点一根烟在嘴上叼着，检查一遍窗户和煤气，然后锁门，走出一站地，第一根差不多抽完，再走半站地，点第二根。

　　三个月前，老孙盘下了这家彩扩店，一间三十来平米的店堂，一台柯达彩扩机，一只经过精心伪装的破沙发，以及算不上稳定的客源。好像就是这些了。哦，对了，还有两盆老孙叫不上名的植物和一盒顾客还来不及取走的照片。店主老牛迫不及待地想要转让这家店铺，那是个吃苦耐劳的中年人，有着掰着十个手指头都数不过来的优点，就是有一个缺点，嗜赌，可就这一点让老牛失去了经营了十来年才像样的彩扩店和家庭。最辉煌的时候，老牛一共有六家彩扩店，差不多霸占着全市三分之一的彩扩市场。老孙还记得那天他将钱递给老牛，后者的手在颤抖，一个胡子拉茬的中年人捧着自己缩了水的多年的奋斗，其中滋味只有他自己才清楚。

说实话，这家店是给儿子小龙盘的，那小子眼看着都二十七了，一直都没个正经工作，整天还跟个孩子似的光知道玩，玩电脑，玩游戏机，玩酷。不过好在没给老孙惹什么麻烦，就这，老孙已经谢天谢地了。看看邻居家的强子，和小龙同岁，念完了大学念硕士，念完硕士念博士，他的父母说起儿子，嘴就停不下来，直到有一天一辆警车停在他们家门口。谁会想到一个就生活在你身边还念了那么多书的孩子是个强奸犯呢。老孙觉得孩子给家里争光是其次，首先不能丢脸。

对小龙，老孙曾经也满怀期望过，但事实证明他过于乐观了。期望孩子成材，落空了，期望和老婆白头到老，可半途她跟别人过日子去了，现实生活让老孙慢慢学会了也习惯了不期望。不期望也就不容易失望。

第二根烟抽到三分之二处，老孙到了彩扩店门口。开门进去，脱掉外套，打开饮水机开关，往茶杯里放上茶叶，等待水热的那会儿，老孙拿起柜台下面的抹布抹了一遍柜台。柜台一角有一堆开心果的壳，肯定是小龙的女朋友，那个胖女孩梅子扔在那儿的。那女孩，怎么说呢，人还不错，傻呵呵的，就是太胖了点。老孙几次想和小龙说说这个事，可这又算是件什么事呢，还真不好说。

老孙坐了下来，习惯性地拿过那个装照片的盒子，那里面是冲印出来等待顾客来取的相片。他打开一份，是一个大家庭的合影，前排后排加起来有十三四个人，前一排老的老，小的小，后排站在最中间的那个中年男人一脸混得很有名堂的样子，他左边的女人十分努力地笑着，可看起来更像是在哭。他们应该是两口子，老孙自言自语道，一对快走到尽头可还硬撑着的夫妻。

再打开一份，大概有六七十张，两个卷，里面面孔众多，但出现得最多的是两男两女，像是关系比较亲近的两个家庭的一次春游，大家都尽力做出一副休闲随意的模样，但看了几张后，老孙发现这只是一个假象，两对夫妻之间的关系有些微妙。

在盒子最里面，有一份长时间没人来取的照片，老孙抽了出来，这里面的照片他已经看了无数遍了，客户一栏写着：费，一共有三十七张，照片里只有两个人，所有的照片都是关于这两个人的，一个年轻的女孩和一个已不再年轻但穿得很年轻的男人。从背景判断，全是在一个房间里拍的，大部分是俩人的合影，像是自拍的，神态亲昵，看起来关系很不一般。然而就在前几天老孙亲手接的一个活儿里，他发现了与之令他惊诧的关联。

那顾客姓穆，他走进店堂的时候，老孙就觉得面熟，却一下子想不起来在哪见过。第二天照片冲出来了，里面七七八八地出现了很多人，像是家庭聚会的留念，那个姓穆的顾客也在其中，里面有他和另一个跟他年龄相仿的女人以及一个二十来岁的小伙子的多张合影，看起来像是一家子。老孙突然意识到这个男人就是与那年轻女孩合影的男人，可显然那份没人来取的照片不是他拿来冲印的，否则他应该会顺便把它们取走。

老孙无数次地推断着这个男人和那两个女人之间的关系，似乎不言而喻，但真的是那样的吗？反正这几天，翻看这两份照片已经成为了老孙每天必温习的功课，而推断这些个人之间的关系则成了他百做不厌的自测题，他差不多已经认定了自己的判断，而且越看越琢磨越觉得就是那么回事。

快十一点的时候，小龙推门进来，他是来接替父亲守店，好让后者回家做午饭，做好饭后再拿到店里来。有时候父亲会和他一起吃，那也是父子俩一天唯一共处的时刻。两年前，父亲经人介绍认识了一个女人，依稀有了要在一起生活的苗头，小龙乘机从家里搬了出来。自从母亲离开这个家以后，父亲有一段很消沉，小龙真怕他会出事，半年以后，老头子恢复了过来，甚至比原来还要开朗，不过小龙觉得那是个假象。

这一段生意不是太好，几乎就没什么像样的生意，所以大部

茄
子

分时间小龙不是盯着柜台角落那台小电视看碟片，就是戴着耳机冲着店外的马路发呆。通常这时候，他的脑子是不转圈的。

小龙把音量调大一点。这是他听过的最奇怪的一首歌，两个声音分别在他左右的耳机里各自唱着各自的歌，一个欢快、明朗，一个缓慢、抑扬顿挫，都像是下定了决心要盖过对方的声音，可事实上，他们还是各自在唱着各自的歌。

透过玻璃门，可以清楚地看见马路上和马路对面的一切。门把边上的那个"推"字是梅子贴上去的，花里胡哨的，但那是梅子认为的所谓的艺术。梅子鼓励小龙把头发留长，她觉得她的男友哪怕不是一个艺术家，也至少应该看起来像个艺术家。她热爱一切以艺术的名义进入她视野的东西，小龙觉得总有一天，她会在碰到一个看起来更像是艺术家的家伙后离开他的，同时她也会为分手找到一个艺术化的借口。

小龙随手拿过相片盒，熟练地抽出两份照片。这两份照片之间的关联他一眼就看出来了，三天前，当那个男人的脸从彩扩机里出来时，他吃惊得差一点叫出声来。他也貌似无意地问过父亲来冲印的客户的模样，父亲只说是个五十岁上下的男人，看起来蛮斯文的，像是个知识分子。他没有把自己的发现告诉父亲。他觉得没必要。

这个男人，这个让小龙好奇还隐隐有些嫉妒的男人，究竟是个什么样的家伙呢？仔细看，小龙发现他在两组照片里的状态是不同的，和那个女孩在一起时的笑是甜蜜的由衷的，似乎还有点羞涩，而在另一组照片里，他也笑，但笑得很中规中矩，是那种为了笑而做出来的笑。

不知为什么，小龙就是觉得照片中的那个女孩一定会来取走照片的。女孩留着一头特别长的长发，人很瘦，显得羸弱，有一张她挽着那男人胳膊的照片给小龙留下了深刻印象，那男人的袖子被她拽得紧紧的，她的头挨着男人的肩膀，面对镜头的眼睛里透出一种绝望，可能那仅仅是一瞬间的情绪，但被镜头捕捉到了。

虽然小龙差不多认定这是个落在俗套里的婚外情的故事，可他还是希望能亲眼见见照片中的人，尤其是那个女孩，他觉得女孩挺特别的，不是漂亮，而是她神态里那种绝望的东西在吸引着他。看久了，他居然隐隐有点心疼。那是个需要帮助的女孩，他对自己说，也许她已经厌倦了眼下的生活，一直在想办法摆脱那个男人摆脱她现在的生活，但那需要勇气。小龙觉得那女孩也许一直在苦苦等待着那个冥冥之中能拉她一把的人，那个人现在出现了，那个人就是他，小龙。

他私下又加印了两张他认为最能体现女孩神韵的单人照搁在他的住处，有一次被梅子发现了，追着问，不依不饶地要他交代清楚，可是他能说什么呢？

纸袋上客户一栏写着个"费"字的这一份的收件时间是二月七号，已经两个半月过去了，小龙曾经按客户留下的电话号码去过电话，却总是没人接。他也试过在别的时段打，同样还是没人接。打到后来，小龙觉得这个电话似乎永远都不可能接通了。他设想过电话没人接的各种可能性，有一次他想到了女孩可能遭到了某种不测，这么一想，他的后背猛然就冒出了一层冷汗。

闲着无聊的时候，小龙就会拨拨这个号码，因为他几乎可以肯定不会有人接的，然而没想到这次竟然通了，一个女声在电话那头"喂"了一声，小龙想也没想就慌忙挂断了电话。

小龙正准备关门的时候，梅子来了。她就住在离这不远的泰和小区，她喜欢照相，说实话，她也上相，她知道怎么在按下快门的一瞬间把自己最美的那一面表现出来，而且，她对自己容貌的估计要比实际情况来得高。

在小龙接手这家彩扩店的头两个月，梅子频频光顾，她的胶卷，她同学的胶卷，她邻居的胶卷，她亲戚的胶卷，她三天两头

茄子

地在小龙的店堂里进进出出，给后者一种自己这儿冲印技术高超和顾客盈门的错觉。第三个月，她成了小龙的女朋友。

只要梅子往店堂里一站，小龙立刻就觉得屋里拥挤了起来，同时温度也开始上升。小龙琢磨过这个问题，没琢磨出来。有一天梅子弯腰捡东西的时候，她撅起的肥硕的臀部让小龙茅塞顿开，对了，是她的体积和她的体积传达出来的某种性的召唤在起作用。梅子很忌讳谈她的体重，就像半老不老的女人忌讳谈其年龄一样。如果小龙不小心触及到这个敏感话题，那她会很不高兴，甚至拂袖而去。据小龙的直观判断，梅子的体重应该在一百三十到一百四十之间，对于一个身高一米六的女孩来说，确实有点恐怖。

在认识小龙之前，梅子的业余生活就是看侦探小说和影碟。她喜欢在晚上夜深人静时分，捧着一本侦探小说躺在被窝里，越恐怖越吸引她，当然也就越睡不着。她对付恐惧的办法一般就是拼命吃东西，一个130来斤的梅子就是这样诞生的。

梅子在一家超市做收银员，每天站在收款机前对着来付钱的顾客不断重复着，欢迎光临，谢谢光临。小龙也希望她有一天会对他说同样的话，当然不是作为她的顾客，小龙无数次想象过这样的场面，他一把将她搂在怀里，他的脸埋在她的头发里，他的手试探性地在她的后背迂回了几次后，果断地冲向那片他渴望已久的肥沃的开阔地。做这样的想象是小龙每天睡前的作业，有时候他会觉得如果非得有个具体的场景的话，那么是在他的小房间里，如果非得有个更为具体的方位的话，那么是在他的床上。

梅子递过来两张她刚租的碟片，伊万·迈克格雷格的《猜火车》和《看谁在尖叫》，是给小龙租的。小龙想说这两部他都看过了，不只是这两部，伊万的所有的东西他几乎都看过。但他还是说，你挺有眼光的，这是最能代表伊万风格的东西。

梅子晃着脑袋有些得意，好像脸还隐隐地红了。她有意无意地朝小龙这边靠了靠，后者立即感到有一股气场向他涌过来。他下意识地往另一边让了让，梅子又往他这边靠了靠，这一次她肯定是有意的，因为她在笑，笑得很顽皮。小龙突然赌气似的伸手搂住了梅子的的肩，他这一搂反倒有些吓着梅子了。为了掩饰自己的尴尬，小龙说去外面抽根烟，走到了店堂外面。

马路对面有两家美容院，雪莉和莱丝，两个俗气的名字，它们之间仅隔着一家超市，所以它们的竞争也是显而易见的。雪莉的规模要大一些，生意也要好一些，它不断地有各种优惠活动推出，而莱丝却似乎总是慢了半拍，小龙无聊的时候就趴在柜台上看对面进进出出的人。梅子在店堂里大声喊着小龙的名字，然后问，照片上的这个人是谁？

"不知道。"小龙根本就没回头。

"这是谁？"梅子的嗓音尖得刺耳。

小龙猛然意识到了她在说谁，他僵在那儿，他在想上一次是怎么搪塞过去的，他在想这一次该怎么回答。

吃过晚饭后，老孙打开写字台抽屉的锁，从抽屉的最里头拿出一个鼓鼓的牛皮纸大信封，又从里面抽出一个相片袋，他戴上老花镜，打开桌上的台灯，把照片分两行排开，一共有六张，上面三张是那个女孩和男人的，下面三张是那个男人和他老婆的，这些照片是他私下加印的。他的牛皮纸大信封里还装了一些别的照片，也是他偷偷加印的，基本上都是女的，而且以四十来岁的中年妇女为主，她们给了他广阔的想象的空间，她们填补着他乏味孤寂的单身生活。

相片袋里还有一张纸条，他在那上面抄了三个电话号码，姓费的留的号码是五字开头的，应该就在彩扩店那一片，那个姓穆的先留的是个座机号码，但是他后来又划掉了，改留了个手机号，他还记得那个男人，瘦瘦高高的，戴着一副无边眼镜，样子谦和。按说前天就能取相片了，但直到今天中午老孙离开的时候

茄
子

都没取走，这女孩和小龙年龄差不多，也许更小，而那个男人应该是她父亲辈的，他们是怎么认识又有了这种不正常的关系的？那个男人看起来不像是有钱的人，那女孩贪图他的到底是什么呢？

他们那种样子（究竟是哪种样子，老孙也说不清楚），怎么看都不像是正经关系，再说了，如果是正常的男女关系，那么多的照片，为什么不能去外面好好的照，非得窝在家里拍呢。后来那男人送来冲印的照片证实了他的猜测，明明是有家庭的人，还在外面胡搞，就像他的前妻，放着好好的日子不过。他妈的，老孙骂了一句，骂出口后老孙自己也吃了一惊，那声音在这个没有人气的家里显得突兀刺耳。

老孙起身，把电视打开。他还是习惯家里有点声音，有点声音感觉还有点人气。

重坐回到写字台前，他拿起女孩和那男人相拥而笑的那张照片放到台灯下，他们笑得是那么地开心，女孩的眼睛都笑成一条缝了。老孙叹了口气，他觉得那男人十有八九在欺骗那女孩，大概会告诉她自己没有家庭，或者正在为她闹离婚，如果女孩知道这个男人前几天还欢欢喜喜地和家里人一起合影，那她会做何反应呢？你应该知道真相，老孙非常严肃地对着女孩说道，你应该知道他是个什么样的人。老孙突然有些激动，他拿起纸条走到了电话旁。

"喂——"是个年轻女孩的声音。

"我是'阿龙彩扩店'的，我找一个姓费的姑娘。"

"我就是。"

"太好了，你在我们店里冲印的照片一直没来取，快三个月，再不取走，我们就要处理掉了。

"哦，对不起，我前一段一直不在家，刚回来，好，我这就去取。哎呀，那个取相片的条我不知道放哪儿了，也不知道还能不能找到。"

"那照片上的人是你吗?"

"是呀。"

"那就没问题,你明天上午来吧,我在店里,另外——"

"什么?"

"没什么了,你明天上午来吧,来了再说吧。"

费了半天口舌,小龙也没让梅子相信自己和照片中的女孩没有任何关系,于是他干脆耷拉着脑袋不再说话了,而梅子则是一副我对你那么好你还不知足的委屈样。两人僵在了那儿。后来梅子主动退了一步,说过去了的她就不计较了,但要小龙保证以后不再和那女孩有任何关系。小龙猛然抬起头,冲着梅子吼道,凭什么?啊?你算是我的什么人?

梅子气鼓鼓地推开店门,并狠狠地摔上了。小龙没有追出去,他看着门上那个来回晃动的"推"字,直到它完全停下来。小龙也在诧异自己刚才怎么会那样穷凶极恶,完全没必要。对梅子,爱是谈不上,但还是有感情的,从来还没有哪个女孩像梅子这么依赖过他,那种被需要的感觉让他很受用。他点了根烟,使劲地抽了几口,然后把散落在柜台上的照片码齐。最上面的是女孩的一张单人照,十分随意地坐在沙发上,指间夹了一根烟,样子有点蔫,看久了,会觉得蔫里还透着点厌烦。

她在厌烦什么?和那个男人在一起她快乐吗?她了解那个男人的真实情况吗?那个男人到底有什么可吸引她的?社会地位?钱?床上功夫?为什么这么久了她也不来取照片?她忘了?和那男人分手了?小龙的手伸向了电话,摁重拨键,在电话接通之前,他做了个深呼吸。

"请问费小姐在吗?"

"我就是。"

"你好,我是'阿龙彩扩店'。"

茄子

"哦，我正在找那个取件条。"

"是这样的，你在我们这儿冲印的照片已经两个多月了，按照规定，顾客超过三个月不来取，我们将自行处理。"

"我知道，你刚才已经说过了，我明天上午就过来拿。"

挂了电话，小龙还是没有反应过来，他想下午电话接通后自己什么也没说就把电话挂断了，难道是父亲给她打的电话？

远远地，老孙就看见店门口立着的那个柯达女郎的纸模型，难道小龙昨晚忘了收进去？走近了，他看见店门也开着，小龙竟然弯着腰在扫地。真不知道这小子哪个筋搭错了，印象中，就没见他动过扫把，而且那也叫扫地？老孙一把夺过小龙手里的扫帚。

"这么早来干什么？你不是不过十点不起床的吗？"

"醒得早，也没什么事，就过来了。你回去吧，今天上午我来守着。"

"那不行，"老孙一下直起了腰，随即他意识到自己的反应过于强烈了，又解释，"我回去也没事，你又不是不知道，还不如在这儿待着，你走吧。"

小龙既没表示走也没说不走，而是掏出烟来给老孙递了一根，并点上，然后自己慢慢踱到了门外。

扫完地后，老孙又抹了遍柜台，然后在柜台里面坐下。看着站在门外抽烟的儿子的背影，老孙觉得这小子今天有点反常，好像有什么事，难道他也是来等那个女孩的？老孙下意识地看了一眼相片盒，那个相片袋还在，因为时间太长了，而且经常被抽出翻看，看起来有些旧和脏。

看着儿子抽完手上那根又点了一根，然后转身走了过来，老孙抓起旁边的抹布，使劲擦拭着柜台上并不存在的一个污点。小龙进门后在沙发上坐了下来，多少有些夸张地伸了个懒腰，老孙感觉他似乎有话要说。

　　自从小龙搬出去住后，父子俩很少有在一起聊天的机会，当然以前就没聊天的习惯。儿子小的时候，是他低着头呵斥，儿子低着头听，后来儿子长得和他一般高了，他说的话不是进不了儿子的耳朵就是被儿子顶回来，再后来儿子长得比他还高，两人反倒没什么话了。

　　足有五分钟，两人就那么地坐着，各自抽着烟，气氛有些尴尬。老孙几乎肯定儿子是有话要和他说，不出意外的话，是关于小龙他母亲的事。他知道离婚后，儿子一直和他母亲有联系，他一度也想过干涉，但想到当初那女人能把孩子留给他，总算还讲点良心，他现在也不能太过分。

　　"最近见过你妈吗？"老孙决定自己来挑开这个话题。这些年他断断续续地从别人嘴里知道了一些她的情况，又生了个儿子，那男人待她很好，他们的儿子考上了大学，但他认为那只是表面现象。

　　"见过。"

　　"她——，过得怎么样？"

　　"老样子。"小龙似乎并不愿就此说什么。

　　"什么叫老样子？"

　　"就是还那样，过得不错。"

　　"怎么个不错法？"她怎么就能过得不错呢，这是老孙始终想不通的问题。一个女人和一个男人生活了六年，还有了孩子，然后一转身又跟别的男人过日子去了，她在心里能完全放下她以前的男人和孩子吗？如果放不下的话，她的日子怎么可能过得不错呢？

　　"就是不错，有房子有车，他们的孩子去年考上了大学，还要怎么样？爸，你到底想知道什么？"小龙显得很不耐烦，站起来就往外走。

　　"你是不是想跟你妈他们过去？"老孙忍不住冲着儿子的背影

叫嚷了起来。

晚上不到六点，老孙就关了店门，这一天下来他觉得异常地累，他想尽快地回到家里，躺到床上，闭上眼睛，什么也不想地睡一会儿。但是怎么可能什么也不想呢，和儿子的不愉快让他心里堵得慌，儿子描述的他母亲的状况是一方面，主要还是儿子的态度让他不舒服。还有那女孩，前后在店里待了不超过两分钟，她看起来比照片上还小，那单纯的模样更让老孙觉得自己对她负有某种不可推卸的责任。老孙相信如果女孩的父母知道了这样的情况也会想办法阻止的。

进了家门，老孙顾不上喘口气洗把脸就直奔写字台，找出了电话号码。

"我是'阿龙彩扩店'的，今天中午我们见过。"

"又有什么事？"

女孩极不耐烦的口气让老孙摸不着头脑，中午那女孩还客客气气地，一再感谢他们的服务。

"是这样的，有件事我本来中午就想和你说，但那时候不方便，不过要是不说我会觉得心里——"

"行啦，"女孩打断道，"你不用说了，你们已经有人给我打过电话了，嘿，我真不明白，干你们这行的怎么对顾客的隐私那么感兴趣。"

"姑娘，我这是为你好，我这儿有那个男人和他老婆孩子的照片，你要看了就知道他是个什么东西了。"

"你们还是多为为你自己好吧，我看你们是有病。"

老孙还想说"你这样下去终有一天会后悔的"，电话那头已经挂断了。老孙的手按在电话机上，半天没回过神来。女孩的口气，女孩的态度，女孩的回答都让他意外和吃惊，现在的女孩怎么会这样轻率地处理男女之间的问题，根本不在乎什么道德伦理，好像只要自己快乐，什么都无所谓。

　　已经快七点了，晚饭还没做，一个人的生活，就得自己关心自己，也只能自己对自己负责。所以平常的一日三餐，老孙是很准时而且注意搭配合理。老孙慢慢起身，走到厨房。中午因为匆忙，吃下来的脏锅碗还堆在水池里，看着这油腻腻的一堆，他觉得一点胃口也没有。

　　跟自己较劲似的又在厨房站了会儿，老孙感觉自己实在是没有食欲，不但没有食欲而且想吐。他回到屋里，重又在写字台前坐下，抄有电话号码的那个纸条还摊在那儿，老孙脸色凝重地看着上面的三组数字，他想不通那女孩怎么能这样对待一个好心好意为她好的人，自己这么做，又没什么可图的，可她竟然说他有病。

　　不管怎样，自己已经介入了这件事，就得有个对自己说得过去的结果，况且还有那个至今蒙在鼓里的女人。想到那个女人，老孙精神一振，对了，给她打电话，让她了解自己的丈夫是个什么样的东西，她这个年龄的女人应该不会像那女孩那么糊涂的。

　　老孙不敢确定那个写完又划掉的号码一定是姓穆的家里的电话，但他还是拨了，等待电话接通的片刻，他在心里默默祈祷着。

　　"这里是穆先生家吗？"

　　"是，你哪里？"

　　"你是穆先生的爱人吗？"

　　"是，你是哪一位？"

　　"那太好了，太好了，你听我说，这事我只能跟你说，我不知道穆先生在不在家，反正别让他知道。是这样的，我是'阿龙彩扩店'的，你老公前几天送来一个卷冲印，"

　　"这个我知道。"

　　"你听我说，问题是，大概两半月前，我们这儿还收过一个卷，冲印出来后一直没人来取，那天你们家的卷冲出来后，我发

茄
子

现你老公和那个没人取的卷里的男人是同一个人，那个卷全是你老公和一个年轻女孩的合影，而且一看就知道关系不一般，你懂我的意思吗？喂，你在听吗？"

"在听。"

对方的镇静是老孙意料之外的，由此，他也觉得这个女人是个厉害角色。短暂的停顿之后，那女人用一种不动声色的语气问道，"你告诉我这些究竟想干什么？"

"我没想干什么，"老孙委屈地叫了起来，继而气不打一处来地说道，"你以为我想敲诈你？那样的话我就打你老公的手机了。"

"对不起，我不是这个意思，我能看看那些东西吗？"

"可以，明天上午你过来，我在店里等你。"

"今天行吗？我马上过来。"

那么多天过去了，小龙还是经常会想起那女孩，想起她就会想起那种绝望的眼神，虽然他至今还不知道她的年龄、职业和名字。

那天女孩取走相片后，小龙给她打过电话，问她是否愿意看看那个男人和他老婆的照片，没想到她居然一口回绝了，说没兴趣也不在乎，还说小龙多管闲事。小龙解释他没有别的意思，只是想让她知道真相，他反复问女孩，你真的不在乎？大概被问急了，女孩的嗓音越来越高，越来越高，最后简直是在吼了，她说她根本不在乎，其实什么都不在乎，挂电话前她好像还骂了一句"神经病"之类的话。

可只要看看那种绝望的眼神，小龙就相信女孩并不像她说的那样什么都不在乎，什么都不在乎的人不可能有那样的眼神的。他坚信给他机会就能说服女孩开始一种新的正常的生活，至于新的生活中是否有他，那是另外一回事。

后来小龙忍不住又给女孩打过一次电话，女孩烦了，竟然问小龙，你是不是想泡我？而后小龙就再没和女孩通过话，有时候他会拨那个号码，女孩的声音传过来后他就轻轻地把电话扣上，他也不知道为什么要打这个电话，也许只是想听听女孩的声音，仅此而已，再后来那个电话就打不通了，可能女孩换了号码或者搬走了。

"十一"过后这些天，彩扩店的活儿特别多，小龙也比往常来得早一点，走得迟一点，每天看着一张张的笑脸从彩扩机里出来，看着他的顾客的生活瞬间排着队出现在他眼前，他也会忍不住地笑。大家都习惯了在镜头面前或自然或勉强或夸张地笑，一、二、三，茄子，咔嚓，那一刻被留住了，但那是真实的吗？

这一对夫妻模样的男女进来的时候，小龙正在彩扩机旁干活，那个女人喊了声"师傅"，小龙扭过头去，他愣了一下。

"那个年龄大的老师傅呢？"女人问道。

"他回家了，他一般上午在。"

"那我们星期六上午来取。"她问男人，"星期六上午行吗？"

"星期六上午我有事，你自己来吧。"男人被小龙看得很不自在，装模作样地环顾着店堂，他的胳膊被女人紧紧地挽着。

"那就星期天上午，"女人的口气是不容置疑的，"我们一起来。"

自始至终，女人一直挽着男人的胳膊，即使在后者掏钱包付钱的时候也没松开，就好像要说明什么似的，让人看着别扭。小龙相信星期天上午这两人还会这般模样出现在父亲面前的。

快九点了，小龙一直没腾出时间去外面吃晚饭。以前和梅子好的时候，她会在下班后来他这儿替他一会儿。说心里话，梅子是个不错的女孩，自己没能把握住她多少有点遗憾，但同时小龙也很清楚自己没去把握是因为根本就不想把握。他还记得梅子曾哭着发誓一定要找个比他强的男朋友。如今她有了新的男友，一个长头发、乍一看有点艺术家味道的男人。他们趁着"十一"长

茄子

假出去旅游了一趟，现在照片就在小龙手上，刚冲印出来的。小龙一张一张地看过去，梅子瘦了，由此小龙也断定她这场恋爱谈得很辛苦。不过，俩人都笑得很甜，看他们的口型，就知道俩人肯定一遍一遍异口同声地说了那两个字：茄子。

　　看完一遍，小龙又看了一遍，然后把它们撂齐了，塞进照相袋，放回照相筐，

前线，前线

1

凌晨二点多接到老婆的电话时，石松正在被窝里忙活。老婆劈头就问他和儿子谈了没有，石松那刚才还紧绷着奋勇向欢悦的巅峰攀爬的身体，陡然跌落了下来，无处安置，无比虚空。他说你哪根筋搭错了，半夜三更来电话说这个。石松恶劣的反应是她意料之外的，她有些发懵，一下子不知道说什么好。

石松从床上坐起来一些，用手按住话筒下端，闭着眼，调整呼吸。电话那头还是没有声音，不是在克制怒气就是在聚集更大的怒气。石松点了一根烟，按捺住性高潮将临被硬生生拽下马的怨愤，用缓和一些的语气劝她，睡吧，睡吧，我明天就和他谈。不等老婆回话，他立即挂掉了电话，并且拔掉了电话线。

一根烟抽完，石松又点了一根。抽了两口，他才意识到又点了一根。但这根是什么时候点的呢？

　　儿子近来举止反常，突然注重起打扮来，每天在卫生间待的时间比石松和他老婆加起来的还长，放学回到家的时间则迟得没有道理。当妈的怀疑儿子在谈恋爱。在对儿子的房间搜查未果后，她搞起了盯梢，结果发现这小子放学后竟然和一个女生缠缠绵绵地在公共汽车站待了老半天。她差一点就上前抓个现行。

　　老婆向石松描述那个女孩的模样，白胖白胖的。这是跟踪的安全距离所能看到的全部。石松的老婆是个近视眼，五百度近视，外加一百度散光。如果要石松来描述他老婆的长相，那就是，黑瘦黑瘦的。因此石松不得不认为，女孩的白胖是对他老婆的一种冒犯。

　　凑巧的是，当晚地方电视台报道了一则中学生早恋怀孕的社会新闻，石松的老婆猛然意识到儿子已经到了有可能犯性的错误的年龄。可怜这个本就够焦虑的母亲随即陷入了更为巨大的焦虑之中，恨不能立马就把熟睡的儿子摇醒，问个究竟。

　　所以，那天夜晚石松夫妇是这样度过的，妻子先是抱怨儿子不懂事，眼看着快高三了，把全部精力放在学习上都未必能考上好大学，居然还有心思谈恋爱。而后，她又开始担心儿子和那女孩弄出不可收拾的事。老规矩，最后抱怨都集中到了石松身上，说他对儿子不管不顾，对她不冷不热，对这个家不闻不问。后两条，她已经认命了，可儿子的事，他这个当爹的无论如何是脱不了干系的。

　　石松的老婆在儿子面前有两副面孔，一副是絮絮叨叨着把饮食起居安排得舒服妥贴的慈母，一副是管头管脚脾气暴躁但同样絮絮叨叨的恶母。有时候石松是她的另一个儿子。

　　反正只要老婆一嘟囔儿子，石松就识相地走到她视线之外。他最怕她说着说着儿子，忽然话锋一转，指向他，然后把两个儿子都骂得灰头土脸的。石松的老婆认为自己的唠叨都是让家里这两个男人逼出来的，说一遍，不听，说两遍还是不遵守，重复到第三第四遍时，火气难免就上来了。

得承认，她的确很能干，忙完单位的事，忙家里的。她干起活来真叫一个利索，有时石松想插手都插不上。她总是嫌石松做得不好。她的口头禅是，你让开，我来。连俩人的性生活，她也是大包大揽的，完全按她的意志进行。

对儿子进行性教育，理所当然是你的活儿，我这个当妈的不方便，不过我有三点建议供你参考。石松能怎么回答呢，只能连同她的建议一并接纳呗。

为了给爷俩儿腾空间，昨天下班后，她直接去了娘家住。然而当天下午石松母亲的到访打乱了石松的安排。

2

母亲的突然出现让石松意识到家里出事了。石松的母亲患风湿性关节炎多年，退休后，情况越来越糟，关节变形，疼痛，进而影响到了行走。同一处关节部位，看她五年前的样子，再看现在的，你就能想象得出再过五年会是个什么样子。近两年，老太太已经习惯把自己看做一个腿脚不便的残疾人，不过她暂时还不习惯被别人当残疾人看待，因而不是必须出门，她宁愿在家呆着。

没有理会石松的意外，母亲直接递给他一个本子，市立医院的病历卡。上面患者的名字很有时代特点，张援朝。石松不解地看着她。母亲用下巴指了指病历卡，示意石松自己看。

内页上的字体潦草，像就是为了让别人看不懂才这样写的。仔细辨认，石松找到了一个认识的字：肛。病历卡里用曲别针别着几张单子，市立医院检验中心检测报告单，是机打的，倒是一目了然，上面的检查项目为：人乳头瘤病毒分析，结果：检测出

HPV-6 亚型，还是看得石松一头雾水。他再看母亲时，她已是眼含热泪。

"你爸的。"

石松又去看病历卡上的名字。

"不用看，就是他，用的是假名。看病不用医保卡，还用假名字，你去想吧，"母亲侧过脸去，一个劲地摇头，"他的事，我都没脸说。"

"什么毛病，是痔疮吗？"

"是痔疮倒好了，性病，是性病！"说着她伸过手来，一根食指哆哆嗦嗦但很用力地点着那个"肛"字的部位。如果不是病历卡有二十来页厚，石松想，老爷子的"肛"就被她戳破了。

"这是'肛周鳞状上皮乳头样增生'，是性病！性病！"

石松在脑子里迅速地判断着父亲和性病之间可能存在的关系。老爷子七十岁，除了十多年前做过一次胆囊切除手术，身上的各个器官基本都还在原处待着。当然损耗是有的，不过暂时还不影响使用。另外，牙是补过了的，头发也所剩不多，比较而言，前列腺的问题稍微突出一点，可是和他的同龄人比起来，父亲算得上基本健康。老爷子从来都是不服老的，至少嘴上不服。他经常用年轻人的饭量向家里人证明他还有的是活力。即使如此，一个七十岁的老人和性病之间的关系是怎样生成的呢？

母亲哭哭啼啼地讲述给了石松部分的答案。父亲这些天行为诡异，在家待不住，就算待着也像是一只无头苍蝇。问他吧，他什么也不说。于是母亲卷起袖子，自己来找。病历卡是她在石松父亲的写字台抽屉的夹层里翻到的，虽然上面的名字不是父亲，但藏在如此隐秘的地方，只能说明有问题。母亲戴上老花镜，用研究甲骨文的热情琢磨出了"肛周"、"乳头"等字样。随后的某个半夜，母亲采取非正常手段对父亲的肛门做了取证。当证据摆在后者面前时，在片刻的恼怒、羞愧之后，老爷子不得不承认自己失足了。

父亲辩解一开始他只是好奇，那个叫"前线"的地方经常在周围那些老家伙嘴里进进出出的。他们聊及这个地方时的神态和语气暧昧而又暧昧。"前线"是家新开的发廊，就在胜利路战国策火锅店的斜对面。那里原来是家经营湘菜的小饭馆。理发倒也不算是个幌子，她们有两套人马，服务于需求不同的客户群。不少老人去过，大多数只是背着手从那家发廊门口走过，装作闲逛的样子，偶尔和里面的女人对上一眼，便觉得占到了便宜，也似乎就此和"前线"多少有了那么一点关系。真真实实上过前线的应该不多，然而上过一回，难免就有第二回。

母亲泪水涟涟地，还在纠结老爷子到底去过一次还是两次。她觉得两次和一次有着本质的区别。石松认为当务之急是把病看好。母亲猛然抬头问，这病真的能看得好吗？

3

把房间的窗帘拉严实之前，老石先戴上了老花镜。这是难得的机会，家里只有他一个人。他一边解腰带，一边打开了床头灯。光线不够亮，他调整了一下灯罩的角度，同时在心里暗暗祈祷，不要有变化，不要有变化。白天，他在卫生间看过很多次了，但看得仓促，总有点做贼心虚。他怕老婆会破门而入，大喝一声：你在干什么？

老石弯下腰，把裸露的下体尽可能凑近床头灯。淡红色乳头状的突起物，不痛不痒，早些天它们还是不起眼的散兵游勇，现在已经连成了一片，来势汹汹的样子。盯着看久了，它们似乎正在一点一点长大。老石知道这只是焦虑带来的错觉。他用力闭上眼，片刻后睁开，定睛再看，天哪，真的是比昨天观察到的面积大了。而且在原来平整的部位冒出了一些细小的颗粒，它们极不

前线，前线

显眼，但摸上去能感觉到它们确实存在。恐慌瞬间扼住了老石的心脏，他提上裤子，跌跌撞撞地往隔壁房间去，嘴里嘀咕着，放大镜，我的放大镜。

写字台抽屉里没有，台面上也没有，前几天还用过的，用完就放回写字台抽屉里了，老石记得清清楚楚的，难道老太婆拿去用了？他猛然想到了什么，一只手探到抽屉最里头去摸，没摸到。情急之下，忘了提裤子这一茬，两只手合力把整个抽屉抽了出来，裤子一下子褪到了脚背上。他顾不得去提，把抽屉放到写字台上，一通乱翻。他有预感它已经不在里面了。果真没找着。老石一屁股坐在椅子上，忍不住骂了起来，这死老太婆。

她必定是找儿子去了。可说好了不告诉孩子的，这也是老石交代问题的前提。想到儿子这会儿可能已经知道了，老石恨得牙根痒。她会怎么说呢？儿子会是什么反应呢？许可证的事她一定不会说。

老太婆退休后，两人的夫妻生活也处于半退休的状态。等老石也退休了，老太婆单方面提出终止这一婚姻内的双人项目。两个原因，一是，她身体不好，这件事让她身心受罪，二是，老石到了该修身养性的年纪了。

几乎每一次过夫妻生活，老石都要苦口婆心地做动员工作，还不是每一次都能动员成功的。不止一回，在劝说失败老石口干舌燥老婆也被他烦得筋疲力尽的时候，她半真半假地说，你实在想，就去外面找一个吧。有一次无功而返后，老石不无恼怒地威胁说，我有这个权利，别忘了，你也有这个义务，你总是这样，是在逼——，逼我犯错误。老石差一点说出"逼良为娼"来。没想到老太婆一听就急了，有本事你真去找啊，你真还以为自己很行？话赶话，老石只能接招，说，这可是你说的。对，这算是我给你颁发的许可证。

4

年纪大了以后，觉少了，时间多了，可老石觉得从某种意义上说，他眼下是在用倒计时的方式过日子。尽管身体硬朗，他还是时不常地会生出时日不多的惶恐感。想想在已经过去了的七十个年头里，大部分时间，他都是在为别人活着，自己的想法、欲望和脾气总是尽量克制着。即使这样，身边人还是对他有那么多的不满意。如今，老石想通了，在这一辈子就要过去的最后日子里，谁的脸色他也不看，谁的难听话他也不听，他好歹熬到了"七十而从心所欲"的年纪了。

年轻的时候，总是往前看未来的日子，年纪大了，就开始习惯往后看了，就算难得往前看，看的也是自己的后路。老石和老太婆合计过，哪天他们都不行了，就去住养老院。儿子，他们是不指望的。身边太多的例子在那儿摆着呢，和小辈一起住，生活习惯不同，住久了，矛盾就出来了。等搞得不愉快再去住养老院，就没意思了。

老石也说不清楚是从哪一天起，精力开始不济的，而且思维特别发散，一个不留神就会掉进对过去岁月的回忆里。有时候正和别人说着话呢，脑子已经漫游到了别的地方。

关于那个上午，老石已经回忆过无数遍，至今，老石还认为那是一次意外。每个人都难免会碰上意外，不是吗？他起初只是想进去实地考察一下，就像他以前在单位跟着领导去基层调研一样。没有调查就没有发言权嘛。这样，以后当那帮和他一样闲着无聊的老家伙聊到"前线战事"时，他也就能发表自己的看法了。

进去后的情况比老石想象得复杂，完全是他经验之外的。不知道是不是时间不对，里面一个顾客也没有。三个姑娘懒洋洋地

前线，前线

坐在一只长沙发上闲聊。他一进门就成了焦点。她们仰脸看着他，用那种挑剔的眼光，似乎还有些好奇和意外，却不招呼他。老石浑身不自在，不知道自己哪儿不对劲，感觉在她们的注视下，自己正在变小。他指指脑袋，尽量挺直腰板，义正词严地告诉对方，理发，我是来理发的。三个姑娘还是看着他，其中一个用和他一式一样的语气一字一顿地回答他，好——的。说完三个人笑了起来，一边笑一边互相拍打着对方，笑成一团。

老石脸色难看。按他的脾气，他该掉头就走的。可就这么走了怎么都像是落荒而逃，这不符合老石的作风。就在这时，小白出现了。

她的脸真叫大，扁扁的，有点像老石原来一个绰号"汤婆子"的女同事。笑容也像，暖暖的，在那张大脸上铺开来，显得真诚而友善。她狠狠地白了姑娘们一眼，随手拿过围裙很职业地抖了一抖，同时一扬眉示意老石在她跟前那张椅子上坐下来。她什么话也没说，一单生意就开做了。

5

石松送完母亲刚回到家，几乎前后脚，儿子就回来了。进家后，这小子连招呼都没打直接进了自己的房间，并且锁上了门。

今天放得早嘛。石松站在儿子房门口，不无讨好地冲着门里面的人问道。里头一点声音也没有。石松又问了一遍。儿子声音低沉地应了一声"嗯"，并不做解释。

晚上想吃什么？

随便。这次倒是答得很快，但语气颇为不耐烦。

石松没心情也懒得做，说，那就叫外卖吧？他想着儿子还是会回答"随便"。儿子热爱一切快餐。同样的内容，装在快餐盒里的，他吃起来就比盛在碗里的来得香。石松投其所好，说，那就叫必胜客吧。这次儿子的回答里明显地有了愉悦之情。

打好外卖电话，石松上网查了这个"肛周鳞状上皮乳头样增生"。原来它就是大名鼎鼎的"尖锐湿疣"。这四个字时常以小广告的形式出现在我们生活的各个角落里，给人感觉这是一种隐晦的说不出口的常见病。网上关于它的链接多得要命，看来尖锐湿疣也是这个疾病缠身的时代的一个疣。

不到半个小时，石松对这个病的病理和治疗流程有了个大概的了解，治疗及时得当，根治没问题。他决定不通过在医院做会计的老婆找关系，省得下次两人吵架，老婆嘴里又多了一个攻击他的话柄。

送必胜客外卖的那个小伙子，长得眉清目秀，说话也是细声轻语的，有些姑娘气。好像每次点餐，都是他送的。好像每次从石松手里接过钱，他都会脸红。有意思。

不等招呼，儿子已经从房间里出来了，去冰箱拿了可乐，顾自先喝了起来。石松在对面坐下，点了一根烟，为了让接下来的谈话显得自然，他就像是突然想起来似的，说，对了，你好久没去爷爷奶奶家了吧？

嗯。

刚才奶奶来了。

嗯。

可惜她早走了一步，没碰上你。今天作业多吗？

嗯。

儿子埋首于食物和手机中间，全然不理会处心积虑坐在一旁眼巴巴看着自己的父亲。如果他妈在，一准儿会要求他把手机拿开，专心吃饭。一般说到第三遍，儿子才会不情愿地照做。好像手机是他身上的一个器官。他妈一转身，他又会迅疾拿过来，然后，他妈就该发火了。

前线，前线

这两年，儿子在家话越来越少，而他妈越来越唠叨。石松愿意相信这是正常现象。大部分处于青春期的孩子都是这样的，大部分有个处于青春期孩子的母亲也都是这样的。与此同时，他也愿意相信，大部分有个处于青春期孩子的家庭里的父亲也只会是像他这样的。

大概是看到什么有趣的东西了，碍于父亲坐在对面，儿子咬着下嘴唇强忍着。从石松的这个角度看过去，儿子俨然是个大小伙子了。眉眼长得和他很像，但身高远远超过自己当年十六岁的时候。

6

十六岁的石松，是个内向少言的少年，学习成绩普通，身高长相普通，家庭条件普通，走进校门，就像一滴水汇入河里，毫不起眼。

高一那年，他喜欢上了新来的英语实习老师，他喜欢的方式也很普通，就是默默地喜欢。那是怎样的一个学年啊，焦虑、甜蜜、沮丧、期盼、绝望，默默积累发酵的情感如同气球不断膨胀。石松眼睁睁看着这只气球变大，变薄，同时身体上的变化更是让他极度不安。

临近期末考试，气球爆炸了。他给英语实习老师写了一封信，花了一个晚上，写了誊，誊完又改，改完又誊。信是通过邮局挂号寄出的。四天后，在转了多个蹊跷的弯后，信竟然落到了他父母手里。

父亲把信团成一团扔向石松，母亲用那种天要塌下来的表情看着他。在一阵劈头盖脸的责骂羞辱后，父亲首先冷静下来。冷静下来后，他就又变回了一名擅长做思想工作的政工干部。而母亲只会在一旁无声地落泪。

父亲做思想工作的特点可归纳为"三个贴近"，贴近实际，贴近生活，贴近群众。他善于运用现实生活中活生生的事例、结合当前要解决的问题、辅以相匹配的成语来启发和引导对方。父亲对成语有着不一般的热情。他认为成语简短精辟，却饱含着深刻的哲理和丰富的人生智慧。父亲有个随身携带的小本，用于随时记录新学到的成语。有时候，石松觉得父亲是为了显摆他肚子里的成语才给他讲故事的。

每当需要鼓励石松排除干扰好好学习时，父亲通常会讲这么一个故事：当年石松的爷爷早逝，父亲不得不中断了初中的学习，在家帮奶奶干农活。等终于有机会重上初中时，他已经十七岁了，坐在他那帮初一的同学里面，就像是他们的叔叔。可是他埋头学习，对别人的嘲笑视而不见，凭优异的成绩靠着人民助学金完成了中学学业。当他以二十二岁的高龄走出中学校门时（初中还跳了一级），他许多儿时的玩伴都已经当爹了。在这个故事里先后出现了五个成语，心无旁骛、朝斯夕斯、卧薪尝胆、孜孜不倦、废寝忘食。

此刻，已经40岁的石松忽然有个疑问，29岁才结婚的父亲，青年时期性的问题是怎么解决的。抽完手里的烟，没和儿子打招呼，石松拿上钥匙下了楼。

7

胜利路，石松并不陌生。偶尔骑车去上班，他会选择走这条路。这是一条生活气息浓郁的老街道，饭馆林立，一到晚上，满街飘香。

战国策火锅店在胜利路的东头，很容易找到。火锅店旁边有家小烟杂店，石松进去买了盒烟，撕开封条，然后在店门口站定，抽了起来。

前线，他们管那个地方叫前线，你别说，还真形象。石松冲着街对面那家名叫"月半湾"的理发店，禁不住乐了起来。没错，那的确是个有危险的地方，如果条件允许的话（身体的，经济的），去那儿可不就是去打炮的吗。

抽到第二根时，老板在柜台里面搭讪，等人啊？石松能说什么呢，只能回答，是啊。实际上，他也不清楚自己站在这里干什么。对父亲战斗过的"前线"的好奇心，现在已经满足了，他也没有进去进一步了解的打算。他坚持在这里站着，只是有个问题没有想明白，那就是父亲是如何克服掉对自己衰老变形的身体的厌恶，克服掉关键时刻有可能硬不起来的担忧，克服掉背叛老婆的负疚感，跨出这一步的？这一步跨得实在是有些大，而且突兀，石松至今没有回过神来。

<h2 style="text-align:center">8</h2>

毫无疑问，当后来老石起身跟着小白往里间走的时候，已经偏离考察的轨迹了。老石记得当时脑袋是懵的，心跳得厉害，身上一阵一阵起鸡皮疙瘩。他应该知道里面才是真正的前线，真枪实弹，硝烟弥漫，难道自己打算仅仅凭着一个共产党员坚强的意志去和敌人搏杀？还是在起身的那一刻，自己已经投降了。他甘愿被俘虏，被敌人蹂躏。

房间狭小，小白进门后开了灯，还是昏暗。里面有一股怪味道，裹着潮气。仔细嗅，还有精液的味道。也许这存在于老石的想象中。

此刻，老石觉得自己正航行在回忆的大海上，有风吹来，一些更细碎的心思浮了出来。忐忑，对，他十分忐忑。他担心一会儿自己应付不来。老石强装镇静，自始至终，他都在掩饰自己的惶恐不安。小房间闷气得厉害，即使现在想起来，老石依旧有透

114

不过气来的憋闷感。另外，他好像还这么告诉过自己，进了这个门，哪怕什么也没干，别人也会认为他干了什么。或许这只是事后他给自己找的借口。

好吧，老石现在愿意承认，在落荒而逃与冲锋陷阵之间，他选择了后者是因为心里隐隐有着别的期待。这期待在他踏进店门前就有了，在隔夜辗转反侧的床上就有了，在他试图带着批判的立场听老家伙们谈论"前线"的时候就有了。甚至，更早的时候就有了。

其实也就三四秒钟，也许更短。他很想在那个地方多待一会儿，温暖，湿润。前线！前线！小白一点儿也不白，年龄也不小了，可在老石眼里她还年轻着。让老石对她好感倍生的是，她不但没有嘲笑老石的三秒钟，还安慰老石可能是太紧张了。不像自家那老太婆，快了吧，叫他"快枪手"，慢了，又嫌他磨蹭。反正在这件事上，她从来没给过他好脸，从来都是一副受罪的样子，好像他的快乐是建立在她的痛苦之上的。

更为清晰的记忆是，过于汹涌的快感让他差一点当场昏厥。随之而来的是侥幸和害怕，倘若就此倒在这个地方，那他这一世的英名也就毁了。他想到了家里人，他的邻居、同事、那帮老家伙们。有那么一个瞬间，他依稀看到了儿子的表情，惊诧、鄙视、怨愤。

但是，小白怎么会有病？老石喃喃自语道。事实上，老石已经把这次感染归结于考察过程中意外失足之外的另一场意外。

老石气喘吁吁地在床沿坐下来，仿佛回忆也是一件累人的体力活。虽然明天和医生约好要去做激光去疣手术，考虑到眼下患处日趋严峻的形势，老石决定在医嘱之外加用一顿药，先内服再外涂。同时，他在想，是否去趟胜利路，劝说小白赶紧上医院做检查。医生明白无误地说了，这个病不难治，只要治疗及时，是可以根治的。

9

石松以前从没想过老年人也有性的需求。参考他自身的经验，他估计自己到六七十岁时，十有八九已经不行了，恐怕连精神上的出轨也力不从心。别的不说，首先对自己日渐衰老的身体的厌恶，他就很难克服。

鉴于老年人身体的特殊性，容易在性活动的过程中出现状况，医生一般都建议以控制为主。政府提倡老年人多参加丰富多彩的社区活动，除了借此排遣孤独寂寞，石松想，另一个目的大概就是消解掉那点可怜的来之不易的力比多。

石松想起以前看过的一则报道，调查研究表明，老年人的性冲动更多的是源于精神而非身体本身，烦人的是，最后的实践却又需要落实到身体。显而易见的是，大多数老年人可获取的性资源是那么的有限，即使身边最便捷的资源——配偶，往往也是不配合不理解不给与。

这样的人群有多大，石松不清楚，但无论如何，他们的存在不应被忽视。一个白发苍苍的老人，谨小慎微了大半辈子，他们所受的教育告诉他们远离性，性是不洁的，是麻烦的，一切欲望都是要克制的。在他们的人生经验中，当性欲来敲门时，隐忍和转化是两种最常用的处理方法。他们把性欲转化成理想，转化成工作热情。他们从未意识到从追求理想中获得的成就感满足感有一部分来自于性欲成功转化带来的性高潮。他们从来没正视过自己的性欲。在生命的最后二十年，或者更长，可能更短，他们解决性欲的方式一般就是通过精神活动加上该死的手淫。因此，偶尔以交易的形式获取自己需要的资源，也是可以理解和接受的。

在刚刚过去的半个小时里，"月半湾"的门前前后后被推开过三次，两个出来，一个进去，都是男的。石松注意到，出来的那两只脑袋的确像是刚修理过的。其中一个从里面出来后探头探脑的，怎么看都有些鬼祟。看来，下头也修理过了。

当然，她们是专业人士，知道怎么帮你卸下伪装卸下思想上的包袱。她们上上下下打量了你一番，然后婉转地告诉你，你的下头也该适时打理打理了。

父亲退休前是名政工干部，做了大半辈子别人的思想工作，石松真担心他完事后也会习惯性地给小姐做做思想工作。不知为什么，石松突然想到了那个爱脸红的送外卖的小伙子，当老爷子付钱的时候，伸手的那个小姐会脸红吗？

10

电话铃响的时候，石松正在被窝里忙活。在这之前，他已经在床上躺了两个小时，身体异常疲惫，却就是睡不着。

有那么一会儿，石松觉得自己已经老了，老得都动弹不了了，可是脑子异常活跃，生活的过往片段像是放电影一样在他脑海里闪过，当画面定格在"前线"的时候，他手上的频率也随之加快了起来。

前线，前线

117

甲乙丙丁

甲：费珂
乙：格子
丙：叶郑蓉
丁：小东

上篇

甲：费珂

　　有一个细节我一直没告诉木头，那是真正在一瞬间打动我的。他侧过身去点烟，火机打着的那一瞬间，我在他那被火光照亮的脸上看到了落寞和疲惫，中年人才有的落寞和疲惫。我感觉自己的心动了一下，很突兀地动了一下。

1

把头发剪掉的念头产生于一瞬间。

我把脸对着镜子。我在我的对面看见了皱纹，就在眼睛的附近，明显的和不明显的。我皱了一下眉头，立刻又多出若干条来，它们在我脸上显得有些拥挤和触目惊心。它们是什么时候来的？

镜中的那个人在可怕地老去，以一种不易觉察的速度。

我闭上眼。我和木头曾经无数次站在镜子前，他的脸，我的脸，挨在一起，他的身体，我的身体，搅在一起。他喜欢对着镜子和镜中的那个我说话，对着镜子做爱，他说他喜欢做这样无情残酷的对比。他是矛盾的。他也是真实的。

木头说，我喜欢你的年轻。他捧着我的脸，小心翼翼地就像是捧着一件珍贵而易碎的瓷器。他又爱又怜的样子让我又满足又感动。那一刻我对自己说，我一定要好好地待他。

木头说，为什么在我年轻的时候没能遇到一个像你这样的人，为什么我的青春里没有"爱情"这两个字？他看着我，他在问我，更像是在问他自己。我吻了一下他微皱的眉头，说，我爱你的空白。

是的，我爱木头的空白。

2

第一次在朋友的生日聚会上见到木头，他来晚了，被主人安排坐在一桌年轻人中间。那天他穿得很正式，好象还特意做了头发，在一桌挖空心思怎么穿得稀奇古怪的年轻人里面显得那么扎眼，甚至可笑。他向在坐的每个人微笑。他的笑很特别，你可以

甲乙丙丁

感觉到他在笑，可他脸上的五官却几乎没有移位。他吃得很少，只在别人招呼动筷子的时候才吃上一口。给人感觉他到这儿来只是为了坐一坐。

我就坐在和他成四十五度角的地方。我也吃得很少，只是跟谁赌气似的大口大口地喝着杯中的干白。我刚和格子吵了一架，两人都说了很多难听的话并发誓再也不在一起了。我们已经说过五百次分手了，说得越多我们越知道这只是成千上万次中的一次。

一桌人就我和木头不在吃，所以无形中我们就有了同志的感觉。在上完那道松鼠桂鱼之后，大家的注意力都集中到了那条淋了一身茄汁的鳜鱼身上，我下意识地去看那个老不动筷子的男人。这时我们的目光碰到了一起，他又一次给了我一个很特别的笑容，还幅度很小地点了下头。

事后我们常回忆那天的情形，我说如果不是刚和格子吵完架，我一定会把注意力放在吃上的，也许就不会有四目相交的那一刻，也许就没有往下的事了。但是木头不同意我的说法，他说从看见我的第一眼，他就觉得我们是质地相同的一类人，我们的气息是相通的。

有一个细节我一直没告诉木头，那是真正在一瞬间打动我的。他侧过身去点烟，火机打着的那一瞬间，我在他那被火光照亮的脸上看到了落寞和疲惫，中年人才有的落寞和疲惫。我感觉自己的心动了一下，很突兀地动了一下。

3

那天吃到一半，坐在我和木头之间的一对情侣牵着手离开了。已喝得脑袋开始发懵的我再一次把目光转向了他，正在抽烟的他意识到有人在看他，也扭过脸来。我们对视了一下。在这一眼里，我看到了很多东西，有关他的，有关我的，有关我们的。

那一刻我猛然意识到我是多么的孤单，我渴望交流渴望倾听，哪怕仅仅是一个回应的眼神。

我说，你吃得很少。

确定我是在和他说话，木头多少有点意外，他把身体朝我这边转过来一些，说，你也是。

我说，我不吃是因为没有胃口。

他没有往下问，只是很有同感地点点头。他抽烟的频率明显地加快了，看起来有些拘谨，是那种与他的年龄不相符的拘谨。

我问，你有名片吗？

我知道自己的，对少言而温和的男人有着天生的好感和进一步了解的愿望。如果碰上一个腼腆一点的，我头脑一热，甚至会做出反常的举动。他递过来一张名片：穆树林，城建设计院工程师。我一边看着他的名片一边等他问我要名片。我没有名片，但我可以给他留个电话号码。然而他只是又点了一根烟，并且频率更快地抽着。我看着他，故意使劲地看着他。

我叫他穆先生，我问他的工作平时都会做些什么。他一一作答。他回答得很耐心，间或夹杂着一些手势。我注意到他的手指修长光润，说话间下意识地会去摸一下脖子靠近右耳的一颗黄豆大的痣。

我拿起酒杯喝了一口，对自己说，这是个有意思的、与众不同的男人。那天在离席前，木头由衷地说了一句，你的酒量真好。我用已所剩不多的清醒意识回答道，不是，只是我敢喝而已。木头点着头，似乎终于为我这个晚上不动声色的豪饮找到了解释。

我们一起往饭店门口走。我的头晕乎乎的，脚下发飘。我下意识地想扶住一样东西。木头伸过手来，抓住我的胳膊，我的身体有了支撑点就控制不住地想往那个支撑点靠过去。这时两张笑

甲乙丙丁

121

眯眯的脸出现在我面前，她们问我怎么啦问木头她怎么啦。木头解释我喝多了。她们从木头手里把我接过去。我想摆脱她们的搀扶，但被她们抓得更紧了。快到门口的时候，我突然想起了什么，我转身找木头，却发现他就站在我身后。我说我给你留个电话吧，他说你刚才已经给我留过了。

<h1 style="text-align:center">4</h1>

　　过了差不多有一个星期，我在打算送去干洗的衣服里摸出一张名片。说实话，我已经把那个叫穆树林的男人忘记了，也把趁着酒劲对那个叫穆树林的男人说的话忘记了。

　　我抱着衣服缓缓在靠窗的椅子上坐下。下午的阳光透过玻璃窗照在我的半边脸上，我开始回忆那天的情形。我好象一直在喝酒，别人都是一副兴高采烈的样子，只有我绝望地坐在那里，一口一口地往喉咙里灌着酸涩的液体，等待酒精的抚慰，等待自己最终放松下来。而穆树林既不喝酒也很少吃菜。我想起了他特别的笑容，他看我的关切的眼神，他修长的手指。我忽然觉得很温暖。

　　我拿起电话，按照名片上的号码拨过去，三秒种后，他充满磁性的声音传了过来。我问他还记得我吗，他那头略一迟疑，说出了我的名字。我说我的电话号码你肯定扔掉了。他连说没有没有。我有些矫情地问，为什么不给我打电话。他用一种宽容的就像是宽容一个不懂事的小孩的口气说，倒是想过给你打电话的，可又不知道说什么好。我说那你可以问问我为什么不给你打电话。他笑了，然后说，那天看你喝多了，怕给你打电话你都不一定想得起来我是谁。

　　那天的电话打了有二十分钟，挂电话前他说，以后少喝点酒。我说你说话的口气像我爸爸。他就又笑，他的笑有点滞后，就像是经过思考后才决定笑的。在后来的接触中，我发现他很少发出那种爆发性的笑，他的情绪基本上是平稳的，内敛的，克制的，给人一种稳重、踏实、靠得住的感觉。

当晚，他的笑就出现在我梦中，尽管他的五官模糊，但那种特别的笑十分生动。而后他的笑时常在我梦里进进出出，随意地进进出出。我想我首先是在梦里被他俘虏的。

我们约时间吃了一顿饭，没过几天又喝了一次茶。在接下来的半个月里，几乎每隔一两天都会见上一面，他给我打电话，或者我给他打电话，不用找什么特别的理由，我们都知道有什么发生了，但谁都不先点破。

我们谈到了各自的生活。我的家乡远在千里之外，我的父母老实本分，他们做梦也没想到生了个这么不安分的女儿。七年前，我考上了这儿的一所大学，书读得不怎么样，荒唐事却没少做，而且至今还是没有找到我一直在苦苦寻找的一个我和我的家人都能接受的浪费时间的方法。眼下我有一个半同居性质的男友，就是各自有自己的住所，不吵架的时候就住在一块。我们交往了五年，近三年一直在讨论分手的问题。

木头有家室，他的太太是个与时代同步伐的强女子，文化大革命的时候，风华正茂的她卷起袖子，一头扎进了那场声势浩大的运动中；改革开放初，她是最早下海的那一拨；九十年代中期，生意做得红红火火的她又在百忙中抽空搞了一段婚外恋，并头脑发昏地想要和那个比她小八岁的男人结婚。当然没有结成。这之后，她安静了下来，要想折腾说实话也有点心有余而力不足了。反正钱也赚得差不多了，该实实在在考虑考虑以后的生活了。她给家里换了一套居住面积和居住环境都更好的房子，给儿子换了个好学校，也许她还想给自己换个丈夫。跨入新世纪后，在她眼里过于老实本分因此没有味道因此这么多年来看在眼里就跟没看见一样的丈夫，突然散发出某种迷人的光泽，她猛然醒悟，这样的男人才是可以依托终身的男人，所以她又做起了新好太太。

木头比我大二十三岁，他的儿子比我小一岁，木头结婚的那一年正好我出生。

5

木头比较喜欢之江路上的一馨茶馆，那儿的顾客不是太多，而且距我的住处很近，如果约好二十分钟后见，那我还有一刻钟的时间可以收拾我的脸蛋。

我到的时候，木头已经在那儿了。他从来没让我等过。我怀疑他约我的电话就是在茶馆里打的。他就坐在我们常坐的那个角落，身旁的墙上有一副"闲散生活笔数支，逍遥岁月茶一壶"的字画。他在笑，不是我第一次见他时的那种礼节性的笑，而是由衷的，笑容是从看我的眼睛里流出来的，有爱怜，有欢喜，还有一点点不易被捕捉的羞涩。

我在他对面坐下，要了一杯龙井。他问在接到他的电话之前我在做什么，我说在等你电话。木头看着我的表情，大概以此判断我的回答的可信性。我十分肯定地冲他点点头，他又笑了，于是我也笑。

"昨晚睡得好吗？"

"还行，怎么啦？"我有些摸不着头脑，问，"是不是我有黑眼圈？"

"不，我只是随便问问。"木头的眼光一点一点从我的脸上移开，滑过我搁在桌上的手，滑过桌面，最后停留在他面前的的那只茶杯上。他双手捧着茶杯，看着杯中的一片茶叶从水面一点一点飘落到杯底，我也在看那片茶叶，同时猜测着他想对我说点什么呢。

"我昨晚几乎没有睡着，事实上，这些天我一直睡不太安稳，突如其来的幸福让我不敢相信，怕睡着了醒过来发现这其实只是一个梦。我这样说你也许会笑我的。我从来没有过这样的感受，那就是想一个人想得睡不着觉，即使是和这个人在一起的时候也还在想她，就像现在。"

木头仍然低着头继续说着，他的脸上有一种淡淡的令我感动的忧伤。

"这些年的生活让我以为自己是个不会爱的人，早没有了爱的能力和激情，我以为我这一辈子也就这样了，遇见你，我才知道根本不是我想的那样的。我似乎一直在等待那么一个合我意的人的出现，我等呀等，等了五十年，这个人终于出现了。我觉得我真是幸运，因为在我已经不期望的时候，我要等的人竟然出现了。"

木头不停地说着。当他终于抬起头来的时候，我看见了他发红的眼眶里滚动的泪水。我的心不由地一紧，我害怕男人的眼泪，尤其是一个五十岁男人的眼泪。我觉得那是有重量的，而且是我难以承受的重量。

6

我决定找格子谈一谈，开诚布公地谈一谈。我们不能再这样下去了。我们应该痛下狠心把三年前就该解决的事真正解决掉，然后开始彼此新的生活。

格子在电话里问我谈什么。我说你知道的。电话那头传来了一阵猛烈的咳嗽。我问，你的气管炎又犯了？在一阵更为猛烈的咳嗽过去之后，格子说，我们分不了手的，你是知道的，我们是一对冤家，我们不可能分手的。我打断道，我必须见你，我们见

甲乙丙丁

了面再说吧。

格子说了一个地方，是广远大厦底层的麦当劳，那儿离我家和格子的单位差不多远。挑一个嘈杂的地方谈分手的问题，可能不是一个聪明的选择，却是一个正确的选择。

"如果我没猜错的话，你今天要和我说的就是那个我们已经讨论了五百遍也没有解决的问题。"

格子是从单位里溜出来的。他在一家网络公司做运行。他是个好职员，工作努力，与同事和上司都相处得不错。但他平均每个月会在上班的时间从公司里溜出来两到三次，每一次都是因为我觉得我们必须马上分手，片刻也不能等了。

"是的，我们不能再这样下去了，我们分手吧。"

"没有了？"

"是。"

"我说过这个话题我们已经讨论过五百遍了，一百遍在你家，一百遍在我那儿，一百遍在街上，一百遍在电话里，还有一百遍在我们各自的梦里。"格子今天的心情看来不错。

"我是认真的。"

"我觉得在我们以前说过的那五百次中至少有两百五十次是认真的，问题不在态度上。我说过我们是一对冤家。我早就想通了，我们是分不了手的，你不要再折磨我了，也不要折磨你自己了，回去吧，睡一觉，我下班后给你打电话，听话。"格子掏出电话来看了一眼时间。

"这一次不一样——"

"除非你又爱上了别人。"

"是的，我爱上了一个人，所以，我们必须分开。"我感觉我要说的话被分解成了一个一个单字，把它们从我嘴里蹦出来特别困难。

格子盯着我的眼睛，同时脸上刚才还明亮的色彩一点一点在暗下去，暗下去。我首先低下了头。格子伸过手来一把抓住我的手腕。我想挣脱，反被抓得更紧了。我倒吸了一口冷气，差点叫出声来，他实在太用力，并且还在加力。我说放手，你弄疼我了。

"那人是谁？"

麦当劳里的音乐开得很响，那个红得发紫的周杰伦正在唱《简单爱》。在他还不怎么出名的时候，我和格子就断言这个唱歌和说话都口齿不清的家伙总有一天会火的，因为他实在太有才华了。这样的人不出名只有一种原因，那就是不走运。

我和格子的生活习惯和趣味爱好是那么地接近，也可能是在一起的时间长了磨合的结果。我们都会在固定的时间去健身，星期六看德甲，星期天看意甲和英超，会为抢电话线上网而石头剪子布，都喜欢尝试各种稀奇古怪的饭菜和饮料。惟一不同的是格子从不喝酒，滴酒不沾，所以他清醒的时间要比我多，身体也比我来得健康。另外，我们都喜欢那个尖锐叛逆的张震岳，我们在一起听他唱那首好玩的《放屁》，然后齐声数，一共有四十三处"放屁"，数完，我们笑作一团。

我们在一起生活得像亲人像姐弟就是不像恋人。曾经我投入地爱过这个比我小一岁的男人，他如水晶般通透单纯，他灿烂的笑容，他狂热奔放不顾一切的爱。甚至我现在还爱着他。但有一天，我突然发现我骨子里并不能接受一个比我小的男人，尤其是我的年龄越大对这种年龄的差异越在意。我不能忍受他像我一样贪玩、懒散，说到底，我希望和我一起生活的是个比我成熟给我安全感的男人。

这几年，我和格子都对别的异性动过心，但最终都因为对方的疯狂举动又回到了原地。格子曾经把一个刚对我有所表示的男孩约到一家餐馆，就像《有话好好说》里那个说话结巴的姜文那样，说着说着从包里拿出一个牛皮纸大信封，里面是一把刚买的菜刀，张小泉牌的，他问那个男孩和我拉过手没有，是哪只手拉的。

　　而我曾经在一个晚上，以一种意想不到的方式出现在格子和他的朋友面前。我记得那天自己做完面膜躺在床上看书，可是没来由的焦虑让我根本看不下去。我觉得不安，心慌。我在屋子里走来走去，猛然想到了格子，他在干什么呢？旁边有别的女人吗？我给他打电话，被告知机主关机了。我拿了钥匙就往外冲。我站在大街上扬着手拦出租，完全没有意识到街上的人在像看疯子似的看我。直到格子把我拉到卫生间，我从镜子里看到了一张恐怖的脸。

　　在对方是否另有所爱这个问题上，我和格子的感觉都异常敏锐，甚至可以说是神经质。

　　我和格子总是纠缠不清，找了一百个理由才分开，可只要一个理由就又粘在了一起。但是我必须和格子分开，每天洗澡的时候，看着身上青一块紫一块的皮肤和胳膊上的那条伤口，我对自己说，再这样下去，你的命早晚会丢在格子的手里的。那些以爱的名义来到我身上的伤痕，让我体会到的除了肌肤的疼痛，还有一种精神上的紧张和恐惧。我经常在这一次的伤痛还没过去的时候就会去想象下一次的强度。我躺在被窝里对自己说，这是最后一次，绝对不能再有下一次了。可下一次，再下一次，一次一次地又来了，因为我们还是没有分手。用格子的话说，我们是一对冤家。

7

　　"那人是谁？"尽管格子刻意压低了声音，可他扭曲的面部、前倾的身子和我呲牙裂嘴的样子还是引来旁边人好奇的目光。

　　"你放开我。"

　　"那人是谁？"

"是谁都和你没关系。"

格子盯着我，用一种近乎绝望的眼神盯着我。突然他站了起来，不由分说地拉起我往外走。挣扎中，我碰翻了桌上的纸杯，杯中的可乐洒在了我的裤子和鞋上。

"是不是折磨我你觉得很快乐？啊——"

格子拉着我急急地往前走着，一边大声质问着我。我不知道他要把我拉到哪儿去。我想也许他自己都不知道。我被迫跟着格子的步子，洒上了可乐的裤子看起来很脏。

路边停着一辆正在下客的出租，格子拉开后门，把我推了进去。司机问去哪儿，格子说，你先往前开。他把头靠在椅背上，闭上了眼。看得出来，他在努力克制自己的情绪。

快到十字路口的时候，司机把音乐声调低，小心翼翼地又问了一遍，去哪儿。格子猛然睁开眼，说，和诚小区。我想让司机停车，然后下车，然后回到我的住所，不再屈从于格子的暴力，不再让重复了无数遍的过程再重复一遍。可结果呢，我只是把身体靠在了椅背上，像格子一样也闭上了眼。

我知道接下来会怎样，争论，激烈的争论，更为激烈的争论，上升为暴力，最后在一次疯狂的、夹杂着复杂的感情色彩的做爱中结束，关系又回到争论前，或者还略有上升，仿佛在这之前的冲突就是为了这一场有强度的身体狂欢，就像是狂欢前一场特别的前戏，而冲突的激烈程度和从狂欢中获得的快乐成正比。可这一次不是这样的，我比任何一次都有决心，必须得结束。

往楼上走的时候，我说，这一次我们能不能心平气和地谈一谈。格子冷笑了一声，没有接我的话。

格子的房子打扫得很干净，像是个有女主人的家。格子把钥匙扔在茶几上，搬过一张凳子，坐在我对面。

"那人是谁？"

"这个我不想说。"

"你不是说要和我心平气和地谈谈吗?"

"是,可这和那人没关系。我们说分手也不是一天两天的事了,没有这个人,我们也会分手的,这你是知道的。"

"我只知道我们分不了手的,再说一千遍也还是这样,不只是因为我离不开你或你离不开我,而是我们都离不开对方。"

"是,以前是这样,但现在变了,一切都是会变的。听我说,格子,没有一成不变的东西,没有,尤其是感情这东西。"

"去你的,你为什么总是对我说这种话,让我失望,让我觉得没有意思,让我觉得没有什么是可以相信的。你以前是那么地好,善良,温柔,懂事,怎么就变了呢,你怎么就变了呢?"

格子的身体向前探着,他又迷惑又痛苦的样子让我难过。

"其实这些年大家都在变,生活在变,想法在变,认识也在变。我从来没有否定过我们的爱,可那已经过去了。我们现在在一起不是吵就是打,这已经不是爱了,无非是互相消耗互相折磨罢了,这还有什么意思。"

"那是你变了,我对你没变,你心里很清楚,你是在找借口。那人是谁,你告诉我,我有权利知道。"

"我不想说。不管你信还是不信,那个人的确和我们眼下在谈的这个话题没有关系,况且我和他也谈不上有什么关系。"

"你是不是和他睡过了?"

"没有。"

"不要骗我。"

格子盯着我的眼睛,我觉得他是在等待我情绪的爆发,似乎他的情绪只有借助我激烈情绪的反作用力才能更彻底地发泄出来。我从包里拿出烟,点上。我知道我现在说什么对他来说都是个刺激,我不想刺激他。

"说话呀,是不是很舒服,比我做得好,是吧,让你满足,让你离不开了,是不是? 是不是?"

　　我还没反应过来，手里的烟就被格子夺了过去，扔在地上，随后他的人也扑了上来。又来了，又来了，熟悉的气息，熟悉的动作，熟悉的方式，我下意识地用胳膊挡住我的脸，我不想让木头看到我鼻青脸肿。

8

　　背景音乐一向是江南丝竹的茶馆今天居然放起了流行音乐，是齐秦95年发行的那张《痛并快乐着》。我从未想过要用"幽幽"或"哀怨"这样的词去形容一位男子的声音，但齐秦的鬼魅之音确有种穿透灵魂的幽怨和弃尘而去或被尘世遗弃的孤独。他的歌声里充满了暴雨倾注的街头或枯草遍地的旷野中一个孤单的背影缓慢而茫然前行着这样的意象。这是嗓音的魅力，与歌词无关。

　　"医生真的说没事？要不还是做个全面的检查，小心没大错。"这已是木头第二次向我提同样的建议了。

　　我说没事的，真的，只是皮外伤，过几天就会好的。看我坚持，木头不再说什么。但摔一跤摔成这样，而且一个月里摔了两次，谁会相信呢。

　　那天格子真是疯了，在一阵拳打脚踢之后，他抱着我的脑袋，拼命乱摇，同时不停地问着，那人是谁？那人是谁？我几乎被他摇晕了过去，直到我控制不住地开始呕吐，他才住手。他也有些慌了，把我平放在沙发上，一边擦拭着地上的呕吐物，一边神经质地重复地嘀咕着什么。我闭着眼睛，我感觉到了累，仿佛刚才挥拳动武的那个人是我。

　　格子几次试图过来帮我擦掉鼻子和嘴角的血，都被我拒绝了。我说你让我一个人躺一会儿，让我安静会儿。格子没有离开，他坐在我对面的一张椅子上，怀里抱着一盒纸巾，表情复

甲
乙
丙
丁

杂地看着我。过了一会儿，他用一种异常低沉的声音说，我就是不甘心，我付出了我能付出的一切，到头来却得到了这样的一个结果。

木头这会儿也在看着我，身体微微前倾，一副想看出个究竟的神情。

"好吧，好吧，"我说，"不是摔的，是因为别的原因，不过我不想说，你也别猜了，好吗？一切不是你想象的那样的，包括我这个人，其实远没有你以为的那么好。"

"好，好，你不想说的我不就问了，"木头安慰我，"但是，说心里话，你现在的这个样子我看着心疼，真的，不管发生了什么，你得学会保护自己。"

我不能面对木头动情湿润的眼睛。我突然怀疑自己对这个男人的感情，是爱吗？还是因为贪婪他对我的溺爱。

齐秦在唱：痛并快乐，快乐着，恨恨且爱且狂，不理不问啊不想，恨极生爱，爱极又生恨，爱从苦的最甜里来。

"和我说说你最近的生活，工作忙吗？"

"还那样，在做上一次和你说的那个工程，这个月底能结束，然后能稍微轻松一段，然后——，"停顿了一下，木头用一种痛下狠心的语气说道，"然后把我和她的事解决了，到了必须得解决的时候了。"

我不知道我的出现在多大程度上导致了木头下离婚的决心，但我很清楚自己并不能对一个因为我而离婚的男人的未来生活负责，所以我不希望这个男人离婚，至少眼下是这样。

"其实我和她摊牌了，"木头说，"昨天晚上她突然问我是不是外边有人了，我想她既然主动问了，那我也没必要隐瞒了，其实她肯定是感觉到了什么才那样问的。"

我有些意外，但还是表现得很平静地听他说着。

"她追着问你是个什么样的人，她问得很具体，但出奇得平静，似乎早就想到会有这么一天的。她这样，我倒有些不知该怎么说了，本来想着肯定会是一场大吵，可结果却是这样的。"木头摇着头，似乎还是转不过这个弯来，"她真要这样，倒是我以前小看她了。"

我不知道说什么好，只能低头听着。木头在分析她妻子叶郑蓉对此事的反应，他认为可能还是因为她前些年的那一次外遇让她心存内疚。他见过那个小伙子，十分年轻，长得挺精神的。她肯定是动了真感情了，有半年的时间几乎就见不着她，见着了也是一副魂不守舍的样子。期间也提过离婚的事，他同意了，可后来一切却不了了之，叶郑蓉重新回到他身边后对他比以前要好，好得都让他不认识了。

不知为什么，我觉得此刻木头所说的这些其实和我并没有关系，我坐在这儿听他说着他以前的生活而心里却在想我自己的生活，而他的生活和我的生活到底有什么关系？我们的生活一直就运行在不同的两个轨道上，眼下遇上了，那也仅仅是我们这两个人，我们的生活终究是不可能发生关系的，我突然就想到了这一点，而把这一点想清楚很重要。

9

我希望爱的涤荡能让我的心变得纯净、安宁，能沉下心来实实在在做点事，用正常的心态来面对正常的生活。我又把格子约出来谈了一次，结果当然可想而知。

早起，我蜷缩在靠窗的椅子里，抱着自己的双膝，把头埋在臂弯里。木头躺在我对面的床上，还没醒，他眉头紧皱，大概又在梦里和他老婆讨论离婚的事宜。那已经成了他一场做不完的恶梦。那个叫叶郑蓉的女人发动了所有的亲朋好友试图说服木头放弃离婚的打算，同时又以一个受害者的姿态请求木头的单位领导

甲乙丙丁

给予干涉。她甚至让他们在国外读书的孩子打电话回来做木头的工作，自己却像什么事也没发生似的该干什么干什么。她给木头洗衣做饭打扫屋子就是不和他谈离婚，一个字也不谈，只要木头一摆出要她谈一谈的架势，她就走开了。

一个处于离婚拉锯战初始阶段的人的状态是很奇怪的，通常表现得亢奋、焦虑不安，还有点神经质。木头从他家来我这儿，一般会先去办一两件像那么回事的事，比如上一趟邮局，或者去银行交水电费，以此麻痹他假想的跟踪者，然后横穿大半个城市，到我的楼下后又捉迷藏似的在附近转几个圈，直到他确定就算是美国中央情报局的间谍也被他甩掉了，这才上楼。在他的潜意识里，他的老婆就尾随在他的不远处。

然而只要坐在我对面，木头就会尽量表现得若无其事，他不愿让我担心让我有心理负担，这也是我喜欢他的原因之一。他是个好男人，也是个好情人。我想到了凯文·科斯特纳。这一年来，我一直同时在几家电影刊物上开专栏，介绍新电影，回顾经典老片子，点评曾经有戏或正在被看好、星光无限的演员。凯文·科斯特纳是我眼下极为推崇的。

10

我看的凯文·科斯特纳的第一部片子是由他和惠特妮·休斯顿合演的《保镖》。我看《保镖》完全是冲着惠特妮·休斯顿的嗓音去的，我喜欢这个黑人歌手音乐里那种原始不羁的味道。但当凯文·科斯特纳在影片中一出现我就被他吸引住了，成熟、英俊、坚强、彬彬有礼，后来我又陆续看了他的《与狼共舞》、《侠盗罗宾汉》以及那部恶评如潮的《水世界》。

毫无疑问，科斯特纳是个真正的男人。他借助角色实践着一种对生活和男人的理解，男人英勇战斗，男人视死如归，理由只是依附于他们的妇孺和他所依附的民族。这是有关男人最简单也最高尚的真理，如《爱国者》中的梅尔·吉布森，《角斗士》中的拉塞尔·克罗威。

科斯特纳曾经想像个普通人那样生活。1978年获得大学学位后，他将辛迪·希尔瓦娶回了家，并且找了份推销员的工作混饭吃。但是仅仅一个月，他那颗高傲的心就承受不了平庸生活所带来的耻辱感。他郁郁寡欢，他常把自己的脑袋泡在酒精里，结果他遇到了一个名叫理查德·波顿的人，这个人喜欢听科斯特纳讲自己的故事和梦想，他告诉科斯特纳"人生得有理想，只要它是你愿意干的，就一往无前地干吧。"科斯特纳在最失意的时候接受了这位朋友的建议，他匆匆结束了推销员的工作，举家迁往了好莱坞，那里可以圆他的演员梦。年仅23岁的科斯特纳面对前途，可以毫不犹豫地做出选择，他身上流动的男人的血似乎也将勃发。

但是好莱坞从来就不承认天才，在那里只讲运气。外表木讷、内藏血性的科斯特纳默默忍受着失落所带来的痛苦，他始终憋着一口气，无论别人怎么看他，他相信自己终有一天回会在好莱坞登基，这是属于男人的坚强和壮志。

老实说，科斯特纳的英俊在好莱坞实在太家常便饭了，没有当编剧的朋友，没有当演员的父亲，没有任何背景和后台，像他这样的小伙子在好莱坞大把大把地有的是，甚至让人都来不及同情。

从1982年到1986年，科斯特纳将青春浪费在了四部几乎没有什么反响的影片上，可他有着坚定的信念，就像他主演的《与狼共舞》的男主角的命运一样。科斯特纳终于感动了上苍，1987年他凭借《铁面无私》中的干探形象一炮走红，并且好运开始光顾他。接下来的《走投无路》一样的票房火热，科斯特纳终于有了名气，他看到了梦想的曙光。1990年由科斯特纳自编、自导、

甲乙丙丁

135

自演的《与狼共舞》为他带来了七座小金人，更为重要的是，他找到了只属于男人的气概，在最艰苦的环境中为战斗而生，这是他的幸事，也注定了他的坎坷。

《侠盗罗宾汉》、《刺杀肯尼迪》、《保镖》奠定了科斯特纳在好莱坞地位。然而迷恋完美的科斯特纳在1994年遇到了他的滑铁卢，他自编、自导、自演的耗资2亿多美元的《水世界》票房惨淡，甚至被媒体评为有史以来最烂的片子。仅仅几周之内，科斯特纳就从好莱坞顶级巨星的宝座上被无情地踢了下来。

《水世界》惨败后，毫不灰心的科斯特纳以《锡杯》来挽救他的票房，这是一部体育题材的影片，体育始终是他的至爱，他认为，除了战争，只有热血沸腾的体育可以充分发挥他男性阳刚的魅力。

在这以后，不甘于循规蹈矩的科斯特纳又拍了一部内涵深刻如《水世界》那样另类的《邮差》，再遭贬损。对他来说，他做了他想做的，并已尽力做到最好，这就足够了，至于外界的各种声音，也只能随它们而去。

1999年，科斯特纳拍摄了走好莱坞俗套的浪漫亲情片《挚爱的游戏》和《瓶中信》，好男人，好父亲、好丈夫、好儿子的感觉一如既往。不管怎样，这是一个有力量的男人，他能驾驭一切，同时他又是真实而性情的。外界不断有人指责他品行不端，声称他对与之合作的漂亮女演员一个都不会放过，以至于同样以好色闻名的迈克尔·道格拉斯严禁自己的妻子凯瑟琳·泽塔—琼斯与科斯特纳合作。

作为男人，他是榜样，坚强、平和、永远冷静，还有点色。

11

木头醒了，他躺在床上用一种让我觉得陌生的表情看着我。

"怎么那样看我。"

"我还是觉得不真实，你坐在我对面，我躺在你的床上，像梦一样，"木头随手抱起我的枕头盖在脸上，"真的像在做梦。"

我走到床边，坐下，俯身把脸贴在他的胸口。木头伸过手来一下一下地抚摩着我的头发。

"真想一辈子就这样过下去，和你待在一起，哪怕什么也不做，就这样，你看看我，我看看你，我都会觉得很幸福。"木头喃喃自语。

"可是我觉得不够，我还要能摸到你，抓住你，"我踢掉了脚上的鞋，翻身上床，趴在木头的身上并咬了一口他的肩，"咬你，让你知道这不是梦。"

木头把我搂在怀里，下巴抵着我的头顶，他说就这样躺着，最好能睡过去，睡过去，不要再醒来。他把我搂紧一些。他的胳膊正好碰在我肩胛骨肿痛的部位，我忍不住叫了一声。

"怎么啦？"

"没什么。"

木头爬起来，问，是他打的？他是在询问，但口气却是肯定的已有结论的。

"我不想谈他。"

"告诉我一点，哪怕就一点，我想知道，"他吻了一下我的眼睛，"求你了。"

"我不想说。"我用手臂挡住眼睛，摇着头。

"好，好，不想说就不说了。"

木头又躺了下来，伸手揽住我的腰，侧身面对我，他吻着我的唇，很轻，但如雨点般的密，带着温湿的呼吸。过了一会儿，他的舌尖探了进来，我感觉到他在用舌尖敲打我的牙齿，一下又一下，同时那只揽着我腰的手由腰部朝四周游移开来。他用一种叹息般的声音反复在我耳边呓语着，舒服吗？舒服吗？我绷紧的

甲乙丙丁

身体一点一点软了下来，呼吸也急促起来。我低声呻吟了一下，下意识地去迎合他的抚爱。我含住了他的舌尖。我感觉他的身体颤动了一下，并且手指间加了两成力。他翻身压在我身上。他身体抵着我下腹的部位坚硬异常。他含糊不清地问我，感觉到了吗？

"感觉到什么？"我故意问。

"这个。"他动了一下他的腰。

"这个是什么？"

"你这家伙。"他轻轻地咬了一下我的耳垂。

"到底是我的家伙还是你的家伙？"我还是装糊涂。

"叫你装糊涂，叫你装糊涂。"就像是接到了战斗的信号，木头的吻铺天盖地砸在我的脸上，与此同时，手里的动作也加快了频率。

12

"和我说说他吧。"木头坐在我刚才坐过的椅子上，而我躺在床上，像只虾米那样蜷曲着身子，把脸埋在臂弯里，还沉浸在快乐的余波之中。

"我想知道你和他之间到底发生了什么，不仅仅是好奇。"

我躺着不动。

"如果你实在不想说就算了。"

"好吧，好吧，你看到的伤是他打的，我长这么大我父母都几乎没有打过我，但是他打我，就这样。"

"为什么？"

"这不完全是他的错。我和他的事说来话长，我提出分手，他不愿意，他控制不了自己的情绪，其实每次打完他也很后悔，他没有办法，在那一会儿他控制不了自己的情绪。他变成现在这个样子我是有责任的，他以前不是这样的。"

"他经常打你?"

"每一次都是因为谈到分手，分手就像是一颗炸弹，一触就爆炸。其实在现实生活中他是一个特别温和的人，甚至有点软弱，大家都很喜欢他，可能还是因为我先伤害了他。"

"你还爱他吗?"

我摇头，但摇了两下又停了下来，我问自己，真的已经不爱他了吗?

有音乐从窗外传来，似乎是齐秦的《不如这样吧》，它从一个隐秘的角落里飘过来，那么清晰却又那么的不合时宜。我下床，走到窗边，侧耳听着，在确信了就是齐秦的音乐之后又回到床边坐下。我低下头回避着木头的眼睛。我知道他在看我，就像一个小时前那样。

13

我永远记得我第一次完整地听齐秦的《不如这样吧》时的情形，那是两年前，那时我刚从和格子疲惫不堪的恋爱中探出我的脑袋，而我的身体暂时还留在那种令人绝望的惯性中。

那天我坐在麦当劳临街的窗口，喝着可以续杯的咖啡，看着窗外那个正在离我远去的穿米黄色风衣的格子。他起先走得很急，因为他知道我在看他。走出去有五十米，他的脚步突然慢了下来，并且越来越慢，似乎随时都会停下来转身回来。我有些紧张地看着他。我真的怕他又转回来，重新坐回到我的对面，就像根本没有离开过。我怕好不容易下的决心又成了分手前的一次彩排。我们已经说了足有两百遍分手，分手，可过不了多久又粘在了一起。我们都很清楚根本不是谁离不开谁的问题，而是我们都习惯了有对方的生活，而且我们两个一直都没碰到比对方更适合自己的异性。

我们在一起生活了三年，却没有说过结婚的事。也许一开始还有这样的想法，但在一起待久了，这样的想法反而淡了。生活的时间越久，感觉越放松，越平淡，也越没激情。有时候我会觉得摊开四肢躺在那儿的这个男人是我的某个亲人，我们彼此熟悉，仿佛已经生活了一辈子，如果我和他结婚也就意味着还要和他再生活一辈子。从某种意义上说，要和他结婚与要和他分手所需下的决心是一样的。

在短暂的犹豫之后，格子又一次加快了脚步。他穿行于人流中，他敞开的风衣不断与人群中某个和他擦肩而过的人发生着碰擦。我使劲地盯着他的背影。我怕他转身，可又不甘心这一次他真的就不回头了。格子的脚步越来越快，最终消失在人群中。我暗暗地松了口气，但随即更为强烈的失落笼罩住了我。我清楚地意识到这一次是真的分开了。

齐秦的《不如这样吧》就是在这时候回荡在大厅里的：

爱情如果盲目
我们何必睁开眼睛追逐哦
不如这样吧
选好走的路
比较容易被祝福

承诺不是屈服
我给你所有都得不到全部哦
不如这样吧
厮守那么苦
换个地方住

一个人怕孤独

两个人怕辜负

谁不是分分秒秒计算幸福

我低下头，一滴泪直直地滴落在咖啡里，紧接着第二滴第三滴落了下来，然后是源源不断的泪。齐秦还在唱，还在唱：

一个人怕孤独

两个人怕辜负

谁不是清清楚楚却又情不自禁陷入

14

格子出现在门口的那一刻，我的脑子一片空白。我没有阻挡他往里闯。我知道根本挡不住他。

格子直接就冲到了卧室门口。他肯定是有思想准备的，可当他看见床上的木头时还是愣住了。他扶着门框的手不知是因为愤怒还是意外在颤抖。我过来拉着他往外走。我说你听我解释。

格子没有反抗，默默地跟着我走到厨房，并在我替他拉开的一张椅子上坐下。他又迷惑又惊异又委屈地直视着我。我不知道说什么好。

"要不你还是先回去吧，回头我们再约个时间谈。"

格子就像根本没听见似的仍然坐在那儿，没有任何表示。我又重复了一遍。格子冷笑了一下，问，就是他？他语气里也许是刻意添加进去的轻蔑让我极不舒服。

"和他没关系，我和他认识没多久。"

"没多久就上床。"

"这是我自己的事，和你没关系。"

甲乙丙丁

"那我算什么？一只你穿厌了不想再穿的破鞋？"格子歇斯底里地叫了起来。

"我们之间的问题和他没关系，这你心里应该很清楚，在我认识他之前我们就一直在说分手。"

"分手，分手，分手就分手好了，你没必要用这个来刺激我。"

"我没想刺激你。"

格子猛然站了起来，走到靠窗的料理台前，脸冲着窗。我去把厨房的门关上。足有五分钟，格子一动不动地站在那儿，似乎在下一个很难下的决心。

"你怎么能这样。"

格子终于转过身来。他看着我，用从来没有过的仇恨的眼光看着我。你怎么能这样。他的声音很轻，但带着明显的颤音，同时他还神经质地点着头。他一字一顿地说，我不会放过他的。说完大步走了出去。我呆立在原地，听着他的脚步声急促地消失在走廊尽头。等我回过头去，发现木头就站在我身后。

15

我把木头送到电梯口，站着等电梯的时候两人都没有说话。也许是不知道说什么好，也许是旁边有人不好说什么。我们都盯着电梯按纽上不断闪烁变化着的数字。我在心里祈祷着电梯赶紧升到我们这一层，好让木头进去，好让我回到我的房间，关上门，锁上保险，吃两粒安定，拉上窗帘，然后爬上床，什么也不想地睡过去。

进电梯之前，木头拍了一下我的肩膀，并且深深地看了我一眼。不知为什么我觉得那一眼他看得很用力，似乎想要借此把我永远记住。

电梯门缓缓合上，木头在电梯里向我做了个回去吧的手势。

我努力挤出了一丝笑容。电梯门关上的那一刹那，我长长地出了口气，就像终于卸下了一副我不愿意戴的面具。我转身往家走。我想立刻把头蒙在被子里，像一只受到惊吓后习惯把头埋在沙子里的鸵鸟那样，掩耳盗铃般把刚才发生过的一切忘记。但是，我怎么会想到我和木头的此一别会成永别呢。

16

把头发剪掉的念头产生于一瞬间。

我把脸对着镜子。我在我的对面看见了皱纹，就在眼睛的附近，明显的和不明显的。我皱了一下眉头，立刻又多出若干条来，它们在我脸上显得有些拥挤和触目惊心。它们是什么时候来的？

镜中的那个人在可怕地老去，以一种不易觉察的速度。

我闭上眼。我和木头曾经无数次站在镜子前，他的脸，我的脸，挨在一起，他的身体，我的身体，搅在一起。他喜欢对着镜子和镜中的那个我说话，对着镜子做爱，他说他喜欢做这样无情残酷的对比。他是矛盾的。他也是真实的。

木头说，我喜欢你的年轻。他捧着我的脸，小心翼翼地就像是捧着一件珍贵而易碎的瓷器。他又爱又怜的样子让我又满足又感动，那一刻我对自己说，我一定要好好地待他。

木头说，为什么在我年轻的时候没能遇到一个像你这样的人，为什么我的青春里没有"爱情"这两个字？他看着我，他在问我，更是在问他自己，我吻了一下他微皱的眉头，说，我爱你的空白。

是的，我爱木头的空白，一如我爱过的格子的空白一样。

甲乙丙丁

乙：格子

我已经数不清和费珂之间有过多少次争执了，几乎每一次都是在我克制不住的狂怒中，以一种暴力的方式结束。费珂惊恐绝望的眼睛让我心疼，也让我逐渐从中体会到了征服的快感，这真可怕。可更为要命的是，我发现自己对此上瘾。

暴力在升级，似乎只有更为强烈的暴力才能表达和化解我的愤怒。我一次次地将这个我爱的女孩打倒，又一次次对她和自己解释这全是因为我爱她。爱，让人失去理智，失去自尊，变得疯狂，变得愚蠢，变得连自己也不认识了。

尽管我一再对费珂说我们是一对冤家我们不可能分开，但同时我也越来越怀疑自己真的能留她一辈子。我们恶语相加，我们互相伤害，我们越来越不介意把各自丑陋的一面暴露给了对方。也许我们眼下做的只是把分开的理由铺垫到极至，让对方彻底绝望，让自己彻底绝望。也许真的只有用一种极端的方式带来的结果才能结束我和费珂的关系，只有当我什么也不能做的时候，我才能真正停止纠缠她伤害她。

1

在我二十岁的时候，我遇见了费珂，一个在交往五年后我依然无法真正去把握的女孩。有时候我会觉得正是这一点让我无法离开她。她是个有魔力的女孩，让人着迷，让人看不清，哪怕她一而再、再而三地欺骗我背叛我远离我，我还是舍不得离开她。我们是一对冤家。

那天在费珂的床上看见那个我至今不知其姓名的男人时，其实我特别镇定。这个男人早就在我的预感里生根发芽了，只不过暂时存在于我的视线之外罢了。而我似乎一直都在等待这样一次尴尬的见面，只有残酷的事实能让我真正清醒，哪怕是暂时的。但就算是这样，我还是爱费珂。

我的朋友说费珂是我命中的克星，只要有她在，我永远不会过上好日子。我一度对这个说法十分迷信。说这话的人叫小东，是我最好的朋友，他看起来不动声色，甚至有点酷，却是个热心肠，对我十分关照。小东是歌舞团里的剧务，曾经是个舞蹈演员，后来因为车祸落下了残疾，舞是不能跳了，但从此他用跳舞的方式走路，而且常年坚持练功。真不知道他是怎么想的。

有时候我也会怀疑自己对费珂的感情，这是爱吗？还是仅仅是一种我无法摆脱的惯性。反正我知道我不能让她离开我，即使我心里清楚自己对她的感情已经不再纯粹。

在我二十岁的时候，我遇见了费珂。那天她坐在一大堆人中间，绘声绘色地讲着鬼故事，屋里的灯关了，只在桌上点了一支蜡烛，昏黄的烛光照在费珂的脸上，火焰随着她说话的气流跳跃着。毫无疑问，费珂是那一堆人中最特别的，不是因为那一刻她是大家的中心，而是某种特殊的接近于鬼魅的气息从她身上散发出来。她抬头看了我一眼，我立即有了被利器击中的感觉，不过那时候我根本没有意识到自己今后的感情会和这个女孩搅和在一起。

那时候我是一个什么样的人？让我想想，对，拘谨，敏感，爱脸红，在陌生人面前很少说话。那时候我已经在这座城市生活了两年多了，但还是感到不习惯，而且觉得孤单，课余时间我会跟着同学去外面玩。我的同学大部分都是和我一样从外地考到这座城市的，不过他们适应新的环境要比我来得快，他们很快就熟悉了周围的环境，知道哪里可以买到又便宜又时尚的衣服，哪里的东西好吃，哪里经常有漂亮女孩出没。

因为远离家乡，在孤寂之外我时常会有淡淡的伤感，特别是

甲乙丙丁

在人多的时候，这种情绪会不合时宜地冒出来，就像是一场完全没有防备的雨，在瞬间淋个透湿。

费珂的眼神像水一样纯净，而且安详温暖，是她那个年龄的女孩所没有的。在她看我的那一刻，我想到了一个女人，一个在我生命中留下重要印记并且改变我一生命运的人。我忍不住热泪盈眶。我找了个能看清她的位置，期望她能再抬头看我却又害怕她看我。我坐在那儿，手心里开始出汗。

在我二十岁的时候，我遇见了费珂。她有一双会说话的水汪汪的眼睛，好象她只看了我一眼，我就陷了进去。在随后的几年里，我游呀游，却始终没有从她那一潭秋水里游出来。

2

我时常会想起那个晚上费珂的样子，她垂在额前的发梢，伴随着故事情节变化而变化的手势，她看我的眼神，以及从她红润的唇间吐出的美妙的声音。天哪，我觉得日子停滞在了我初见费珂的那一天。我完全没有心思做别的事，我必须见到她。虽然我不知道见面后自己该对她说什么，但见到她，尽快见到她是我眼下唯一的想法。

我向朋友打听费珂的情况，她二十一岁，前年考上了这儿的一所大学，再有一年就要毕业了。她在大学里有一个要好的男同学，关系介于恋人和同学之间。那家伙是他的老乡，经常用家乡话婉转地向她表达点什么，可是费珂好像对他没什么想法，所以关系至今停留在原地。

我跑到费珂的学校，站在她的宿舍楼下等着她的出现。那是一年中最热的七月，那天是七月二号，中午时分室外的气温高达摄氏四十度以上，几乎见不到人，也没有风，只有知了在叫。我不停地擦着汗，不断地抬头看看费珂所在的401室的窗口，阳光刺得我睁不开眼，我想去买瓶水，又怕错过了费珂。

当费珂睡眼惺忪地出现在楼梯口时，我激动得差点晕过去。我朝她走过去，然后在她面前站定。我的样子大概吓着她了，她往一侧让了让，惊惑地看着我。事后她是这样描绘我当时的模样的：面色通红，满头大汗，嘴唇干裂，两眼放光。

"你是谁？"

"那天在'沸点'，你讲鬼故事，我和一个朋友也去了那儿，我叫格子。"

"哦，想起来了，你的名字很特别。"

我激动地搓起手来。

"你是来找我的？"

我点头，想到接下来她会问我有什么事，我又有些慌张。果然她问我，什么事？

"没事，没事，那个，那个，"我不敢看她的眼睛，我怕她笑话我的紧张，"真的没事，哦，对了，你的鬼故事讲得真好。"

"哦，是吗？"

"是的。"

费珂突然"扑哧"一声笑了出来，她笑起来眉眼弯弯的，十分好看。

"你大热天的跑来就是想跟我说这个？"

我想了想，觉得这好歹也算个理由，于是十分肯定地点了点头。

费珂又笑了，说你真可爱，然后说她要去上课了，回头再联系吧，她从口袋里摸出一张五毛的纸币，写了个呼机号塞给我，然后和一个路过我们身边的女同学一起走了。

在很长一段时间内，我都随身带着这张五毛的纸币。为了不弄皱它，我特意去买了一只钱包，其中一层就专门放它。后来有一次在车上，钱包差一点被偷，我不再随身带着它，而是拿去过塑后夹在本子里。

此时此刻，我坐在这里回忆着和费珂的点点滴滴，我觉得我的心都要碎了。

3

我呼了费珂足有十次，她才给我回电话。她说这次期末考考砸了，心情很糟。我说我想请你吃饭，也许吃完饭你的心情会好一点。费珂说，你才多大点就知道请女孩吃饭。我的脸一下子红了。我说我从来没请女孩吃过饭，这是第一次。

"真的是第一次？"

"是，真的是第一次，我可以向你发誓。"

后来费珂无数次和我谈到那天我们的通话，她说她就是在那一刻喜欢上我的，我的认真，我的羞涩，我面对陌生人尤其是陌生女孩时的手足无措。她喜欢用手指抚摩我的脸，眉毛，眼眶，鼻子，唇，耳朵，而我像一只被挠得很舒服的小猫似的闭着眼睛。我感觉自己心里有一股暖流在流淌，缓缓的，对应着费珂同样轻缓的手指，可只要费珂那儿略有变化，这股暖流又会在瞬间奔涌起来。我说过，这是个有魔力的女孩。

一开始总是那么的美好。下课后，我就早早地去候在费珂下课的必经之处。我抄了一张她的课程表，把她的课余时间和我的空闲时间放在一起安排。

见费珂，见费珂，只要费珂不在我身边，我的脑子里就剩下这么一个念头。

其实我身边并不缺对我有意思的女孩，系里的，系外的，我常去吃饭的那家小饭馆的老板那大辫子的女儿总是用加量的饭菜来表达她对我不一般的好感，从她们看我的眼神里我知道自己是有吸引力的。但我的眼里和心里只有费珂，她已经把我占据满了。

　　暑假开始，费珂回她的老家，是我把她送到车站的。当列车一点一点在我的视线里消失的时候，我脑子里冒出了个疯狂的念头，随她而去。我回到宿舍简单地收拾了一下，然后直奔火车站。

　　我下火车的时间是凌晨两点。我胡乱找了个小旅馆住下，然后就等天亮。我想象着费珂见我时会有的反应。我想即使就是为了费珂见我那一刻的惊喜，也值得这么来回一千五百公里的奔波一趟。

　　早晨七点多一点，我往费珂家打电话，先是若无其事地问了问她旅途是否顺利家人是否安好，然后又问她今天的安排。费珂说吃过早饭她和同学约好了一起去医院探望高中的数学老师，我问是哪个医院，费珂说二院，随后她又说你问这个干吗。

　　放下电话，我直接就打车去了二院。在确定这是去住院部的必经之路后，我在门口的花坛边坐了下来。我打量着费珂生活的这座城市，上班上学的人流车流，十字路口满头大汗的交警，一切都是那么的熟悉，我依稀回到了我的家乡。

　　一个小时过去了，我有点坐不住了，开始怀疑我听错了地方或者费珂可能临时改了主意。我给费珂家打电话，就在电话接通的那一刻，费珂和另一个女孩从拐弯处走了过来。她们愉快地说着什么，费珂怀里抱着一束花，脸上洋溢着笑容，明朗而纯净。

　　我躲在卡式电话机后面，看着她们走过来，走过来。费珂的裙摆被风吹得扬了起来，她伸手把它按了下去，同时快速地扫了一眼周围的人，她的脸微微有些红。

　　当她们经过我身边的时候，我轻轻地喊了一声费珂的名字。那个女孩还在往前走，费珂停了下来，并且扭过脸来。她愣住了，脸涨得通红，她看着我，用一种我一辈子都不会忘记的眼神看着我，那里面有惊喜，有意外，还有一点怀疑。我看到了我期

甲乙丙丁

149

待中的情景。我享受着这一刻。

费珂扑了过来，用一种我没有想到的方式。她搂着我的脖子，把脸埋在我的肩窝里。我浑身颤抖地抱着这个我日思夜想的女孩，泪水瞬间盈满了我的眼眶。

和费珂同行的女孩回过头来看见我们抱在一起，路人看见我们抱在一起，看自行车的大妈看见我们抱在一起，我们忘情地抱在一起，仿佛这世界唯我们独在。我闭上了眼睛，任凭眼泪狂流。就在那一刻，我的脑海里突然跳出了一个人的影子，那么的不合时宜。我把费珂抱紧一些，试图把这个人从属于我们的空间中挤掉。可没有用，没有用，她还是跳出来在我眼前晃动着。于是我把费珂又抱紧一些，更紧一些，直到费珂疼得叫出声来。

4

在我和费珂的关系进了一步后，我曾经想过要向她坦白我的过去。我的过去。我无法用简单的词汇来概括那一段我不愿去回忆又时常在我不设防的时候跳出来骚扰我现实生活的记忆，它是激烈的，是混乱的，是糊涂的，是幼稚的，是冲动的，也是难堪的。

我从来都是父母的希望，是把这两个早就没有感情的人凑合在一起的纽带。他们都不太确定地知道对方在外面有着某种情感的寄托，但为了我，多年来他们一直咬牙过着。然而，当我的父母被叫到学校，听校长用那种鄙夷的口气讲出我的丑事之后，他们所有对我的希望和幻想一下子全部破灭了。他们把我从学校领回了家，一路上谁都不说话，只有母亲一个劲地擦着眼泪。那一刻我真想一死了之。

我从来都没觉得从学校到家的路有那么长，可那天我们走呀走，却似乎总也到不了家。我的父母没有打车，也许他们觉得回家要面对的是更为残酷的现实，他们需要在路上消化点什么。在阳光和人群中，我有一种光着身子在走路的羞耻感。好几年过去了，我仍然不喜欢人多的地方，不喜欢明媚的太阳光，那会让我有一种无处藏身的恐慌。

上帝保佑，我们一家三口终于回到了家，他们把我留在客厅，他们进了卧室并关上了房门。

我至今也不知道我的父母在那一个多小时里都谈了些什么，可当他们神情肃穆地从房间里走出来的时候，我的去向已经明确了，那就是去北京，投奔我北京的姑妈，然后联系一个学校继续上学。

直到我离开家，我的父母也没有就那件丑事再问过我什么。我知道他们问不出口。同时我也知道他们完全相信了校长所说的。事实上，他们也早有察觉，只是他们难以想象这一切竟然会变成事实。不管怎样，在这一点上，我感谢我的父母，他们让我在他们面前保留了我最后的那一点可怜的自尊。

一个冬天的下午，我的外语老师和我被她的丈夫从他们家热气腾腾的被窝里揪了出来。隔天我向学校请了病假，我的外语老师是从学校溜出来的，而她的丈夫则是从外地的一个会议上赶回来的，我们三个人找了三个不同的理由聚合到一起来共同面对一个难堪的场面。那个强悍的男人一把就把我从床上拎了下来，然后就像是扔一件让他厌恶的东西那样把我扔在了墙角。

我永远也不会忘记那一刻的尴尬和羞辱。我被迫光着身体跪在老师家冰冷的地板上，老师和她的丈夫在扭打争抢着电话。后来校长来了，还有我的班主任，他们问我这问我那，他们的问话中有一种幸灾乐祸。

5

我是怎么和我的外语老师搞到一起的？我不认同她勾引的我

甲乙丙丁

这种说法，坦率地说，是我先主动接近的她。她是个温和的女人，说不上漂亮，但很容易就让人产生亲近感。她的课上得棒极了，本来我的英语是所有科目中最弱的，可自从她教了我们班后，几乎所有同学的英语成绩和学习英语的兴趣都有了提高。她像对待自己孩子一样对待她的学生，她温柔、宽容，从不吝啬赞扬的话语。她的微笑让我觉得温暖。

她也注意到了班上个子最高的那个男生看她的异样的目光。她躲闪着我的目光。她是个性格柔弱的人。据说她的婚姻并不幸福，她的丈夫因为近年亨通的官运和她不能生育，眼睛里早就没有她了，可能是从自己的仕途考虑，暂时还给她留着一个妻子的名分。这些年，她几乎过着单身生活。

她的回避反倒激起了我某种原始而幼稚的欲望：征服她。我去办公室找她，以请教问题的名义和她待在一起。我就是想和她待在一起。听她那和她年龄不相符的小女孩般娇嫩的嗓音，看她有些慌乱的神情，我觉得满足。

事实上，我也是个内向软弱的人，从小就是被同龄孩子欺负的对象，他们追着打我我也不敢回手。我的英语老师让我产生了一种我很强大很有力量的错觉。我觉得自己是可以征服她的。

但是，我从未想过我会和她发生关系。在我眼里，她是高贵的，圣洁的，而且比我大那么多，我只是想和她待在一起。待在一起，仅此而已。

然而一切还是发生了。那天她在学校扭了脚，我主动提出用自行车推她回家。她犹豫了一下，还是同意了。到了她家，我把她背上楼，放在床上。她让我坐在床边。我一屁股坐下去。床非常软，我感觉自己猛然间陷了下去。我喘着粗气，她也喘着粗气，她看着我，说没想到我的力气这么大。我说这不算什么，我是男人嘛，说完我的脸红了。

事后我回忆那一天的情景，自己做得最不妥的就是说了那句"我是男人嘛"的话。我记得自己说完就想走，因为难为情，因为我隐隐意识到了某种我无法把握的危险。但是就在那一刻，她拉过我撑着床沿的手。她说你的手长得很漂亮，是一双艺术家的手。

这是我第一次和一个异性肌肤相亲，我不敢看她，只觉得浑身的血液都在往头顶冲。后来我的手在另一只手的牵引下触到了一处柔软的肉体，我的身体被某种力量往下拉着，紧接着，我的唇挨到了另一片唇上，刚一挨上就被吸吮住了。自始至终，我都在颤抖，控制不住地颤抖。我不知道自己是怎么了，在慌乱和强烈的罪恶感中，我体会到了从未体会过快乐。

说实话，她是个好女人，真的，只是她太寂寞太需要异性的爱和关怀了。我让她感受到了她是个被男人关注、欣赏和需要的女人，被丈夫打击掉的自信心重新回到了她的身上，她变得容光焕发而且更爱笑了。不做那事的时候，她会长时间地看着我，眼睛里闪烁着母性的光辉。在那一刻，我是她的情人，也是她的儿子。

不过，她首先冷静了下来。她说我们不能再这样下去了，至少不能再有这种关系，否则会毁了你的。我已经这样了，已经无所谓了，但我不能看你被伤害，你还年轻，你要走的路还长着呢。

尽管我最终为这种快乐付出了惨重的代价，可在当时，你就是告诉我我会因此被枪毙，我想我也会不顾一切地钻进她怀里，乞求她再给我一次，就像个毒瘾发作的瘾君子，无法摆脱那一口对自己的诱惑。我求她，再给我一次，就一次，然后我就再也不来找她了。她抱着我，抚摩我，泪流满面。她的泪滴在我的身上，她引领着我朝快乐的顶峰而去。我贪婪那一刻。我年轻的身体不知疲倦地贪婪着。

甲乙丙丁

6

学校里已经有人注意到我们不正常的过密的交往，学校领导也暗示她注意为人师表。她把我约到她家里，说她想了两个晚上，决定离开学校，换个单位，或者去外地。

"你是不是要把我一个人留在这儿?"我可怜巴巴地问。

她的眼眶红了，她说她也不想走，但她知道如果不离开这儿她做不到不见我。她已经被我燃烧起来了，她怕我们两个都会被燃着。

我说我没法想象见不到你的日子会是什么样，要不你带我一起走吧。她不同意。我说要是这样，那我就不活了。她说你怎么这么傻，你才十七岁，再有一年就要考大学了，你有着远大的前途，我爱你，就得为你的今后考虑，我也想和你在一起，但我不能太自私了，否则以后你会恨我的。我说你把我一个人留在这里，我会恨你一辈子。她看着我，泪眼汪汪地看着我。我突然就站了起来，朝阳台奔去。

如果我能听她的话，后面的一切就不可能发生了。

当那天她把我从阳台上拉回来之后，她用两个晚上下的决心又被推翻了。她没有再坚持，她留了下来。也许她真是被我的极端行为吓着了，也许她也舍不得走。

我们进入了一种相对隐秘却更为狂热的燃烧着的状态。为了避人耳目，我尽量不再在白天去她那儿。我对父母说，学校延长了晚自习时间，半个小时，我只能说半个小时。而晚自习结束后我还不敢马上就走，总要磨蹭一会儿，等同学一走我就飞快地朝她家跑。我知道她就在阳台上看着我必经的那条路，只要我一出现路口，她就把房门打开。

似乎每一次见面都有可能是最后一次，我疯狂地做爱，我完全没有心思上课，眼前经常会跳出和她在床上的那些情景。我变得越来越不安，对自己的身体，对我和她的关系，对很快就要到来的期中考试，对我的父母。

终于有一天我在一个最不恰当的场合见到了我最不想见的那个男人。

后来，在很长一段时间里，我都会重复做同一个梦。在梦中，一个强壮的成年男人抓着我的领口把我从床上揪下来，然后恶狠狠地质问我为什么睡他的床。我蜷缩在冰冷的地板上，低着头，瑟瑟发抖。每次醒过来，我都是一身汗。

那个男人是权力、正义、社会舆论的化身。

直到现在，我还认为她是个好女人，只是她的命不好，碰上了那样一个丈夫，又遇上了我这样一个男人。

7

那是我人生中最灰暗的日子。有一个星期，我几乎足不出户。我没脸见我的同学和邻居，其实也许他们并不清楚发生了什么，但任何一种看我的眼神都让我觉得是在嘲笑我。

我躲在我的房间里，窗帘拉得严严实实的。我把我能想到的死的方式都想了一遍。我在想象中让自己死了一遍又一遍。可是我放不下她，我觉得我和她之间互有着某种不可推卸的责任。我想在死前见她一面，见她一面然后再死。我趁家里没人的时候给她打电话，却一直没人接。我不知道她那边怎么样了。情急之下，我以她朋友的名义往学校打电话，接电话的人说她离开学校了，具体去哪儿他也不知道。

两个星期后，我在母亲的陪送之下离开了家。离开原来的环境是我当时最好的选择。我来到了北京，我的母亲陪我在北京待了十多天，她依然还是什么都不问。只要我愿意，母亲就带我出

甲
乙
丙
丁

去玩，那十多天让我下决心一定要好好活着，考上大学，不为别的，就为了在这件事上我父母的态度。

我进了我姑姑所在的那所学校，在高复班中借读。我仍然给她打电话，一有时间就打，尽管到后来我已经觉得不可能打通了。

第二年夏天，我回到家乡参加高考，上帝保佑，我考上了北京的一所大学。临走之前，我鼓足勇气去了一趟她家。开门的是一个小孩，身后跟着一个50多岁神情警惕的男人，我向他们描述她的样子，那个男人一个劲地摇头，然后很肯定地告诉我没这个女人，说完就把门关上了。

有时候我会怀疑我的生命中是否出现过这样一个女人，她的下落我无处去打听，更不会有人主动和我提她，她给予我和从我生命中带走的，我暂时还想不透也消化不了，但她在我生命中留下了的痕迹会陪伴我一辈子。

8

我又回到了北京，我的人生在我父母眼里重又展现出美好而广阔的前景。这个时候，我遇到了费珂，遇到费珂是老天爷对我的恩赐也是对我的惩罚。

我们曾经是那么的和谐。我们的喜好是那么地接近，旅游、健身、听音乐和看影碟。我们喜欢的电影和音乐的类型相近，喜欢同一支球队，喜欢清淡的饭菜，对于这样的契合，我们都感到不可思议。我们似乎天生就该在一起的。再有，和她做爱，我感到放松、愉悦，真的是身心愉悦。

和费珂好了以后，我会下意识地去拿她和那个英语老师比，然而她们是不具有可比性的，拿她们放在一起比，对她们两个人也都是不公平的。可是不能否认，她们身上有着一些共通的地方，比如母性，比如善良，这是我认为的好女人必不可少的品质。

　　我从来没碰上过像费珂这样的女孩，她身上有着很多让我着迷不解的东西，也许是因为不解所以才着迷，也许是因为着迷了所以越来越看不懂。她是感性的，也是理性的，她是安静的，也有着特别活泼的一面，她是悲观的，同时又乐观。你能感觉她是纯净清澈的，可就是看不清。我的朋友小东说我和费珂不是一个级别的，我的功力不足以把握费珂。他还说费珂是我命中的克星，只要和费珂在一起，我就永远不会有好日子。尽管我不爱听这样的话，但我知道他的话是有道理的。

　　我知道在费珂眼里，我是个纯洁的人，看见异性会脸红，会不知所措，她甚至从来没有怀疑过在她之前我的生活中还会有其他的女孩，更别说发生性的关系了。

　　我想告诉她实情，又怕她接受不了，我矛盾而自责。我只有对她好一些，更好一些。虽然我比她小一岁，但大多数的时候都是我让着她，哄着她，迁就她。我愿意对她好。

　　费珂大学毕业后进了一家报社做编辑，因为受不了上司的发号施令和刻板的工作时间很快辞了职。她靠写电视剧本和影评养活自己，好象养活得还不错。她的梦想是做电影，集编、导于一身。虽然没受过什么正规训练，但她热爱电影，对世界电影史、电影潮流和最新动向了如指掌。在大学的时候她和同学拍过DV，也写过剧本，而眼下她能做的除了继续拍DV，也就是继续写本子了。

　　费珂有一拨做电影的朋友，在我看来其实也就是一帮吃着中国电影饭却在拆中国电影墙角的家伙。他们三天两头聚在一起做着白日梦，我跟费珂去过几次，感觉坐在那儿就像是坐在一帮梦游者中间，让人觉得现实生活反倒是虚无而没有意义的。

　　我对那个小群体的反感更直接的原因还是里面有个獐头鼠目的男人总是不顾我的存在我的感受对费珂表示好感。他用带钩的

甲乙丙丁

眼光看费珂，时不时地给费珂满上酒，或者把座位换到费珂旁边，手搭在费珂的椅背上，嘴恨不能凑到她的耳边那样对她说话，偶尔还会不无得意地瞄上我一眼。而费珂竟然还和他有说有笑的，有一次说到开心处甚至还伸手捶了一下他，把那家伙高兴得差一点从椅子上摔下来。

我知道费珂是故意让我看到这一切的。她不喜欢那个猥琐的男人。她怎么会喜欢那样的男人呢。真是的。她要做的就是让我生气，让我难受，让我反感。

进入社会后的费珂有了很多变化，其中最大的变化就是越来越强调感觉了，同时也越来越情绪化和我行我素，这是让我最接受不了也是最伤心的。

我们之间互说了那么多有关天长地久的甜言蜜语，可是有一天费珂跑来跟我说，我们不合适，我们分手吧。我的脑子转得很快。如果你也有像我这样的一位情绪化的女朋友，你也就会像我一样在听完她的话后不马上做回答，而是先迅速判断一下她的情绪是否正常。

"我们分手吧。"

"为什么？"

"我们不合适。"

"还要怎么合适才能算合适呢？"

"我说的是年龄，以及年龄带来的一些其它问题。我以为我会对这个无所谓，可现在我发现我做不到。"

"我会和你结婚的，如果你愿意，我们马上可以结婚。"

"这和结不结婚没关系，而是一种感觉。"

这就是我的费珂，她要的往往不是一个实实在在的东西，而是感觉，他妈的的感觉。可是感觉是个什么东西，方的？圆的？都不是。当我苦恼地问我的朋友小东时，他是这么回答我的，所谓感觉，就是使劲找都找不到借口的时候的一个借口。

　　我迁就费珂，甚至纵容她的无理和任性，已经不单单是因为爱了。她是我第一个正儿八经的女朋友，一个可以挂在嘴边摆上台面的女孩。这一点对别人也许无所谓，可我在有了那种用世俗的眼光看来违背伦理道德的经历之后，分外看重和珍惜眼前这份健康明朗的关系。说实话，我不能想象我的生活中没有了费珂会怎么样，更不能想象有一天她会属于另外一个男人。

<h2 style="text-align:center">9</h2>

　　在随后的三年里，我们讨论得最多的一个话题就是分手。我们都提出过，当然大多数都是由费珂提的。有时候静下来想想，我觉得这就像是我们之间的一个游戏，我们不断地说分手分手是因为我们都很清楚我们是分不了手的，所以我愿意理解为我们是在用这个游戏证明我们的爱情。

　　我从未想到过有一天我会对费珂动手。她是那么的柔弱娇小，当我扬手掴在她脸上的时候，我自己都愣住了。我一把把她抱住，连说对不起，求她原谅我。她也愣住了，难以置信地看着我，眼睛里的温度一点一点在逝去，变得越来越冷。她挣脱开我的手臂，转身进了房间，任我怎么拍打房门就是不开。

　　我已经想不起来怎么就打了她，怎么会有那么大的冲动和怒气。印象中那天她一见面就说我们必须分手，一副斩钉截铁不容改变的样子。我说这是两个人的事，怎么能一个人说了算。费珂冷冷地说，还有什么好说的，我们又不是没有说过，可哪一次能说出结果来。我说，不是没有说出结果，只不过是没说出你想要的结果罢了。费珂不接我的话茬，而是说，她今天已经决定了，无论如何必须分手。我问她是不是有了别的人。她说是的。她回答地是那么的干脆，似乎这是一个充足而值得骄傲的理由。我看着她的脸。在她冷酷厌烦的表情下面，我看见了得意和讥讽之

甲乙丙丁

色，它们幻化出更多的表情。我喊了起来，这不是真的。可是费珂异常冷静地说道，我没有骗你。

对了，我想起来了，就是在费珂冷静地对我说出"我没有骗你"的那一刻，心理上巨大的落差和失衡使我的脑子猛然间热了起来，那种被欺骗被戏弄的愤怒让我有破坏打碎点什么的欲望，然后我就举起了我的手并且挥了出去。

那天费珂从房间里走出来的时候，她的眼睛肿得像核桃似的，半边脸还留着指印。她拿着她的包穿过客厅，穿过我的目光，她没有看我，就像我这个人根本不存在似的从我面前走过去，打开门，走了出去。

我站在那儿，听着她下楼的脚步声，越来越轻。我突然无比恐慌地意识到她正在离我远去，远去，也许永远都不见面了。我跑到阳台上，冲着费珂的背影喊了一声她的名字。她迟疑了一下，但是没有停下来。我又喊了一声，我希望她能回头，往上看一眼，哪怕就一眼，我也能从中找到冲下去的勇气。可她还在走着，越走越远，直到完全消失在我的视野里。

我像个无助的孩子似的站在阳台上。我对自己说，完了，完了，她不会原谅我了。我绝望地看着楼下的小路，真有跳下去一死了之的冲动。

我怎么能打她。我怎么会是这样一个有暴力倾向的人。我变得让自己都不认识了。

我时常会想起初见费珂的那个晚上，想起那个晚上，我的眼前就全是她的样子，她垂在额前的发梢，伴随着故事情节变化而变化的手势，她看我的眼神，以及从她红润的唇间吐出的美妙的声音。她是年轻的、健康的，我们的关系也是自然而明朗的。我珍惜现有的一切。我对生活充满了感激。

此时此刻，我坐在这里回忆着和费珂的点点滴滴，我觉得我的心都要碎了。

10

费珂从我的视线里消失了。我敲她家的门，没人应，打她手机，她一听是我的声音，马上关机。连着两天，我一下班就去她家楼下候着。我焦灼不安地踱着步，像一匹被主人丢弃又找不到归路的马。其间还不断跑上楼，在她家门口给她打电话，听着从屋里传来的铃声，确定她真的不在家我才下楼。

第三天我没法正常上班了。我给她的朋友她的家人给所有我能找到电话号码的和她有关的人打电话，从她的朋友那儿我得知她随剧组去外地了。我只能给她发短信和电子邮件。

日子一天一天在过去，我越来越怀疑她是否看到了我发给她的那些短信和邮件。我不断地给她家人打电话，恳求他们告诉我她到底去了哪里，而她家里人的口气越来越警惕也越来越不客气。我差不多都绝望了，可就在这时候，费珂出现在了我面前。

费珂就是那样的人，在和你好得如胶似漆的时候，冷不丁她会说我们分手吧，而分手的原因是因为不得不分手。同样，她也会在你认为完全没有希望的时候给你希望。她说你心灰意冷的样子让我心疼让我觉得自己对你是有责任的。她是一个矛盾的集中体。像我这样的男人碰上她那样的女人，注定是没有退路的。

费珂出现在我面前，看起来瘦了，也黑了。她走过来，朝我伸出手来。我下意识地也伸过手去。我们的手握在一起。她说我们去吃饭吧，我饿了，你饿吗？我感觉自己的手被很用力地握了一下。不等我回答，她又说不要问，什么也不要问，我都快饿死了。那一刻，我对自己说，我爱这个女孩，我爱她，甚至爱她那到处都落满烟灰的房间。

毫无疑问，一个男人出现在了我和费珂之间，然后他又离开了。不管是主动的还是被动的，反正费珂又回到了我的身边。对

甲乙丙丁

于我，她是有把握的，从来都是这样。

　　我们又回到了以前，每天通两到三次电话，想办法把两人的空余时间安排在一起，看影碟、听音乐、健身、吃饭。我很想知道究竟都发生了些什么，但我克制住了自己的好奇。我努力装作若无其事，因为我知道如果那个男人真的在费珂的描述中具体起来，我会更加受不了的。

　　然而这个男人却自己出现了。那天黄昏他和我前后脚来到费珂家楼下，我们同时拿出电话来打，他好象只摁了一下键电话就接通了。他说，小珂，是我。我吃惊地扭过脸去看他，一张没有特点但年轻的脸，一副主流社会精英分子的表情，一个中年人的体态和一身成功人士的打扮，从我所站的这个角度看过去，他的肚子和脚垂直成一线。

　　男人一个劲地解释着什么，边说边抬头看着费珂的窗口。我拨费珂的电话，占线，又拨她手机，当费珂的声音传过来的时候，我看见那个男人把电话从耳边拿开了，但没有合上。

　　"你在干什么？"我问。

　　"在接电话，"费珂说，随后她又问，"你人在哪儿？"

　　"在半路上。"

　　"那你别过来了，今天有个朋友约了一会儿见面。"

　　"是男是女？"

　　"当然是女的了。"

　　挂了电话，我退到远一点的地方。我看那个男人重又冲着电话说了起来。他的表情有了喜悦之色，他不住地点着头，嘴里重复着好的，好的。

　　我又往更远处退了退，一直退到花坛后面。那个男人整了整领带，抚了抚在我看来并不存在的衣角上的皱褶，拉了拉衣袖，然后踌躇满志地朝四周看了看，看起来自我感觉好极了。

　　费珂出来了，她朝那个男人走去，小脸笑成了一朵花。那个男人也朝她走去，但脚步要更快一些。我的心跳到了嗓子眼。那个男人伸出了手，费珂并没有拒绝，两只手拉在了一起，就像那天费珂突然出现在我面前一样，只不过那天是费珂主动伸出的手。

被欺骗被愚弄的愤怒让我不顾一切地冲向了他们，在他们都还没回过神来之前，我的拳头已经落在了那个男人的脸上。在一声闷重的倒地声和高分贝的惊叫声之后，费珂捂着嘴看着我。

"你为什么要骗我？"我冲她大声质问道。

费珂用那种鄙夷而陌生的眼光看着我。我去拉她但被她挣脱开了，她俯身去扶那个男人。

"你为什么要骗我？"

费珂没有理我，她努力把地上的那堆肉扶坐起来，那个男人使劲摇了摇脑袋，他抬眼看我，又看费珂。

"他是谁？"他问费珂。

"一个神经病。"

在费珂的搀扶下，那个男人站了起来，我挡在他们面前。

"让开。"费珂的口气就像是在呵斥一条狗。

这样的口气，这样的面容，我都有点不认识她了，一个让我陌生的费珂。我让开了，并且转身狂奔了起来，这是我爱的那个费珂吗？她为什么要这样对我，她怎么能这样对我。我感到委屈，我觉得自己可怜，我的泪流了下来。

11

"你如果不是这么小心眼，这么喜欢吃醋，我们的争吵也许会比现在少得多。"

"对不起。"

费珂坐在厨房的简易餐桌边，已经快十一点了，她才吃早

甲乙丙丁

餐，而我已经在公司忙了快一上午了，费珂一个电话，我就十万火急地赶了过来。

"格子。"

"嗯。"

费珂咬着下嘴唇，筷子一下一下地在戳着碗里的面条，似乎在下决心。

"别这么严肃，你一严肃我就紧张。"

"我觉得我们应该谈谈。"

"谈什么？"

"你知道的。"

"我不知道。"我当然知道她要和我谈什么，我也当然知道我们不会分手的。

短暂的沉默。

"我们还是分手吧。"她的声音不大，但给我过滤掉了感情色彩后有生硬冰冷的感觉。

"你想好了？"

费珂一边点头一边戳着那些倒霉的面条。

"我不知道我们像眼下这样交往下去还会发生什么，我从来都没想到你是这样的，你让我害怕，让我觉得和你在一起是危险的，不知道什么时候你就发作了。"

"对不起，以后再也不会有这样的事了。你应该知道的，我从来都没想过要伤害你，从来都没有过。我活这么大，也从来也没对谁像对你这样迁就过，为了你我什么都愿意去做，无论做什么付出多大的代价，我都觉得是值得的。我相信这辈子我再也不可能对别人这么投入了，我也相信没有谁会比我更爱你。"

费珂低垂着眼帘，我看不清她的表情。

"不要再说分手了，好吗？我不能没有你。"

"可是我们真的不能在一起了，这样下去对我们都没好处。"

"为什么，我不懂你的意思。"

"我没有别的意思，我知道你爱我，我也曾经爱过你，但一切都在变化。我不想说难听话，但必须承认我们都已不再是三年前的我们了，我们不能对变化视而不见，至少我做不到。"

"你的意思是你已经不爱我了。"

"没有一成不变的爱，我们讨论过这个问题。"

"不要和我绕圈子，我不想听空话，你就说爱还是不爱。"

费珂慢慢地抬起头，她的眼睛里有泪，有歉意，她十分艰难地张开了嘴。我知道她要说什么。我已经听见了她要说的了。但是我不能让她说出口，我不能让我的世界我的梦想在瞬间崩溃。我猛然站起来伸手撸掉了费珂面前的面碗。

12

近三年，我已经数不清和费珂之间有过多少次争执了，几乎每一次都是在我克制不住的狂怒中以一种暴力的方式结束。费珂惊恐绝望的眼睛让我心疼，也让我逐渐从中体会到了征服的快感，这真可怕。可更为要命的是，我发现自己对此上瘾。暴力在升级，似乎只有更为强烈的暴力才能表达和化解我的愤怒。我一次次地将这个我爱的女孩打倒，又一次次对她和自己解释这全是因为我爱她。爱，让人失去理智，失去自尊，变得疯狂，变得愚蠢，变得连自己也不认识了。

费珂是个独立的有想法的女孩，和她交往越久，那种对她无能为力、把握不住的感觉就越强烈，可我最终让她屈服的是暴力。这是悲哀的。然而当对某个人的爱已经变成一种自己无力把握的依赖，你也许会理解我的。

最疯狂的那次我抄起厨房的水果刀就向她扎去，在费珂的尖叫声中，我看见她手臂那儿毛衣的颜色在变。起先只是一个

甲乙丙丁

点，但迅速在扩大，转眼间墨绿色的毛衣变成了黑色，一种奇怪的在运动着的似乎有生命的黑色，然后有液体滴落了下来，是鲜红的。

费珂首先镇静了下来。她拒绝我送她去医院，她用脚踢我，不让我靠近她。她把手臂靠沙发扶手垂着，她说，让我死吧，反正早晚会是这样的。

我手里的这把水果刀是我和费珂一起买的。我还记得当时费珂从刀架上拿起后还朝我比画了一下，做了个刺向我心脏的动作，没想到这把刀此刻握在我手里，上面沾着费珂的鲜血。

地上的红色和费珂的话刺激着我，我的脑子异常混乱又似乎特别清醒。我不知道该怎么办，但我知道必须得做点什么。我说那好吧，我们一起死吧。我把刀尖对着自己的腹部，在费珂的注视之下，毫不手软地扎了下去。

尽管我一再对费珂说我们是一对冤家我们不可能分开，但同时我也越来越怀疑自己真的能留她一辈子。我们恶语相加，我们互相伤害，我们越来越不介意把各自丑陋的一面暴露给对方。也许我们眼下做的只是把分开的理由铺垫到极至，让对方彻底绝望，让自己彻底绝望。也许真的只有用一种极端的方式带来的结果才能结束我和费珂的关系，只有当我什么也不能做的时候，我才能真正停止纠缠她伤害她。

13

那天在费珂的床上看见那个我至今不知其姓名的男人时，其实我特别镇定。这个男人早就在我的预感里生根发芽了，只不过暂时存在于我的视线之外罢了。而我似乎一直都在等待这样一次尴尬的见面，只有残酷的事实能让我真正清醒，哪怕是暂时的。

费珂把我推到厨房里，她说要和我谈谈。谈什么，还有什么好谈的。我坐在那儿，厨房里弥漫着一股淡淡的板蓝根的味道。费珂长年像喝咖啡一样喝着这东西，一开始是为了预防感冒，喝着喝着竟然喝出了感觉喝上了瘾。我也曾尝试着把板蓝根像一种普通的饮料那样纳入我的饮食习惯中，可这实在需要不一般的想象力，所以至今我还是爱闻但不爱喝。

和费珂的认识似乎还在眼前，一转眼一切都已变得不可收拾。我坐在那儿，感到了疲倦，从未有过的疲倦。还有力不从心，它们如暴雨般狂泻而下，将我淋了个透湿。恍惚中，我有一种身处舞台中央可幕布已经拉上演出已经结束了的感觉。

费珂在我对面说着什么，她说了一遍，又说了一遍，她是在和我商量，她小心翼翼地观察着我的反应。我真想对她说，你不要怕，我不会再对你怎么样了。我走到靠窗的料理台前，脸冲着窗。楼下传来小孩追打叫喊的声音，在昏暗的路灯下，几个小孩在玩着滑板车，这一切就在我眼前，却又仿佛离我特别远。

这时我清楚地意识到，我和费珂真的是完了，无可挽回了。一个曾经和自己那么亲密的人，从此和自己没关系了，不但她的情感和你没关系，连生活也完全和你没关系，一点关系也没有。我想我受不了的真的不是再不能随意地拥抱这个人，和她有亲密的举动，和她做爱，而是从此和这个你深深爱过的人没关系了，想到这个，我觉得心都碎了。

我的眼被什么晃了一下，是那把水果刀，它安静地躺在刀板上，旁边还有两只沾着水滴的西红柿。我下意识地拿起它，把刀刃对着我的手腕，只要稍一用力，就会有血从我的皮肤下面流出来，就像我曾经对费珂做的那样，然后衣服会被染红，血流得到处都是，我的灵魂一点一点离开我的躯体，我的身体变得很轻，很轻，直到完全没有感觉。我被我想象中的景象吸引住了，我又一次见到了我的老师，她抚摸着我的头发，我闭上了眼，我觉得安全而温暖。

甲乙丙丁

167

那天晚上我回到家已经快十二点了，脱下外衣，我倒头就睡。我累极了。

丙：叶郑蓉

也许，我们的一生都是在为某一刻的感动、某一次的承诺或某一会儿的头脑发热偿还着，直到你偿还干净或偿还不起。从某种意义上说，我们享受到的快乐是由痛苦来铺垫或作为代价的，快乐和痛苦的到来仅仅是个排列前后的问题，如果可以换算的话，它们在量上差不多是等同的。

1

换一个频道，再换一个频道，电视遥控器从左手换到右手，拿起，放下，这就是我的白天，我现在的白天。大部分的时间我都躺在床上，眼睛盯着电视屏幕走神，到吃饭的时间就凑合吃点，或者干脆去外面狂吃一顿。如果你要问我的生活中还剩下什么念想，我还真得想一会儿，孩子算一个，其次也就是每天租几张碟，在连续剧里消磨时间了。我不敢想这就是我以后的生活，就是我的老年生活。

女人一过三十就觉得时间过得特别快，那感觉有点像上了一趟街，回家打开钱包一数，发现里面的钱不知不觉已像流水般花了出去。如果仅仅是钱还好办，还有可能再去赚回来，可时间是泼出去的水，你只能眼睁睁地看着镜中自己的脸上添了皱纹和沧桑。有一天，你坐在那里，看着满屋子的家具，开始褪色的老相片，你猛然意识到你已经四十岁了，不由你控制的恐慌感一下子吞噬了你，你得抓住点什么必须抓住点什么。

我抓住了杨方圆，在我四十二岁的那年我抓住了这个笑起来有些腼腆的男人，说实话，到了我这个年龄的女人已经很少能捕捉到异性的目光了。那种目光在一个中年女人的生活里就像是一道闪电，你的生活在瞬间被照亮了，你的多年来被忽视被压抑的欲望被照亮了，你忽然发现了一个更为真实的自己，同时也离自己更远了。

在认识杨方圆之前，我从未想过会在婚姻之外有别的男人。我的丈夫穆树林是个老实本分得近乎迂腐的男人，他不会赚钱不会做家务不会对女人甜言蜜语，他不声不响地在我的生活中过着他自己的生活。这话说起来有点拗口，我的意思是他时常会让我产生他并不存在的错觉，有时候他明明就在我跟前，走过来晃过去，可我就是没有感觉。可怕的是连一点感觉也没有。

当有一天我又恢复了对他的感觉却是因为另一个男人。杨方圆像是一面镜子，他站在树林面前，站在我和树林中间，这两个男人就是我对过去和现在的生活的选择。而树林也是我的一面镜子，一个被生活磨去了棱角、灰暗、麻木、日显疲态的中年人。

杨方圆比我小八岁，尽管他没有钱没有社会地位甚至没有一样拿得出手的谋生的技能，但他体贴人，解风情，他给予我的是树林从来都不曾给我的。这不是能力问题，后来我想清楚了，这是愿不愿意的问题，是态度的问题。杨方圆心很细，会照顾人，尤其是对女人，他更是有耐心。和他在一起，你最大的感受就是你是这个男人关注的中心。对于像我这样的女人来说，这是极具杀伤力的。

杨方圆最有特点的是他的目光，柔和、湿润、温暖，有着一种奇怪的力量，哪怕只是不经意地从你脸上掠过，你也会有被烫着的感觉。我无数次地回味着那短暂但意味悠远的一瞥，在回味中我的心跳加速，这对我来说完全是新鲜的经验，让我又慌乱又好奇。这是怎么啦，我问自己，我一个人到中年的女人竟然被一个各方面都谈不上出色的男人吸引。

爱情，我想到了爱情。这两个字就像是一辆你天天见到也许就停在你家楼下的好车，好是好，但跟你没有关系，你也就是看看而已，一辈子都拥有不了。我知道这个比喻不恰当，我的意思是那是可望而不可及的。可是在杨方圆看我的时候，我想到了爱情，这个让我脸红心跳脑子发晕的词。

2

带着偶然的必然性杨方圆走进了我的生活，那时候正是我生意做得四平八稳的阶段。而杨方圆刚离了婚，但离婚不离家，他和前妻在同一所学校教书，他教体育，她教英语。他们的房子是拿到结婚证后学校给分的，一室一厅，结婚证换成了离婚证后，他们分了床分了伙反正能分的都分了只有房子没法分，每到吃饭的时间家里饭菜香味四溢却没有杨方圆的份。最让他受不了的是他的前妻迅速地有了男朋友——一个各方面看起来都比他强的家伙。她三天两头地把那人往家带，他们在房间里制造出让杨方圆难受的声音，他们在房间里没有声音的时候杨方圆更难受。从某种意义上说，走出那个小居室杨方圆才算是真正走出了原来的生活。他迫切地想要结束眼下的生活，否则他会疯掉的。

有一天我从外面回来，走进小区的时候发现身后一个男人一直跟着我。快到楼梯口时，我有意识地放慢了脚步，并装作在包里找东西。那个男人和我擦身而过，往楼上走去。他的背影十分挺拔，我当时的反应就是这个男人很健康很性感很赏心悦目，但和我的生活没有关系，因为他太年轻了。

随后变成了我尾随着他。他两个台阶一跨，几乎是跳着上的楼。他很快就消失在楼梯拐弯处，我跟着"咚咚咚"的脚步声上了楼。没想到他竟然和我住在一个楼层，而且就在我对面。他在掏口袋，同时嘴里小声嘀咕着。听见我掏钥匙的声音，他回过头来看了我一眼。他大概 30 岁，或者更年轻，他的模样是友善的，但在友善里透着一股满不在乎，那是年轻人才会有的不在乎。不知为什么，我还在他的眼睛里看到一丝不耐烦和委屈，那是通常在孩子脸上才会看到的情绪。

对，这个男人就是杨方圆。

我打开我的门。进去后我没有马上换鞋，而是凑在猫眼上看着。他还在翻口袋掏包地找钥匙，他还是没找到钥匙。我记得我的对门邻居是一对小夫妻，后来他们搬走了，一年前有个女孩在这住过，大概是租住的。

和杨方圆熟了以后，我好几次和他说到见他第一面的印象，那就是他的脚步声急促有力，像个莽撞的处于青春期的孩子。杨方圆性格里有孩子气的东西，他的大多数爱好和十几岁孩子差不多，比如追星，比如听流行音乐，比如穿名牌服装，碰到他爱吃的东西，他能吃到吐为止。我做梦都想不到会和这样一个在年龄、性格、生活阅历上截然不同的男人成为情人。

有时候我会反问自己，除了他的目光，他身上还有什么东西在吸引着我。性？没错，在性上他给了我前所未有的满足。但好像还不止这些，还有情感上的寄托和对婚姻内感情生活的弥补。我的婚姻生活一直稳定平淡，没有波澜也没有味道，偶有的争吵也都是因我而起的。

我知道我自己的，从小就争强好胜，而且骨子里不是个安分的人。我当时看上树林是因为他老实，可在一起生活之后我就觉得自己选错了，这个世界，混得好的都是那些不老实的。树林就是那种你骂他激他都没有反应的人，他依然过着原来的生活。他总是说比上不足比下有余，差不多就行了。这样的男人你真是拿他没办法，你根本就不能指望他什么，当然你也不用担心他会惹出什么麻烦来。

甲乙丙丁

3

在婚前和婚后我都有过喜欢的男人，不过都是我喜欢对方，而且是默默的。也许对方有所感觉，但却没什么反应，有所反应的也是想在两人的关系上捞上一把，没有真心实意的。我知道自己身上没什么吸引男人的地方，长得一般，性格也不够好。随着年龄的增长，和男人交往起来我越来越没自信。女人是需要异性的滋润的，否则她会加速度地枯萎和凋谢。

很久以来我都觉得自己在一点一点枯萎下去，问题是，我只能眼睁睁地看着自己枯萎下去。

那天我站在阳台上，看着隔壁杨方圆阳台晾的东西，他的滴着水的内衣内裤，我的身体有了异样的感觉和变化。我从没像那一刻如此清晰地意识到自己对男人对性的渴望。我好象突然认识到自己身体里还有一种欲望叫性。像我这个年龄的人，大多数都不习惯正视自己的性，很少谈性，即使说起来也是羞羞答答的，觉得不健康，不好意思，那是一件在黑夜里偷偷摸摸干的事，要把它拿到光天化日下来谈简直是疯了。而且我们通常更习惯于把性欲转化为工作的热情，在狂热的革命工作中转移淡忘掉身体里那个可怕的性。

有些事情你真是没有充足的理由去解释的。像我和杨方圆，在各方面有着诸多的差异，我对他根本不了解，而且仅见过一面，我却开始注意起他来。我每天从外面回来的第一件事竟然就是到阳台上去看看他晾在阳台上的衣物，有时候我一个人在家，会长时间地待在阳台上冲着他的衣物发呆。

我对杨方圆的性的期待和想象让我不安，让我恐慌，甚至自我厌恶，然而却无法遏制。我从来没想到自己会这样，我用最恶毒的字眼咒骂自己，可那些念头仍然草一样疯长，它们缠绕在我身体里清除不了，我真怕自己有一天会冲动地干出蠢事来。

　　杨方圆每天清晨 6 点左右都会在小区里绕圈跑上半个小时，从我了解他有晨练习惯的那天起，我也一改多年的生活习惯，开始了让树林目瞪口呆的早起买早点的变化。我已经有五六年没有早起了，家里的早点一般也都是由树林准备的。家里两个男人吃着我给他们买回来的早餐，儿子只是耸了耸肩，他有他自己的世界，足球、流行音乐、电动游戏，也可能还有女孩子，反正妈在心里是排不上号的。而树林则表示早起买早点顺带着锻炼是件好事，只是还可以稍晚半个小时。他哪知道，晚半个小时我就没有早起的动力和必要了。

　　我总是在听到杨方圆出门十分钟后下楼，这样我会在转弯的花坛附近处见到他。他从我对面跑过来，他的步子不大，步频也不快，但却给人一种很轻松、不是在跑而是在跳跃的感觉，似乎地面是有弹性的。如果我时间掌握得好，会在买完早点后再见到他一次。

　　几天以后，这样的碰面成了一种习惯，有了默契，虽然没说过话，但会相视一笑，或点点头。我就是想见他，早上醒来想到马上要见到他，我就激动兴奋，这是我从来没有过的经验，因为一个男人而意乱情迷。更为要命的是，你对这个男人完全不了解，你只是在想象中一厢情愿地付出着对他感情。这样的事发生在我这样年纪的女人身上说来荒唐，再想想又觉得可悲。我这大半辈子还没有过一次像样的双方都投入的爱情，也许一辈子都不可能有。现在碰上了杨方圆，我真有点想放纵一下自己的情感。其实在我想这个问题的时候，就是想刹车也刹不住了。

　　杨方圆那年轻的有朝气的面孔和身体，他们是运动着的，有着让我这个年龄的人羡慕的活力，我觉得自己正在被感染着也改变着。我添了几套休闲装，我越来越爱照镜子也越来越怕照镜子，我们之间显而易见的年龄差异让我自卑。

甲乙丙丁

4

有些情感的培养蔓延需要条件，就像细菌的繁衍需要适宜的温度湿度，而情感的碰撞则需要突破口的。

如果没有我们在银行的那次相遇，也许我们至今都不会有什么接触，我也就是在想象中继续着对他的感情，然后终有一天一切都渐渐平淡下来，或者他搬走了，再不相见。可就是有了那么一个突破口，然后情感的走向就发生了变化。当然，没有这一次，也可能会有那一次，因为存着那份心呢。

那天我去工行交电话费，填完单子后我发现杨方圆也在排队，我排在了他右首那条队伍。队伍很长，而且挪动得很慢。杨方圆戴着耳机，应该是在听音乐吧。他的背影高大健壮，真是好看，而且越看越好看，这时我的眼前居然不合时宜地出现了他晾在阳台上的内衣裤。我使劲地闭了下眼睛，睁开后心虚地看看周围的人，我的额头开始冒汗，我觉得自己真是疯了，怎么会这么下流。

同时我又清楚地意识到这是一个和他搭上腔的好机会，我在等他回过头来，我的手心里全是汗。眼看他快排到窗口了，我的脑子在飞速地转着，但就是找不到一个合适的方式。老天爷保佑，就在这时，他转过身来。真是鬼使神差。他一眼就认出了我，他摘掉了一只耳机，说，哦，是你。他笑得很灿烂，甚至有点天真无邪，而我的表情肯定极不自然。

杨方圆办完事没有马上走，他一直站在银行门口等到我出来。我们一起往小区走，我有做梦的感觉，这个早已在我的想象中植入我生活的男人此刻竟然就站在我身边。

他说，我每天早上都看见你去买早点。

我说，是。

他说，我见过你的老公和小孩，他们真是幸福。

我问，什么？什么幸福？

他说，他们每天都能吃到你的早点，当然很幸福啊。

我说，哦，你坚持这样晨练有多久了？

他说，很多年了，从我上体校开始，那时候是被老师逼着起早跑步，后来自己也做了体育老师，又逼着自己的学生晨练，现在早上要是不锻炼，一整天都不舒服，习惯了，不跑上几圈就觉得，觉得自己像是忘了上发条的钟，身体是松的。

我说，你是体育老师？

他说，是，体育老师，很没出息的。

然后就没有话了，大家都有点别扭，快到楼梯口的时候，他又说了一遍，你老公和孩子真是幸福。

5

几乎没有过程，我就掉进了自己给自己掘的情感坑里。虽然坑主是杨方圆，但客观地说，我的陷入和他又没有关系，他是在我跳进去后才开始和我一起掩埋我的。我想在情感上我是太寂寞了，所以一个温暖的注视都会让我心动让我想入非非。

人这一辈子，大多数的欲望和念想是实现不了的，它们积压在心里，变成永远的欲念和遗憾。有时候我会想，假使没有碰上杨方圆，我是不是就会一如既往地那样生活下去呢？我，一个四十多岁的中年女人，拥有在外人看起来相对稳定的事业和还算美满的家庭，但我还是觉得虚空，觉得不满足，觉得自己正在枯萎，正在以加速度滑向让我恐慌的年龄的深渊。而事业的成功带来的满足感则越来越微弱，越来越难以填补我情感的虚空。

从来没有过情爱滋润的女人是可怜的，尤其像我这样一个已过不惑之年的女人。回过头去看我的人生，真是从来就没有过让

甲乙丙丁

我很动情让我不能自已的男人，什么"两情相悦"，什么"神魂颠倒"，在我看来是人类美好的愿望，是造出来的词组，所以我不相信爱情。不相信。

我在一个不合适的时间遇到了一个不合适的对象，若放在以前，绝对不可能发生故事，而现在我只犹豫了一下，就迎着这个对象冲了过去，像一只丧失理性的猎狗，因为我比任何时候都需要这么一次情感的碰撞和爆发。我需要一份有强度的情感，需要一个寄托情感的地方，甚至对象可以不是某个具体的人。

那天从银行回到家后，我沉浸在巨大的喜悦和激动之中，回味着与杨方圆一路上的对话，我的心被某种涌动的情感涨满了。我长时间站在阳台上看着杨方圆家的阳台，近在咫尺，却有着我难以逾越的距离。我不了解这个男人，我想要了解他。我的眼睛里突然就噙满了泪水，我像个情窦初开的少女，我为我的冲动而感动。

我的作息时间发生了变化，以前下了班我不爱回家，工作忙是一个原因，主要还是家对我没有任何吸引。孩子平常住校，老公像根木头一样竖在这个家里，偶尔他也问寒问暖，但完全是公式化的，感觉不到有情爱在里面，他只是在对那个妻子的身份说话，和那个妻子的身份睡觉，里面有责任和义务，惟独没有感情。他不爱我，从来没有爱过。他无非是在该结婚的年龄找了个女人结婚而已。刚结婚那阵还有争执，后来则没了声息，我说什么，怎么数落他他都不出声，要不干脆出门找清静。我不知道他是怎么想的，但我知道只要我不生出是非，他会一直这样过下去。

现在只要有可能，我就在家呆着。家是离杨方圆最近也是最有可能见到他的地方，哪怕见不到他，站在阳台上看看他阳台上和他有关的物件，我也觉得有种莫名的幸福。我真是疯狂，变得连我自己也不认识了。

在这种又痛苦又快乐并且纯粹是一厢情愿的爱恋中，我迎来了 42 岁的生日。这些年，我几乎没正儿八经地过过生日，我这个年龄的人，大部分时间是在为别人活着，自己的事就算想到了也不当回事，似乎对别人好为别人做事是应该的，为自己考虑多了反倒会不安。

和杨方圆在年龄上的差异，让我不自觉地会经常去想我的年龄，我不知道杨方圆到底有多大，但显然他要比我年轻得多。现在年龄是我最大的一个心理障碍。

6

我对自己说，无论如何，不能再这样下去了，得改变眼下已经疯狂得快要失控的生活，要么给我一个打击，让我清醒让我死心，要么给我点希望，反正不能再这样下去了。

我迎着杨方圆走过去，跑动中的他也看见我了，冲我点了点头。他在向我跑近，他的目光停留在我脸上。我本就加速跳动的心脏越加狂乱起来，我在喊住他还是就此擦肩而过这两个念头之间摇摆着。早晨的阳光照在他的脸上身上，运动中的他显得愈发的健康有活力。这个男人和我有什么关系？我突然就这么问自己，这个问题出现地是那么得突然，更像是从旁边某个我不认识的人嘴里跳出来的。我有点发懵。

杨方圆从我身边跑了过去，跑过去后他还回头看了我一眼。我想跟上去，喊住他，和他说点什么，但是说点什么呢？

跑出去一段后，杨方圆又回头，看见我还站在原地，他停了下来，用询问的目光看着我。迟疑了一下，朝我跑了过来。

"你没事吧？"

"今天是我的生日。"我脱口而出。

我的声音有些颤抖，因为紧张，而紧张中还夹带着委屈。我

甲乙丙丁

的腔调我突兀的回答让杨方圆愣在了那儿，但他还是下意识地点了下头，不过显然他并不明白我为什么要和他说这个，为什么如此失常。他看起来有些手足无措。

"四十二岁的生日。"我强调。

"你没事吧？"

"没什么，你接着跑吧，我也不知道为什么要和你说这些。你走吧，不用管我。"

我声音颤抖得厉害，我的泪涌了出来。在一个和自己没有关系的男人面前，我忽然就委屈得不行，仿佛他对我流逝的青春和空白的情感岁月负有不可推卸的责任。

这下杨方圆更摸不着头脑同时也更不知所措了，他嘴里一个劲地说着"你没事吧"。我摇头，可泪就是止不住，我知道已经有人在注意我们了，大清早的，一个中年女人对着一个年轻男人哭，太叫人看不懂同时也太容易让人好奇了。

足有五分钟，我沉浸在委屈哀怨的情绪中出不来。杨方圆不离开也不再说话，只是尴尬惶惑地站在我旁边。就是在那一刻，我认定了这是个善良的男人，也因为那一刻，我后来一而再，再而三地原谅着杨方圆的谎言、背叛和坏脾气。

也许，我们的一生都是在为某一刻的感动、某一次的承诺或某一会儿的头脑发热偿还着，直到你偿还干净或偿还不起。从某种意义上说，我们享受到的快乐是由痛苦来铺垫或作为代价的，快乐和痛苦的到来仅仅是个排列前后的问题，如果可以换算的话，它们在量上差不多是等同的。

我终于平静了下来。我能感觉到杨方圆也暗暗地松了口气，他还是没有离开，他确实是个善良的男人。

我不知道在一个陌生的男人面前哭，是否就表明在心里你和他是亲近的。而在一个你喜欢的男人面前哭过，并且这个男人还对你的泪水表示了一定的同情和怜惜之后，那么毫无疑问，你和他的心理距离会一下子拉近很多。

平静下来之后，我有些难为情，我说，你不要笑我，我也不知道自己这是怎么了。

"没事，没事，真的没事的。"他局促的样子好象哭的那个人是他。

"我已经很久没哭过了，我不是个爱哭的人。"

杨方圆不住点头，一副他全明白全理解的样子。

"今天是星期天，我想——"后面的话是我想了一晚上，但要说出来却那么困难。

"对，是星期天。"

"如果你没有别的安排，我们一起吃个饭吧。"说出来后，我松了口气，不管他同意还是拒绝，好歹说出了口。

"吃饭？"

"算是给我过生日，我已经很多年没过生日了。"

杨方圆没有马上答应，他在犹豫。

"你要是有事就去忙你的吧，我只是那么一说，本来我也没有过生日的习惯。"我有些泄气，我预感他会回绝的，他已经够有耐心的了，陪一个不认识的老女人站了半天，还忍受着她莫名其妙的哭泣和路人好奇的目光。

"事倒是没有，"杨方圆说得很慢，而且带着歉意，"只是我和你们家里人不认识，在一起吃饭的话好像不太合适。"

哦，是这样的，我的心情在瞬间又亮了起来，我忙不迭地说，我的意思是就我们俩，找个地方，说完我又解释，我的家人根本不会想起我的生日，事实上，从来没主动为我过过生日。

7

"你是个守时的人。"

　　这是那天我坐下后杨方圆说的第一句话。在我的提议下，我们约在一家我们都知道名字的馆子，中午十二点，我到的时候他已经坐在那里了，正无聊地在转动一只茶杯。我看了眼表，正好十二点。

　　"像我这样到早了，其实也是不守时。"杨方圆又补了一句。

　　两人都笑了，气氛随即轻松了起来，杨方圆抢在服务小姐之前帮我把面前的菜谱展开，说，我已经看过了，你点，看看我们想吃的是不是一样。

　　那天我们吃了很多也说了很多，两人都十分放松，说起各自的过去时很自然，像是一对认识多年的老朋友。我对杨方圆的了解一点一点立体了起来，他从小在农村长大，后来进了体校，户口迁到了城里，他的家里人，尤其是父母非常骄傲，认定他会有出息，会娶个城里女人，给他们生个城市户口的孙子，他们的老年生活有可能将在城市里度过。随着他在城市待的时间越来越长，他们的憧憬也越来越离谱。可事实上是怎么样的呢，除了一份连自己都看不上的体育老师的工作外，他什么也没有。好不容易如他父母所愿娶了个城里姑娘，还被人家蹬了。到现在他的父母还不知道他离婚了，所以还经常托村里的一个代课老师给他写信，让他在发展事业之余抽空弄个一男半女出来。

　　杨方圆说他平常从不和周围人说他的家庭，怕别人笑话他的出身，和我这样坦然地说这个话题是第一次。他自己也觉得奇怪，和我在一起感觉很亲近，很自然地就想说说。

　　"从农村出来的很多人都干出了名堂，这没什么好自卑的。"

　　"是呀，因为他们干出了名堂，当然不会自卑了，我就不一样了，做个体育老师，说好听点是老师，其实什么技能也没有，无非也就是个孩子王罢了，一点前途也没有。"

　　"说实话，你要不说，一点都不看不出来是从农村来的。"近处打量杨方圆，我发现他其实没有我原来印象中那么年轻，特别当他谈到他的家庭时，他的神态瞬间老了不少。

"我自我检讨过，我这个人其实特别虚荣。好了，还是再说说你吧，我挺佩服你的，完全凭着自己的努力有了现在的一切，我以前老认为自己是机遇不好，总想要是给我一个好的机会我也能干出点什么来的，但现在我不这么看了。"

"为什么？

"能干成点事的人都是能吃苦，而且是能吃大苦的人，我不行，我做事没有毅力。"

那天给我留下最深印象的是杨方圆在离开饭馆的时候说了一句：你很有女人味。从来没人这么评价过我。在大多数人眼里，我是个要强的女人，在树林眼里，我甚至是个强悍的女人。也许他们这样的认识和评价给了我心理的暗示，我时时处处都得以一个女强人的形象来要求自己展示自己。和杨方圆交往的是另一个我，或者说，我是在用我的另一面和他交往，这让我觉得新鲜。

8

男人和女人的交往就是这样，碰上一个你有感觉的人，如果他过于主动，也许反倒扫了你的兴倒了你的胃口。而对方越是不动声色，你还就越上劲。

尽管现在我和杨方圆算是认识了，有了接触，但我仍然觉得自己在受着煎熬。我想见他，想和他在一起，哪怕他只是坐在我对面，什么也不说，对我来说都是一种极大的满足。我无法从对杨方圆没完没了的渴望和想象中自拔出来，甚至连正常的工作都做不下去了。

我鼓足勇气去敲他的门。他站在门口，颇为意外地看着我。我装作随意地说，闲着无聊，过来坐会儿。他说，给我两分钟，就两分钟，我整理一下。我说我又不是检查卫生的。他一个劲地说屋里太乱了，不好意思的，还是整理一下。

那天在杨方圆家坐了一下午，聊了很多，除了起身给我倒水，他自始至终规规矩矩地坐在我对面。我想他肯定也感觉到了我神情的异常。我几次欲言又止。和年龄这个障碍比起来，我更担心的是他对我根本没感觉。

我滔滔不绝地说着，其实心思根本不在话题上。他坐在我的对面，就那么温顺地看着我，在他的眼睛里看不到一丝别的想法。我停了下来。我突然就不想说了，一句话也不想说。我失望极了，他怎么就能一点反应都没有呢。绝大多数时候，我都是一个理智的人，可这会儿我有了不管不顾打碎一切的冲动。顺应着自己的情绪，我弯腰把脸埋在了自己的臂腕里。

"怎么啦？"

我郁积了多日的情绪在瞬间爆发了出来，我失声痛哭起来。我怨恨自己对一个谈不上了解的男人如此动情，我怨恨这个男人对我的情感视而不见，我怨恨老天爷没让我在年轻的时候遇上这么一个男人，我怨恨自己遇上了又没有勇气表达。

记忆中，我从来就没这么痛快淋漓地哭过，我也从来没体会过哭原来是一件这么畅快的事。当我抬起头时，看见杨方圆拿着一块毛巾站在我身边。他把毛巾递给我，说，对不起。

"应该我说对不起，这和你没关系。"

"不，我知道和我有关系。"他的语气是肯定的。

"你知道什么。"听他这么一说，我又觉得委屈起来。

"我以为是我想得多了，是错觉，我是不敢往那方面想，但我现在知道了，对不起。"

泪又涌了出来，我用毛巾捂着眼睛，巨大的委屈夹杂着难为情让我长时间地就那样捂着脸。杨方圆在我旁边坐下，手搭在我的肩上，用力地揉了一下。我感觉到了他掌心的温度。他一边把我的身体往他怀里揽，一边嘴里像是哄小孩似的不断重复着，对不起，对不起。

毛巾是什么时候掉在地上的，我不知道，在猛然而至的窒息中，我的唇已经和杨方圆的唇吻在了一起。我慌乱而笨拙地回应着他，相比之下，他要沉稳和有技巧得多。我感受着这个男人，他的力量他的温度他的气息，与此同时，我也想到了穆树林，我清晰地意识到自己在背叛他。

9

一个星期后，在征得杨方圆的同意之后，我把他安排进了我的公司。与其说是他给我做事，还不如说我想为他做点事。我想对他好，这种愿望是发自内心的。我感觉到了对他的未来负有了某种责任，哪怕他的未来和我没有关系，我也还是想为他做点什么。说实话，我这种责任感我只在对待我的儿子时才有过。我想得很远，甚至想到了和他结婚，尽管我也知道这几乎是不可能的。他比我小八岁，天哪，八岁。

我和杨方圆平时都很自觉地回避着穆树林。我从来没在树林面前提过我们的新邻居，杨方圆也几乎不往我家打电话，这种默契在一开始就自然形成了。虽然杨方圆住在我对门见面很方便，但同时也有着更大的风险。安全起见，我在离公司不远的地方给杨方圆租了一套房子。

只要有可能，我就和杨方圆待在一起。我越来越少回家，借口总是公司事忙。树林应该有怀疑，可他就是不说。对于树林，我是内疚的，内心也有过挣扎，但那一段，我的心思几乎全放在了杨方圆身上。说难听点，我的魂被他勾走了。我满脑子都是怎么才能和杨方圆在一起，我甚至向树林提出了离婚。

和杨方圆在同一个层楼里办公，隔了也就几十米，我还是会

甲乙丙丁

想他。我给他打电话，说我想他，很想他。怎么会这样，在这个男人面前，我分外在意自己的年龄又时常会在冲动的时候忘了自己的年龄。杨方圆在电话那头支支吾吾地，不知说什么好。他越是这样，我越觉得难以忍受。我让他回去，这就回去，在床上等我。天哪，我感觉自己变成了一个荡妇。有时候，我会把杨方圆叫到我的办公室，我想我是疯了，真是色胆包天。我对性没完没了的渴望让我自己都很费解。

到了四十二岁这个年龄，我才第一次体会到性爱的美妙。和杨方圆最火热的那一阵，我经常会有在幸福中一死了之的冲动。这种冲动一方面是因为幸福汹涌而来让我感恩，另一方面是害怕不知哪一天幸福会离我而去。对杨方圆，我始终是没有把握的，他年轻，外形健康帅气，又是单身，终有一天我会让他厌倦的。

杨方圆尽可能地回应着我的狂热，他是个善良的人，他觉得我可怜，他不愿看到我失望和难堪。他懂得怜惜女人，他是我这辈子遇到的待我最好的男人。我对自己说，有了和杨方圆的这一段，不管以后有什么变故，我都不会后悔。

在惺惺相惜中，我们不可避免地疯狂起来。他说我是个好女人，我说他是个好情人。他说有了我他再没别的可求的，我说有了他是老天爷对我恩赐。我们不在一起的时候想在一起，在一起的时候想合而为一。杨方圆给予了令我身心放松的满足和关爱，这是我在树林那儿没有体会过的。他极少反驳我的意见，哪怕不同意也是用一种婉转的方式来表达。我很奇怪他的前妻怎么会随手就放弃这样一个男人。杨方圆说他结婚以后的日子一直过得很拮据，贫贱夫妻百事哀，他前妻最后的选择其实也是大多数女人的选择。

为了让杨方圆高兴，我把他父母接来小住，帮他从农村来的亲戚安排工作，暗中给他加薪，反正只要我能想到的能让他开心的，我毫不惜力地都会去做，他的快乐成了我做事的最高原则。

我活这么大，从来没这么用心地对谁好过，老实说，我都被自己对杨方圆的那份心感动了。

那年的十二月，我是和杨方圆一起在海南度过的。那是一段怎样的生活啊，什么工作、朋友、家庭，全被我闭着眼抛在了脑后，横亘在我眼前的只有一张床，柔软、温暖、醉人。我不顾一切地沉溺进去。我想一辈子都沉溺在其中不出来。但与此同时，我也知道我和杨方圆是没有未来的，稍微长久一点的未来都不属于我们。眼前的每一天都有可能是最后一天，一想到这，我的心就被撕裂了般地痛。我闭着眼，真想一黑到底。

10

就在我和树林商量协议离婚的具体事宜的时候，杨方圆和我正儿八经地谈了一次。他问我如果没有他，我会离婚吗。我说在认识他之前，我偶尔也动过离婚的念头，不过应该走不到今天这一步，离婚是需要下很大决心的。他说如果是这样，那他觉得自己责任重大，怕自己最终负不了这个责。我问他负不了责任是什么意思。他说怕以后我的日子过得不好会怪他怨他。我说以后的日子以后再说。杨方圆说你还是再想想，你的那个老公其实人不错，以后恐怕不容易再找到这样的人了。我猜不透他话里是否还有话，但他的神情看起来非常沮丧，似乎我离婚是为了另一个男人。

和杨方圆相处久了，我渐渐发现他其实是个十分情绪化的人，从高兴到不高兴有时候几乎没有过渡。而且在一起的时间长了，他也越来越懒得掩饰，温顺的时候让人喜欢得心疼，发起脾气来像个不讲理的孩子。有时候他会突然打个电话，说，我们分手吧，永远也不要再见了，然后就好几天都没有音信。一开始真是把我吓坏了，放下手中的工作四处去找，疯了一般地找。几天

甲乙丙丁

后他自己出现了，说是回老家了，或者在一个朋友家住了几天。他情绪低落的主要原因是对我和他社会地位的不匹配感到不平衡，对我们这种关系感到绝望，又无力改变，更要命的是，真要改变了也未必比现在更好，因为首先他的父母就接受不了，这么一想就觉得更绝望了。同样的情况反复出现几次后，我尽管担心，但大致掌握了规律，那就是什么也别做地等他自己回来。

有一段时间，我的神经绷得很紧，就怕杨方圆突然一个电话打来说，我们分手吧。虽然我知道这只是他无数次情绪化折腾中的一次，但随之而来的牵肠挂肚的担心仍然让我不得安宁。差不多每一次折腾完，杨方圆都会自我反省，说他错了，而他用以弥补他过错的方式就是和我做爱，竭尽所能地让我快乐。这也成了规律。以至于每每他提出分手的那一刹那，我首先产生的反应竟然是对又一次性高潮的期待。

得承认，大多数时候，杨方圆都是一个好情人，温柔、体贴、善解人意。然而可能是年龄和性别的差异，我希望的是安定平稳的情感生活，而杨方圆则喜欢有强度和力度的情感生活。我理解他，迁就他，也愿意去适应他，因为我爱他。

时间最长的一次，杨方圆在我的视线里消失了有半个月，期间给我写了封信，说他厌倦了这种没有希望的关系和生活，永不见我了。我每天都去他的住所等他，给他留纸条，有时等到一两点，甚至冲到他老家去找他，在我几乎认为他不会再回来的时候，他回来了。一见面，他就问我这些日子什么感觉。我说我都快急死了，怕他出事。他看着我，异常满足地看着我，然后不由分说地开始和我做爱，嘴里说着，我需要这种被需要的感觉，你不知道，这种感觉对我很重要。

说实话，我真的有些琢磨不懂杨方圆了。来情绪时，他会说些天长地久的话，心情不好的时候，又是一副翻脸不认人恨不能立马拍屁股走人从此再不相见的决绝样。他的脾气发得越来越频繁，同时原因却越来越难以分析。有时候只因为我比原来说好的时间早走一会儿，他就认定我是在和他做完爱后赶着回家再和树林做一次。而我当时的解释是没用的，只有等他的脾气发出来才能完事。而他的下一次脾气什么时候会发，谁也不知道。

即使这样，我还是爱他。我对自己说，你既然享受着这个人带给你的欢乐，那么理所当然你也得承受他可能给你带来的麻烦和痛苦。

11

在对待杨方圆任性的脾气上我所表现出来的容忍，我自己都觉得吃惊。但杨方圆需要的却不仅仅是宽容，他希望我的反应能像他的情绪一样也激烈一点，这样他才能从中获得满足和快乐。所以我平缓的态度从另一方面刺激着他酝酿出更大的情绪。不过当时我根本没想到这其实是一种病态。

我开始预感到和杨方圆不可能长久地好下去了。因为我根本把握不住他特别容易波动的情绪的走向，而把握不住他的情绪也就意味着把握不住他这个人。和一个基本没谱的人一起生活，怎么想，都觉得心里没底。

经常是这样，当杨方圆好好的时候，其实在我的潜意识里却不安地在等待着他坏情绪的到来，而真来了，我反倒安心了，这时要做的就是等待这种情绪的的过去。可一旦过去了，在下一次到来之前，我依旧还是不安。如果这一次和下一次中间相隔的时间过长，我则会更加不安。

有段时间，杨方圆纠缠在我离婚的问题上不放。他一口咬定我所谓的离婚只是一种姿态，其实在心里压根就没打算离婚。我说让我打消离婚念头的是你，这一点你应该记得吧。他说既然你

甲乙丙丁

这么听我的话，那我现在要你离婚你会同意吗？我说你这样说我就没话了，离婚不是小事，这你应该有体会。可是他一个劲地盯着问，我现在要你离婚你会同意吗？我不知道他究竟想要干什么。事实上，我想他自己也未必知道。

情绪好的时候，杨方圆会问我和他在一起是不是觉得烦和累。我说是，那毫无疑问他会不高兴，可我说不是，他又说不可能，他说他替我想想都觉得我该厌烦。说心里话，我真是觉得有点吃不消他了。

杨方圆没头没脑的情绪化虽然有时让我觉得烦和累，可习惯了的东西一旦抽离了你的生活，你又会觉得不适应。那段时间杨方圆忽然变得忙碌起来，如果不是事先和他约好，去他那儿十有八九他人不在。他似乎正在忙着一件不为我知的事。同时，我明显地感觉到杨方圆对我的态度有些冷淡，尤其是在公司的时候，不是万不得已，他不进我的办公室。

我怀疑他态度的变化和公司某个女职员有关。我留意观察了一下，那个新来的小芹显然对杨方圆颇有好感，老是找机会凑上去和他说话，而看得出来，杨方圆也很乐意和她聊天，甚至故意摆出一副和她很亲昵的样子。他是做给我看的。

不曾想我的不做反应却让杨方圆反应强烈，他质问我是不是根本就无所谓，是不是巴不得他做点什么好给我留点把柄。我说在我看来这只是你们年轻人之间的不拘小节，我没有理由也没有必要多想。他悻悻地看着我，恨恨地说，既然你这么无所谓，我就更无所谓了。随后他和那个女孩公开谈起了恋爱，在公司毫不顾忌地卿卿我我。连公司的同事都看不下去了。我第一次冲杨方圆发了火，说了难听话，说到后来我忍不住哭了起来。为了维持和他关系，我已经尽了最大的努力，做了最大的忍让，而他似乎总也不满足。

没想到我这一哭，他倒冷静下来，一再说对不起，解释他压根就不喜欢那女孩，这么做只是为了气我，看我的反应。我说如果今天我还没反应，接下来你会怎么做呢？他想了想，认真地想了想，说，和她结婚，兴许还会生个孩子，时常在你面前晃悠，直到看到你有痛苦的反应为止。其实这么做我会痛苦的，很痛苦，但只有你痛苦的反应才能让我停止下来，没有别的办法。说这些话的时候杨方圆就看着我的脸，他的面部表情奇怪极了，有种一点一点在燃烧起来的又痛苦又快乐又绝望的疯狂劲。他说，我想过了，没有别的办法，你就是那个让我上天堂也下地狱的人。我知道你后悔了，别不承认，你的眼睛已经告诉了我这一点。

就是在那一刻，我动了和杨方圆分手的念头。我承受不了这个男人过于剧烈的爱和恨，以及怪异的表达方式。

12

杨方圆莫名的焦虑和猜疑使他变得患得患失，我们的争执多了起来。他盯我盯得很紧，只要我不在他视线里，他就会没来由地紧张，给我打电话，或者一遍一遍地呼我，给我留言，说见不着我马上就去死之类极端的话。我反感他的做法，我说就算我们真的是夫妻，我也应该有自己的自由。

"夫妻？"杨方圆一听就怪叫起来，不知为什么，他突然就变得听不得那个词了。他阴阳怪气地说，"对，我怎么忘了你是有家庭的人，你还是别人的妻子呢。你在我这边和我睡完了，还得回家和老公睡。你和他睡是合法的，是过夫妻生活，和我这叫偷情。"

"别这样，你知道我不想回去，更愿意和你呆在一起，但是——"

"那你就别走，"杨方圆打断道，"留下来，永远留下来，和

甲乙丙丁

他离婚。"

又说到离婚了，说到离婚又是一件不愉快的事。在激烈的话语冲突中，杨方圆冒出一句，我早晚会宰了那个男人的。而平静下来后，他会检讨说他也知道这样和我较劲既无济于事，又伤害两人的关系，但在那一刻，如果不把情绪释放出来，他会疯掉的。我追问他"早晚会宰了那个男人"是气话呢，还是真那样想过。他说当然是气话。不过，他强调，如果以后那家伙做了对不起你的事，我会宰了他的。我说你这样说就没道理了，我不是也做了对不起他的事吗。杨方圆说那不一样，至于究竟是那儿不一样，他也说不清楚。反正，他说，只能你对不起那家伙，不允许那家伙对不起你。

我隐约嗅到了杨方圆身上某种危险的气息，我不敢想假如真的有一天我提出和他分手，他会做何反应。反正事已如此，只能走一步看一步了。

然而这一天还是来到了。那天我必须按时赶到饭店，孩子拿到了大学录取通知书，讲好了请他的老师们一起吃饭表示感谢的。杨方圆挡在门口不让我走。他威胁我，如果我走，走出这个门，我们就分手。我说这个问题我们以后再谈，今天我是不能迟到的。他从我的话里听出了点什么，说，你是不是本来就想着要和我分手？

"每一次都是你提出的，我从来都没说过'分手'这两个字。"

"你知道我只是说说而已，说说而已的。可你不一样，尽管没说，但我看得出来你有这样的打算，你只不过是在等我先说出口，是不是？是不是这样的？你不要否认，我知道你是那样想的，你一直在等我先说出口。"一个外表阳刚的男人此刻竟然像个小孩子似的胡搅蛮缠，可问题他不是小孩子。

"好吧。"我真的不知道该怎么办了，想到那边一大桌的人还在等着我，这边又缠着不让我走，我赌气道，"如果只有分手能解决问题，那么我听你的。"

杨方圆难以置信地看着我，半响，他颓然地用说'不好'的口气说道，好，好，然后你回到你原来的生活，老公，孩子，还是美满的一个家。你把我点燃了又扔下我不管，你怎么能这样对待我？我的心一下子就软了下来，安慰他，今天不说这个好吗？明天，要不等那边吃完了我再过来，好吗？

"不，说分手就分手好了。你走吧。"

那天当我匆匆吃完饭赶过来，杨方圆已经不在了。屋里翻得很乱，他的旅行箱也不在了。明知这个晚上他不会回来了，我还是等了一晚上。

我等了一个星期。

我等了一个月。

我把一辈子的眼泪都给了这个男人。

13

九年过去了。

日子就是这样，你生活在其中一天一天往下过的时候会觉得慢觉得难过，可是此刻回过头去看，仿佛只是一眨眼的功夫。这九年来我没再见过杨方圆，听说他一度离开了这个城市，后来又回来了。他又结婚了，不久又离了。曾经我也有过去找他的冲动，不是想跟他重归于好，就是想看看他生活得怎样。然而见到了又能怎样呢，尴尬，我能想到的就是尴尬。偶尔接到接通了却没有声音的电话，我会想也许是他，就在这个城市的某个地方，他还记得我，就像我经常想起他一样。

这些年我时常会想起杨方圆，尤其是独处时，毕竟他给我了生命中最刻骨的爱和痛。眼下我已经五十岁了，一个五十岁的女人在别人眼里是个可怕的年龄。我想起我二十多岁时看我母亲那

甲
乙
丙
丁

一辈的女人时，还想自己绝对不活到那个年龄，皱纹，赘肉和松弛的皮肤，如果孩子没什么指望的话，那真是个令人绝望的年龄。

好在我的儿子还算争气，除了高一时搞过一次早恋，学习上没让我们操过什么心。高中毕业后顺利地考上了一所不错的大学，他天生是个读书的料子，读完本科读硕士，去年毕业后随他的芬兰女朋友去了芬兰继续读博士，看样子还会读下去，看样子是不打算回来了。三年前，我把公司转手给了别人，生意不好做是一个原因，更主要的是我也算想透了，辛苦赚那么多钱干什么。该有的我也差不多都有了，钱对于我这个年龄的女人来说，它能带来的快乐已经越来越少了。我更愿意安安稳稳地把日子过下去。

我以为日子也就这么安稳地过下去了，没想到树林那儿有了情况。我曾经讥讽过他，就是把一个女人放在他面前他也不会搞，现在他居然不声不响地搞了一个。我真是小看他了。不过，除了意外，我并没怎么慌张，我料他也搞不出更大的动静。

我就想，人这一辈子可能多多少少都会折腾一两回，只有折腾过后才会明白生活还是平淡一点踏实，才会心平气和地过平淡生活。像树林这种本分了大半辈子的人尝一下折腾的滋味也未必就是坏事。

看到树林魂不守舍的样子，我想到了九年前的自己，并且想到了一个词：报应。不过，我相信有一天树林会回到原来的生活中来的，不想回来都不行，折腾的日子终归不是正常的日子，折腾过头了，过的就是非人的日子了，对此，我可以说深有体会。

即使树林向我提出离婚，我也没有很紧张，就我的经验来看，这是婚外情发展到一定程度的一个必然举动。而对付离婚最有效的办法就是不要一口回绝，更不要发生过于激烈的正面冲突，就那么耗着，把他离婚的冲动和热情耗尽。时间长了，当那头的情感也不那么火热了，他会认识到离婚不是一个明智之举。

但显然我低估了树林的热情和决心，他摆出一副不管用什么办法都要把婚离了的决绝样，他说为了儿子他忍了二十多年，现在儿子离开家了，也成人了，他已经没什么可顾忌的了，而且相信儿子也能理解他的选择。在他的嘴里，似乎结婚这些年他一直在过着压抑委屈的生活，没任何乐趣可言，似乎任何一种生活都比和我在一起过感觉要好。我没想到从一个和自己生活了二十多年的人那儿得到的是这样的评价。

我试图挽回。我想了很多办法，甚至低声下气地求他看在多年夫妻的份上，再想想，别匆忙做出决定。可他一句话就把我噎住了，他说不用想了，需要想的是你，当年你提出离婚的时候想过我们夫妻的情份了吗？我说如果你是为了报复我才离婚，那就更没必要了，你会后悔的。他从鼻子里发出了个轻蔑的"哼"声，说，你这样讲，只能说明你对你当年的冲动后悔了。

我后悔了吗？

14

公安局找到我的时候，我已经两天没见树林了，单位找不到他，打他手机关机，我想他肯定是和那女的在一起。在一起。天昏地暗。就在这两天，我算是彻底想通了，像树林这样一个从来做人做事都不温不火的人现在这么神魂颠倒地，只能说明一个问题，那就是他爱那个女人。我死心了。不打算为和他的那纸婚姻再做什么努力了，没有用，即使不离，在一起生活也仅剩下一种形式，那又有什么意思呢。

但是公安局的同志对我说，穆树林死了。他们是这么对我说的，穆树林死了。在地下通道口，今天凌晨被一个上早班的环卫工人发现的。穆树林蜷缩在地上，一眼看上去像个喝多了的酒鬼。

"他死了?"我的脑子有点转不过弯来。虽然从这几个人自我介绍完他们的身份后,我就有种不祥的预感,可他们说出的这个消息仍然让我觉得不真实,树林只不过是两天没回家,怎么就暴死街头了呢?怎么会这样?

"对,死了。"他们的语气是肯定的,公事公办的。

"你们确定?"

"我们对死者身份的判定是根据他身上的证件,他身份证上的照片和他本人基本吻合。不过,我们还是想请你配合我们的工作,跟我们去做一下辨认。"

"可是,他是怎么死的?"

"根据我们初步的判定,他是被击中头部后,用刀捅死的。当然,具体的死因,我们得等法医对尸体进行解剖后才能得出。"

公安局希望我能尽可能地提供一些线索,比如平常都和谁来往,最近有无异常的表现。那个问我话的王队长没有一点笑容,而且目光犀利,让人觉得他已经看穿了一切,对一切都是有把握的。我下意识地躲闪着他的目光,我对自己说这是不可能的,九年了,毕竟九年了。可我还是心虚。而我越是这样,王队长越是追着我问,问题一个比一个尖锐,似乎他已经吃准了我和树林的死有关。

"你最后一次见你丈夫是什么时候?"

"两天前的下午,大概一点多,我正在午睡,他回来了。平常这个时间他应该在单位的。我问他怎么这个时间回来,还回单位吗?他没有理我,进了卫生间,在里面呆了有十分钟,出来后就走了。"

"你们夫妻关系怎么样?"

"一般。"

"说具体点。"

"没什么交流，一直都是大家各顾各的，以前还商量商量孩子的事，现在孩子也大了，又出国了，就更没什么好交流的了。"

"你们最近有过争吵吗？"

"没有。说出来你们都不一定相信，结婚二十多年了，和他就没吵过架。他是个温吞水，最大的脾气就是不说话，吵是吵不起来的。"

"你刚才说，那天下午他回家，你问他'怎么这个时间回来'，他没理你，是不是你们俩在这之前有过不愉快？"

"是，我们这一段因为离婚的事关系比较紧张。"

"离婚？是你还是他提出的？"

"是他提出的。"

"那离婚的原因是什么？"

"是——，他外面有人。"

"在你丈夫提出离婚之前，你知道他在外面有人吗？"

"感觉到了。"

对于穆树林外面的那个女人，我无法给他们提供更多的线索。

"凭你的直觉，你认为你丈夫的死有可能是因为什么，或者可能和谁有关？"

"我不知道。我跟你们说过了，我们是各顾各的生活，他有什么事从来不和我说，也不问我的事。"我忽然意识到了什么，反问道，"你问我这个是什么意思？"

"我只是请你帮我们分析一下，"王队长笑了。这是他第一次露出笑容，但他的笑里分明有着笑以外的含义。

15

换一个频道，再换一个频道，电视遥控器从左手换到右手，拿起，放下，这就是我的白天，我现在的白天。大部分的时间我都躺在床上，眼睛盯着电视屏幕走神，到吃饭的时间就凑合吃点，或者干脆去外面狂吃一顿。如果你要问我的生活中还剩下什么念想，我还真得想一会儿，孩子算一个，其次也就是每天租几张碟，在连续剧里消磨我的时间了。我不敢想这就是我以后的生活，就是我的老年生活。

下篇

甲：费珂

木头死了。我一遍一遍地说着，似乎在借此提醒自己这一结果是真实的，不是想象中的，不是一个玩笑。同时也从中感受着那一结果带来的疼痛，并期待着下一次更为剧烈的疼痛。声音水波一样一圈一圈地在我的耳边在这个房间荡漾开来，它们碰到墙壁后又反弹回来，发出空洞虚幻的回音。

1

我从未如此全身心地感受过一个男人，他的音容笑貌，他的气息，扑面而来，它们水一样渗透进我的日常生活。我无法自抑地想念他。我以前不知道思念一个人会这样揪心。而思念一个你永远不可能再见到的人，简直是一种煎熬。然而一切还并非那么简单，你思念的这个人惨死于一次意外，而制造这次意外的极有可能是你身边某个曾与你有过密切关系的人。

公安局的人一走，我就给格子打电话。我刚喂了一声，他那边就叫了起来，不是说好分手了吗，还给我打电话干什么？

"我有事问你，你一定要老实告诉我。"

甲乙丙丁

"还有什么好说的，都已经分手了，我们之间还有什么好说的。"

"你喊什么喊，我不过是有事要问你。他是不是你杀的？你跟我说实话。"

"我把谁杀了？谁呀，谁被杀了？"

"你知道我说的是谁，你跟我说实话，这一次你一定要说实话。"

"我不明白你在说什么，谁被杀了？"

"你知道我说的是谁，你知道的，你知道的，求求你告诉我实话，你是不是把他杀了？"我的泪流了下来。

"是那天我在你那儿见到的男人吗？他死了？呵，他死了。怎么死的？"

"是你杀的吗？你跟我说实话，一定得说实话。"

"你疯啦，和我没关系。"

"可是他死了。"

"我再说一遍，和我没关系，我没杀他，我杀他干什么？"

"那么我问你，我厨房的那把刀是你拿的吧？"

"是，但我真的没杀他。相信我，你知道我是不说谎的。好吧，也许我动过这样的念头，但我确实没杀他。那把刀是我和你一起买的，还记得吗？我只是想留个纪念。"

"留个纪念？你拿了我的刀，第二天他就被捅死了，你自己相信这样的解释吗？不会那么巧的，你是有预谋的，可是你为什么要杀他？"

"不是这样的，你听我说，不是这样的——"

"就是这样的，就是这样的，格子，我恨你，你这个刽子手，我恨你一辈子。"

说完我就挂了电话，但电话随即就响了起来，我想也没想就把它拔了。

2

电视开着，摁了静音。影碟机开着，里面走着的是一张获2001 年戛纳电影节评审团大奖的法国影片《钢琴师》。笔记本电脑也开着，文档上除了闪烁的光标，一个字也没有。今天是专栏文章交稿的最后期限。为了省事，我挑了这张我看过三遍的碟来写。

片中母亲问自己已经四十六岁仍然单身的女儿艾莉嘉，你究竟去了哪里？后者漠然地看着她。母亲夺过女儿的包开始翻找她晚归的原因，女儿捆了母亲一巴掌，母亲愣了一下，也还了她一巴掌，两人扭打起来。两个女人，一个中年，一个老年，她们是母女，她们互不相让地掐打着，这是影片一开始带给观众的视觉冲击。

在公众场合，艾莉嘉是个孤傲但技艺精湛的钢琴家，在学生眼里，她是个严厉得不近人情但才华出众的老师。她有一份令人尊敬的职业，有一个对她管头管脚的母亲，哦，对了，她还有一脸的雀斑和一大把年纪，却没有自己的家庭，没有她爱的人，也没有爱她的人。她用偷窥、看春宫片和自慰来解决自己的性欲，用自残的方式来压抑自己的性欲。在一次家庭演奏会上，艾莉嘉和年轻得可以做她儿子的甘·华德相遇了，一场畸恋就此开始。

甘·华德对艾莉嘉的情感是爱吗？我个人更愿意把这理解为因为崇拜因为不了解因为各种各样的距离而产生的迷惑。我们很多人在成长过程中都曾有过这样的经验，某个比我们年长的同性或异性让我们好奇乃至狂热。华德迷恋上艾莉嘉，而艾莉嘉却用让华德痛苦震惊的病态的方式回应他，她挑逗他，引诱他，撩拨起他的欲望后又抽身离去，而当华德不理睬她时反又激起了她的欲望。

这部名为《钢琴教师》的影片是对观众道德观念的一次挑战。用影像来诉说人类某些隐秘心态，但它不做任何道德的宣扬或审判，它只诉说它想诉说的，其余的留给观众去咀嚼、回味和评说。

我喜欢钢琴老师艾莉嘉的扮演者伊莎贝尔·于佩尔的表演，在整个影片中，她几乎都是同一副表情，那副表情就是没有表情。我们看到艾莉嘉用她没有表情的脸看着她的母亲她的学生她身边的人和世界，在她平静得近乎冷漠的外表下，其实她的内心极度的压抑。她的人格和心理是扭曲的，她有着强烈的控制欲，从不给她的学生好脸，并且还有受虐的倾向，只有在请求华德用虐待的方式满足她的性欲时，她流下了眼泪。她要的和甘·华德要的是不一样的，所以这一段情感纠葛注定没有结果或者说不可能有好结果。

影片结尾，观众陆续走入了演奏会场，在空荡无人的大厅，艾莉嘉面无表情地从包里掏出水果刀，面无表情但毫不犹豫地扎向自己，又迅速拔出来放回包内，鲜血渗透了她的白衬衣，她面无表情地走了，消失在夜色里。

我把片子往后倒了倒，然后用八倍的慢速播放。艾莉嘉站在灯光通亮的大厅，面无表情地从包里缓缓地掏出水果刀，面无表情地一点一点扎向自己的胸口，刀尖拔出时带出了一滴鲜血。天哪，她手中的水果刀和我厨房被格子拿走的那把惊人地相似。

笔记本不断地循环重复着屏保和待机的程序，当它进入待机的黑屏状态，我就碰一下触控板。屋里一点声音也没有。影碟机自动开始了又一遍的播放。我歪斜在靠背椅上，同时一支连一支地抽烟，直抽得头发懵，嘴发苦，仿佛点燃这支烟是为了最终掐灭它，而掐灭这支只不过是为了有理由点燃下一支。

你再也见不到木头了。我对自己说，也像是对屏幕上那个永远都面无表情的钢琴女教师艾莉嘉在说。木头死了。我一遍一遍地说着，似乎在借此提醒自己这一结果是真实的，不是想象中的，不是一个玩笑。同时也从中感受着那一结果带来的疼痛，并期待着下一次更为剧烈的疼痛。声音水波一样一圈一圈地在我的耳边在这个房间荡漾开来，它们碰到墙壁后又反弹回来，发出空洞虚幻的回音。

你再也见不到木头了。木头死了。

这是谁的声音？听起来陌生，但它越来越响，有着不容置疑的肯定。

你再也见不到木头了。木头死了。

我终于等来了期待中的那种尖锐、真实得让人窒息的疼痛。我的身体从椅子上一点一点滑下去，滑下去，就在我快要滑到桌子底下的时候，我闭眼狠命尖叫起来。

3

我真愿意相信格子的信誓旦旦，但我知道那不是真的，他杀了木头。肯定是他。只可能是他。那天他在我床上看见木头后显然很受刺激，离开时还说了一句，我不会放过他的。对，他是说了那么一句话，我不会放过他的。

我愿意把眼下的这一切理解为是对我过往生活的一种惩罚。

丁：小东

"不管曾经发生了什么，以后还会发生什么，我都是你的朋友。"我由衷地说道。我不记得自己还曾对谁用同样的语气说过同样的话，如果我这一辈子只被允许说一次这样的话，那么我愿意就对格子说。

　　如果你现在要问我梦是什么，我会回答，梦就是梦，一旦你醒来，它就没有了。

1

　　格子给我打电话，问我晚上有没有时间。他的声音阴沉，听起来情绪低落。我问他有什么事。他说没有。我说那你就过来，一起吃晚饭吧。格子说好的，然后就不说话了，可也不挂电话，让人觉得他往下还有话要说。等了一会儿，他那头一点声音也没有，给我感觉他要说的话不是很重要就是很难说出口。又过了一会儿，格子说，好吧，晚上见。

　　不出意外的话，格子要说的肯定是有关费珂的什么事。格子情绪的起伏十有八九都是由她引起的，她想让格子高兴就让他高兴，可更多的时候是在折磨他。我怀疑费珂有病，一个把自己的快乐和成就感建立在别人痛苦之上的人，不是有病是什么。坦率地说，如果费珂不是格子的女朋友，其实倒还不算是一个讨人厌的女孩，可她只要和格子在一起，我就打心底里不舒服。准确地说，是嫉妒。她也知道我不喜欢她，所以早在两年前就不再在我面前出现了。

　　我和格子说过，费珂不适合他，他们不是一个级别的，玩不出名堂来的。这就像是围棋九段和一段下棋，他们实战能力和经验储备根本就不在一个档次上。但格子听不进去。在费珂这个问题上，一向柔弱的格子表现得异常的坚决，他执意要把那盘棋下下去，下到底，其结果就是输得一塌糊涂。不会有别的结果的。作为朋友，我已经把该说的都说了，还能怎么样呢。

　　格子进屋后一言不发地就往客厅角落的沙发里一坐。我给他倒了杯水，搁在他面前。他不看我，而是盯着那杯水，蹙着眉。

"怎么啦，又和费珂分了一次手？"我最看不得他这副为了费珂失魂落魄的样子。

"这次是真的分手了。"

"这是好事，也是早晚的事。"

格子把头埋在两手里，使劲搓揉着自己的头发。我别过脸去。格子猛然抬起头，两眼通红地冲我嚷道，我受不了了，再也受不了了。

"这样的话你说过也不是一遍两遍了，过几天你就会发现你的承受能力比你以为的要好。"

"这次是真的分手了，真的分手了，没有一点余地了。"

"格子，你有点出息好不好，被一个女人搞成这样，我都替你难过。"

格子重又把头埋在两手中，使劲搓揉着，仿佛搓揉的那颗头颅是别人的。我去阳台站着抽了根烟。当我回到客厅时，看见从来不抽烟的格子竟然"啪嗒啪嗒"地在打火，手指间夹了一根我的烟，可他的手颤抖得厉害，打了几次也没打着。我不知说什么好，冷眼看着他。上帝保佑，终于点着了。

"我觉得我杀人了。"他的脸被烟雾笼罩着，所以那个声音像是从烟雾里钻出来的。

"什么？"

"我觉得我杀了人了。"格子伸手赶了赶烟雾，这下我听清楚了。

"你觉得你杀了人了，这话怎讲？你把谁杀了？"

"一个男人，我不知道他叫什么名字，他和费珂在一起，费珂为了他要和我分手，那天我看见他了，终于看见他了，一个实在不怎么样的男人，可是费珂为了他要和我分手。"

"等等，等等，你真的把他杀了？"

"我觉得是。"

甲乙丙丁

"什么叫你觉得是。你在哪儿杀的他，怎么杀的，有人看见吗？"

我把格子颠三倒四的叙述整理了一下，大致是这样的：四天前，他去费珂家，结果在费珂的床上看见了一个男人。他确信那个男人是费珂下决心和他分手的原因。费珂把他拉到厨房说要和他谈谈，他忘了他们都谈了些什么。趁费珂不备，他拿走了一把水果刀。拿那把刀的时候，他并没想杀人，也许想用它吓唬吓唬那男人。从费珂家出来后，他就站在费珂家附近等着。后来那个男人出来了，格子冲过去，他只是想问那男人是不是真的爱费珂，能不能做到对她好一辈子，可不知怎么就说急了，于是捅死了那男人。完事后格子回了家，没事人一样过了三天，直到今天下午费珂给他打电话，经过她的提醒，他才想起四天前自己居然杀死了一个大活人。格子说了一个地点，然后又推翻了，他说他也记不清是在哪儿下的手，当时旁边有没有其他人，这些都不重要，他强调，重要的是他把那个男人杀死了。说完，格子看着我，问，你不信？

2

晚饭的时候，在我的提议下，格子破例喝了点酒。他还沉浸在自己杀人的过程中，似乎意外地从中体会到了成就感。同时，在翻来覆去的叙述中，他终于为自己的杀人过程理出了个头绪，不但确定了时间和地点，而且连死者当时的面部表情他都想起来了。在他刺第一刀的时候，那个男人像打嗝似的"呃"了一声，并且面露忧伤之色，仿佛面临的不是生命的终结而仅仅是令人感伤的季节的更替。他又刺了第二刀，拔出来的时候，那男人冲他点了下头，然后闭上了眼睛，似乎默许了格子的行为，所以他又刺了一刀。格子说他一共刺了三刀，客观地说，一刀比一刀熟练，也一刀比一刀放得开，那一刻他想，原来这也是个技术活，里面有着一个经验的积累。那个男人后背倚着墙，在格子拔出第三刀的时候，软绵绵地倒了下去。格子在那个男人的白衬衣上把刀上的血蹭干净，这才离开。

"那么，那把刀呢？"

"不知道，我没拿，应该还留在那儿吧。"

"接下来你准备怎么办？"

"我想公安局很快会找到我的，我会如实说的。在来你这儿之前，我还在犹豫，考虑是不是要逃走，我过你这边来本来是想让你给我拿个主意的，可是刚才，就在刚才，我已经决定不逃了。没必要，真的，做都做了。我相信很多熟悉我的人知道后都会吃惊的，他们肯定想不到我会杀人，我格子也会杀人。"

格子越说越来情绪，就像真的一样。我不得不大喝一声，行啦，走吧，我送你下去，回家好好睡一觉，明天还要上班呢。格子急了，梗着脖子，一跺脚，说道，你怎么还不相信啊。

3

我把通讯录从头翻到尾，愣是找不到费珂的电话号码。后来我想起来了，我从来没给她打过电话，她也从来没给我留过号码。我不喜欢她，她也知道我不喜欢她，反过来，她也对我没什么好感，当然这我也知道。所以当我出现在她面前时，她直直地看了足有半分钟才认出是我。

"是格子让你来的？"她的脸色不太好看。

"不是，他不知道我来。"

费珂看起来有了很大变化，但具体变化在哪儿我又说不上来，就是觉得不对劲，和我记忆中的那个费珂有着出入。

"有什么事你就说吧。"

甲乙丙丁

“你知道我想说什么。”

“你这个人真有意思，半夜三更跑到人家家里，对人家说'你知道我想说什么。'”

“别这么不友好，如果不是格子的原因，我也许不会和你再打什么交道的。格子是我的朋友，不管你现在怎么定位你们的关系，好歹曾经也算是不错的朋友吧？我来就是和你说说这个我们共同的朋友。”

“我不想说他。”

“我只问你一个问题，问完我就走。”

费珂不置可否，也不看我，身子依着门框，看起来根本不打算请我进去。

“你确定他杀了你的朋友？”

“这个问题你应该去问他，他自己应该最清楚。”

“我不相信格子会杀人，他就是把自己杀了也不会去杀人，这一点，我想你应该和我一样清楚。”

“你以为你很了解你的朋友？”费珂突然撸起了 T 恤的袖子，在我们小时候接种牛痘疫苗的部位有一道 5 公分左右的刀疤，“这个他恐怕没跟你说过吧？”

看我愣在那儿，她又说，如果你早两个月来，我还有更多可以给你看的，可惜这一段没和他在一起，那些老伤都养好了。我看看那道伤疤，又看看费珂的脸。我的脑子有些转不过弯来。我不明白那道小蚯蚓一样的红疤和那个温柔腼腆的格子之间究竟是种什么样的关系。

“劝他去自首吧，”费珂的表情还是冷冷的，但语气缓和了一些，“今天上午公安局来我这儿时，我没跟他们说，但他们掌握我和格子的关系，肯定会去找他的，最好在他们找到他之前去自首，这样对他有好处。”

“再问最后一个问题，你相信是他下的手吗？”

4

从费珂家出来我就给格子打电话，接通后半天也没人应答，打他手机，关机了。事不宜迟，我打了辆车直奔格子家。一上车，我就说了和格子家相邻的一条街名。那是条著名的商业街，聚集着十多家百年老字号。最近因为有个好身材的女疯子在那儿裸奔过，于是更著名了。很多人经过那儿都放慢了脚步，希望有机会能重睹那一幕，甚至有人特意绕道跑去那儿守着。

我把车门关好后，司机并没有急着走。他扭过头来，陪着笑脸，用外地口音和我商量，师傅，我刚来这儿没几天，路不熟，麻烦你给我指指路，行吗？我不由对他多看了两眼。妈的，打车的给司机指路不算新鲜，可本地乘客给一个外地司机指路，这算怎么回事。我说那我下去吧，我换一辆。司机既没同意也没不同意，而是扭回脸去，摁了两声喇叭。我还没反应过来，车已经冲了出去。那一脚油门踩的，车开出去有一百米左右才减缓了速度，我被惊出一身冷汗。你他妈的不想活啦。我坚决地去开车门，手刚搭到车门上，车又一次冲了出去，这次更猛。

如此重复了四次后，我彻底放弃了，颓然地靠在椅背上。我感觉我后背上的衣服已完全湿透了。车平稳地停了下来，司机扭过脸来，陪着笑脸，用外地口音和我商量，师傅，我刚来这儿没几天，路不熟，麻烦你给我指指路，行吗？妈的，我还能说什么呢。

"沿这条道一直开，到第四个十字路口左拐，然后我再跟你说。"

"好嘞。"

得承认，这师傅的驾驶技术真叫好，几乎是匀速地在前进。

"今天真是见了鬼了，在大街上转悠了大半天了，没拉到一

甲乙丙丁

个活，"说着那家伙从后视镜里看了我一眼，我迅速把脸转向窗外。我没心思和他说话。

"哎，现在出租这一行可不比从前了，钱不好挣呐，路上车多不好开还不说，这个税那个税的，挣点钱全交了税了，好像我们是在给税务局干活，"他又看了我一眼，这一眼看了要有让我心惊肉跳的二十秒钟。

"当然，话又说回来，哪一行都不好干。就说那些鸡，别看她们穿得光鲜，其实不容易啊，"他已经完全不看路了，眼睛盯着后视镜，似乎我要不做回应，他就一直这么看着后视镜开下去。他对着后视镜里的我说，"你想，已经混到了要卖自己的地步，那是一件多惨的事啊。别的不说，单说这一行的风险性，被抓被蒙都还算小事，染上了性病，那跟着倒霉的人可就多了。老兄，你说是不是？为了吃饭，不想干的时候都得干，有时候干了还白干，惨吧？"

我坚持把脸对着窗外，打定主意在到第四个路口前既不接他的话也不看他。但在心里，我默默地为这个家伙的现状做出了三点初步的判断，一，他不是本地人，二，他是在替别人开车，三，他的老婆极有可能是只鸡，说不定此刻正在干着风险性很大的干了也白干的事。而这个家伙还能在这儿开着车，并且把车开得这么稳当，真是不容易。为了对一位一只鸡的老公表现出应有的敬意，我点了下头。

"你点头是什么意思？"

"没什么意思。"

"没意思？不可能，刚才一路上你都没开口，现在突然点一下头，不可能一点意思都没有的。"

"真的没意思，如果你一定要认为有意思那就算有意思好了。"

"那是什么意思？"

"你认为是什么意思就是什么意思，我无所谓。"

"可是我有所谓。到底是什么意思？你一定要告诉我。"

5

格子家一点动静也没有，不是不在家，就是睡得太死。敲不开他的门，我又跑下楼，仰头往上看，四楼格子家的两个窗口都没有灯光。我站在楼下抽了一根烟，然后又上去敲他的门。敲了一阵，他对面的门打开了，一个穿了睡衣的中年男人怒气十足地冲我吼道，都几点了，啊，都几点了，还让不让人休息啦。他的脸涨得通红，看起来是忍了又忍终于忍无可忍了。我猜他所说的休息可能是过性生活的意思。如果我真的打扰了一个中年人的难得的性生活，我确实非常不应该。所以我由衷地再三道了歉，这才下楼。

越等我越觉得今天晚上等不到格子了，抽完烟盒里的最后一根烟，我往小区外走。

远远地，我就看见有一辆红色的富康车停在小区门口，打着空车的灯。尽管没找到格子，能在凌晨一点多一出门就打到车，我觉得自己运气还算不错。我朝它走过去的时候，司机也开门走了出来。如果我没看错的话，他就是一个小时前把我拉到这儿来的那个家伙。

"你终于出来了，我还以为等不到你了，如果你再晚几分钟出来，我就走了。"那家伙看起来很高兴，搓着两只手，冲我完全没必要地点头哈腰着。

"可是我不打车。"这时我改主意了，想到还得听他吐一路的苦水，我的头都大了。

"打不打车没关系的，真的，没关系的。我在这儿等了一个多小时，其实只是想问你一件事，你一定得跟我说实话。"他无比恳切地看着我，等着我的表态。

半夜三更，一个你只见过一面并且有可能再也不会见面的家伙异常严肃地对着你说，你一定得跟我说实话，这算怎么回事。

"这对你很重要吗？"

"是，很重要，否则我不会在这儿等这么久的。"

"好吧，你问吧，我一定实话实说。"

"刚才你冲我点头到底是什么意思？"

6

第二天一早，格子就把电话打过来了。也就是五点钟的光景，我感觉自己刚睡着。我很后悔睡前怎么没把电话线拔了。拿起话筒的时候，我想只要不是格子的声音，我立即就挂电话，然后把电话线拔了。

"昨晚敲门的是你吗？"格子劈头就问。

"你在家？操，那你干嘛不开门？"

"我以为是公安局的，后来听见你说话的声音，但很轻，我实在不敢肯定就是你，想着刚在你那儿吃过饭。"

"那你为什么不打我的电话？"

"我打了你家里的电话，没人接，又不敢打你手机，怕你是和公安局的人一起来的，因为我感觉门外有很多脚步声，你不像是一个人来的。你找我有事吗？"

我支起身体，闭着眼伸手在床头柜上摸烟和打火机。先摸着了烟，我打开，抽出一根叼在嘴上。摸打火机的时候，我的手碰到一个冰凉的东西，我心里说了声"不好"，但烟缸已经掉了下去。

"你找我有事吗？什么声音？打碎东西了？是烟缸吧？"

我把烟点着，抽了两口。格子在电话那头一个劲地问着，什么东西碎了？到底是什么东西碎了？我努力压抑着心中的烦躁，说，什么也没碎。

"不可能，我明明听见有玻璃粉碎的声音，你为什么不肯说？旁边有人？不方便说？"

"打碎一样东西实在不算什么的。"

"是不算什么，可你为什么不愿意告诉我碎的是什么呢？"

"我告诉你又怎么样呢？这和你有什么关系呢？"我觉得自己已经尽了力在调节自己的情绪了，但是没用，"我说过了，碎一样东西不算什么，可要是死了一个人那就不一样了。"

电话那头一点声音也没有，好象根本就没人。过了一会儿，我说，我昨天去找费珂了。

"去找她干什么？"

"我认为她说得对，你应该去自首，马上就去，我陪你去。"

"不，我不想去。等他们来找我好了。"

"你是猪脑子啊，这里面是有性质的区别的。"

"也许他们根本就查不到是我。"

"不会有这样的事的，别抱侥幸心理。你等着，我过来。"

"不，我不去，那是去送死。"

时间还早，我给一个估计是全团起得最早的同事打电话，让他代我向单位请假。反正去了也没什么事，无非是打牌和吹牛。个把在团里有情况的当然有动力去，瞅准机会也许能在道具间干上一把。当然这只是一种说法，谁也没在那儿看到过，而真在那儿干的是不会说的，所以只流传于大家的口头。但道具间因此有了那么一点淫乱的意味。我这个管道具的一直被认为有着得天独厚的条件，不是因为有地方可以搞，而是工作的地方就是一个可以搞的地方，单凭这一点，就让我的一些同事很是羡慕。

说起来，歌舞团曾经也辉煌过，不过那是在我进团之前，如今也就留在老前辈们不厌其烦的追忆之中。我热爱舞蹈，曾经做过当一个舞蹈家的梦，也为此付出了十几年的努力和热情。可一

甲乙丙丁

次意外的车祸让梦瞬间就破碎了。如果你现在要问我梦是什么，我会回答，梦就是梦，一旦你醒来，它就没有了。

7

关门下楼的时候，我接到徐雯的电话。这是个做事得体、一般不给男人添麻烦的女人。不添麻烦有多种解释，其中一个就是，在内心深处她和你是有距离的。不过眼下我很愿意接受这样的距离。我有过一次短暂的婚姻，短暂得像个玩笑。人就是这样，只有经历过了，你才会切身地认识到那是不合适你的。

徐雯，三十二岁，长得一般，气质不错，单身，没有婚史。她是一家日资企业的翻译，经常要陪她的上司出差。我觉得应该给她这种特殊的工作一个新的命名，比如出差陪同员或者飞行翻译员什么的。她的工作性质决定了我们不可能经常见面。这很好。事实上，这也是我和她交往了两年后依然还在交往着的最主要的原因。平常我们基本靠电话联系。她出差在外时，上飞机前和下飞机后都会给我打个电话，确定两人在某个时段都有时间的话，她会火速赶到我的住处，火速地和我干上一把。她真的很忙。她时常感叹小日本的钱不好赚，当然也没少赚。对于我在床上的表现，她给予了高出我能力的肯定。不过，这也说明她对我那方面的表现是满意的。我猜这也是条件不错的她在和我交往了两年后依然还在和我交往着的一个重要原因。

电话是从白云机场打来的，徐雯正准备登机。对于能在这个时间打通我的电话，她显得很高兴。她问我今天中午有没有时间。要在往常，我会问，有时间又怎样呢？她会说，那我给你做饭。我就问，做什么饭？她说，我给你下面。下面，是我和徐雯之间的暗语，多么形象、生动啊。但是今天我得赶着陪朋友去公安局，他撞上了自己的女友在给别人下面，一气之下把吃面的人给捅死了。

　　我到格子家的时候，他已经准备就绪。胡子刮过了，单位的假也请好了，家具遮蒙上了布，还理出了一个旅行包，里面应该是日常用品，一副准备出远门的样子。格子的眼睛里布满了血丝，我一阵心疼。

　　"不管曾经发生了什么，以后还会发生什么，我都是你的朋友。"我由衷地说道。我不记得自己还曾对谁用同样的语气说过同样的话，如果我这一辈子只被允许说一次这样的话，那么我愿意就对格子说。

　　格子的眼眶红了，他使劲地咬着下唇，过了会儿，他说，我父母那儿你看怎么跟他们说一下，我实在不知道该怎样告诉他们。我说，还有什么能想到的，你尽管吩咐。我想他会提出让我照顾费珂的，我怕他这样说，但他真要提出了，我想我也会照办的。他想了想，说，没有了。

　　走到小区门口，格子用一种视死如归的口气说道，我这就去，你不要送我了。我说来都来了，就让我送你去吧，你要不愿意，我送你到那儿的门口就走。格子抬头看了看天空，黯然道，也不知道以后还有没有机会和你这样走路了。我也有些感伤，提议道，要不就这样走一走，走着去吧。

8

　　中午吃饭的时候，我有意多喝了几口，想借着酒劲好好睡一觉，可又不敢拔电话，怕格子那儿有事找我。迷迷糊糊中接了好几个电话，感觉从来没集中地接过这么多的电话。最后一个是徐雯的，她问我这会儿有没有时间，我说不知道睡觉算不算是件事。她一下子没能明白我的意思，说，哦，既然是这样，那算了。说完就挂了电话。我想徐雯肯定是误解了我的意思，于是又

甲乙丙丁

把电话打过去，但怎么打都占线。大约二十分钟后，徐雯的电话关机了。

虽然睡意全无，我坚持在床上躺着，想到徐雯这会儿可能正在给谁下着面，我笑了。以前只是觉得她挺忙的，就是和我这一腿也是见缝插针，现在想想或许还不是这么回事，我并不了解她这个人和她的生活，就像她不了解我一样。当然，不了解是因为我和她都没有了解彼此的愿望。

有愿望去了解你身边或生活中的某个人，其实是一份可贵的生活的热情，可对我来说，却是陌生的久违了的。我的前妻指责我自私狭隘冷漠，应该说不无道理。

我突然有些冲动，下床赤脚跑到写字桌前，翻出日记本。从小在父亲的培养下，我养成了记日记的习惯。记得最疯狂最冗长最激情昂然的是刚认识格子的那一段，那个清秀腼腆的男孩几乎每天都出现在我的本子上。只是近几年日记差不多变成了月记。我写了个日期，然后写道：我以为我很了解你。我以为我比你自己还了解你。我以为我了解你是因为我始终有了解你的愿望。我渴望了解你的愿望甚于了解我自己。我不相信你会杀人。但我知道你确实杀了人。我放下笔，点了根烟，重新看了一遍刚才写的，看完又看了一遍，很多熟悉的情绪慢慢涌上心头，泪无声无息地流了下来。

不知道过了多久，也许是半个小时，也许更久，我的情绪才算稳定下来。我对自己说，无论如何，还会再见到格子的，就冲他自首这个前提，怎么都应该能保住命。事到如今，能保住命已经谢天谢地了。我去卫生间洗了把脸，然后在两个屋子里转了转，希望能找到可做的事。

实在想不出来有什么可干的，所以我又回到床上躺着。其间，我给格子和徐雯各打了三次电话，前者是不接，后者还是没开机。为了避免不断地重复拨号，我用手机打格子的电话，用座机打徐雯的电话。我让自己显得挺忙活的。

9

再见格子是在两天后。隔天晚上他给我打电话说没事了，已经回家了。公安局的人听了格子的叙述后，先是欣喜，没费什么劲案子就破了。但听着听着他们就觉得不对劲了，他们的疑问集中在案发的地点和被害者的死因上。格子说就在人行道上，他扑上去给了穆树林三刀，然后把凶器随手扔在路边，扬长而去。

公安局的人大概从没遇见过这种找上门来死乞白赖要求把自己抓起来的。说到后来，他们认为格子不是脑子有病，就是在胡闹，是吃饱了撑的。

接到格子的电话后，我当即就要赶过去，但格子坚决不同意，说已经睡下了，明天再说吧。他的声音听起来十分沮丧，似乎在为没有被承认是一个杀人嫌疑犯而遗憾。

给我开了门，格子转身走回到房间。我首先发现他转身的动作缓慢，就像一个上了年纪行动不便的老人，接下来扶着沙发扶手坐下去的动作也很慢。他招呼我自己泡茶的语调也是缓慢而疲惫的，好象已经累得动不了了。

"怎么啦，两天不见。"

格子看起来瘦了，脸色发白，深陷在沙发里的身子长时间都不动一下。我在他对面坐了有半个小时，抽了两根烟，上了一趟卫生间，他一直保持着那个姿势。

"好吧，我看我还是走吧，你这会儿需要的是休息。"

"你不要走。"

"让我抽着烟看你一言不发？还是你一言不发地看我抽烟？我看我还是走吧，先去团里转一圈，然后回家睡觉。"

我已经站了起来，向门口走去，就听身后格子无比凄厉地叫

甲乙丙丁

道，你不要走。我回过头去。只见他手撑着沙发扶手，半个身子极力向上仰着，似乎就要站起来了。可他没站起来，就那样向上仰着。

"你是不是也觉得我有问题，早就感觉到了，就是不说?"

"你的所有的问题的根源就是费珂，这我早就说过了，我都说烦了，我想你也听烦了。或者这样说吧，你太一根筋了，这是没必要的，你一辈子不可能只喜欢一个女人，你喜欢的那个女人也不可能一辈子只喜欢你一个，你的问题是太把这个女人当回事了，所以你很被动，老是被这个女人牵着鼻子走。当一个女人成了你生活的全部，你的生活只剩下这个女人，那么一旦这个女人离开你，你就什么也没有了。"

"我也试过和别的女人交往，但没有用，根本没感觉，偶尔有点感觉，很快就过去了。其实我很羡慕你，你和女人睡觉，却能做到不动感情，就算这样，还有女人愿意和你睡。"

"你是在批评我，你认为和不爱的女人睡觉是不道德的，是吗?"

"反正我做不来，和一个没感情的女人睡觉，我无论如何做不来。"

"你的意思是你硬不起来? 还是愣是不让它硬起来? 或者即使硬起来了也硬是不让它进去?"

格子颇为不满地看了我一眼。

"其实这都只是形式，甚至进去也只是一种形式，不说明问题，关键是你活得是不是内心有标准。

"你觉得你是个内心有标准的人吗?"

"差不多算吧。我对自己负责，对自己负责从某种意义上也就是对别人负责。不轻易承诺，我只允诺我有把握兑现的。在一个时期，我只和一个女人睡觉，不管我爱不爱这个女人。"

格子的身体坐直了，脸上有了一点血色，好像这样的谈话让他兴奋，他有了要就此谈下去的愿望。

10

"我知道你不喜欢费珂，但我真的搞不懂你为什么不喜欢她，我觉得这是没有理由的，你不了解她，对于一个你不了解的人，你怎么就能那么厌烦呢。"

"我是不了解费珂，但我了解你，从你一天一天的变化我可以断定你和她不合适，一个好女人应该让她爱的男人健康快乐，而不是愁眉苦脸，胆战心惊，忐忑不安。说实话，我不愿看到你现在的样子，你这个样子让我很难受，非常难受。"

我的反应让格子有些吃惊。他低下了头，沉吟片刻，用一种谨慎的、试探性的语气说道，有一个问题在我心里很久了，一直想问，又觉得不合适。

"问吧，我想其实我也大概知道你想问什么，没关系的。"

格子迅速地抬头看了我一眼，又低下头去，似乎还在为问不问而下着决心。房间里的空气仿佛陡然凝滞了，并且一点声音也没有。过了一会儿，他问，那么，是那样的吗？格子还是没有抬头，就像是自言自语地说着，你不要介意，如果不是那样的，你千万不要因此而有什么想法，我没有别的意思，只是想知道。

我想我是可以否认或者不回答的，但是我不愿意那样。我觉得我是在回答他，同时也是在面对自己的内心。所以，我说，你的感觉是对的，也许不像你以为的那么——，怎么说呢，但确实有那么一种因素在里面。既然你问到了，我也觉得没必要回避，这是很自然而然的事，你可以不接受，甚至反感，这都没什么，都是正常的。

显然没想到我会毫不掩饰地承认，格子看起来有些慌乱。

"一度，我自己都觉得难以接受，因为它是我经验以外的。

我从来没向你表达或暗示过什么，我怕吓着你。说这些，我只是想告诉你，这实在是件不值得大惊小怪的事，说不正常也不正常，说正常其实它也是一件很正常的事。人的情感是复杂的，它既然产生了，那么去面对它，可能是一种最好的处理。今天，能坦坦然然地和你说这些，我真高兴，不是因为终于让你知道了，而是我面对了我很久以来没勇气去直面的东西，这对我来说，很重要。"

说完我长长地舒了口气，然后看着格子。他也知道我在看他，于是显得更慌乱更无措了。

老陶啊老陶

坐电梯上楼的时候，老陶感到了轻微的眩晕，他紧紧地抱着手里的机器，心里经验着一种新的、从来没有过的诱惑，它来自何方要把他带向何处，他不知道，他只是觉得拘谨地过了那么多年，终于可以放松地、甚至是由着性子地过一过了。

1

已经五月中旬了，天还没一点要热的迹象。往年这个时候，中午时分穿短袖的人都有。今年有些反常，老陶胳膊肘撑在柜台上，脸冲着外面的马路，自言自语着，今年有些反常呐。

中午一般没什么生意，老陶吃过午饭后会在柜台里的那张老藤椅里眯一会儿。不过这并不妨碍他做生意，只要有人进店门，他肯定会睁开眼，迅速判断出此人是他的顾客，还是仅仅闲着无聊进来看看。

这家音像制品租赁店开了有十个月了。刚退休那阵，老陶的三个女儿和一个儿子给他安排了一个颐养天年的方案，那就是先畅游祖国的大好河山，等他不想跑了或者没气力跑了，就在四个孩子家轮着住，每个孩子家住一季，多好。除了大女儿最后把家落在了这里，其他的孩子都四散开去了，最远的那个移民去了加拿大，已经不打算回来了。再回来，那叫探亲。不过老陶早就想通了，孩子小时候是自己的，大了就是国家的社会的，也是他们各自的老公老婆的，惟独不是父母的。

老陶刚提出想办个音像租赁店时，孩子们以为他在开玩笑。音像租赁这行最红火最挣钱的时间已经过去了，再说，现在的老陶不需要钱，要花钱的话，他的四个孩子有能力并且十分乐意尽这份孝心。孩子们认为辛劳了大半辈子的父亲完全没必要再工作了，这么多年为了孩子们，他几乎把老命都搭上了。早些年，孩子还小，他又当爹又当妈的，孩子大一些了，光是供他们上学就是一件又伤筋骨又伤脑子的事。现在好不容易熬出头了，还不好好地歇歇。早两年，他们还张罗着给父亲找个老伴，但被老陶一口回绝了。

不为名不为利，这是何苦呢，想要消磨时间的话，有的是办法。最后，孩子们被迫认为他们的老父亲天生是个劳碌命，只有在忙碌中，他才能获得快乐。两年前，在老陶的坚持下，他的两个女儿从别人手里为他盘下了这么一个门面，但前提是千万不能累着，别当回事去做。

音像租赁店的生意从来没好过，原因很多，其中一点是老陶的营业时间时常带有即兴的色彩，有时候一整天都开着门，有时候刚把广告小黑板摆出来，一会儿又急急忙忙地收回去，锁门走人。两个月后，大女儿给老陶用找老伴的标准找了个帮手，一个四十八岁的寡妇，王小梅。她的情况和老陶有些相似，早年丧偶，为了孩子一直未嫁。现在羽翼丰满的孩子们都渐次飞出了窝，又有了自己的窝，所以她不再拒绝周围的热心人给她也找个窝。

甲
乙
丙
丁

　　来店不到两天，王小梅就迅速地摸清了店里的情况，然后卷起了袖子，以主人翁的姿态里里外外地整理打扫了一遍，并给老陶提出了几点可行性建议。最后一点是关于老陶个人的，她说你应该修一下边幅，这样看起来会精神一些。在随后的那些日子里，她给碟片分类编号，重新登记顾客信息，计划推行会员制租碟，忙得不亦乐乎。这下好了，至少租出去的那些碟知道都租给了谁。

　　一切来的是那么的快，老陶只觉得眼前晃了几晃，一切就都不一样了，每天能准时吃上可口的热菜热饭了，有人在旁边嘘寒问暖了，有人督促饭前便后洗手了，有个头疼脑热的也有人大惊小怪的了。等他回过神来时，王小梅已经躺在他身边了。

　　用了半年的时间，老陶才接受并习惯了在另一个人的呼吸声中入睡，接受了饭后刷牙，接受了王小梅冷不丁地用十八岁少女的眼神瞟上他一眼。但他无论如何也接受不了一个人对自己无时无刻无所不在的关照，更接受不了那个人在她掏完心窝子后要你也掏心窝子。不知为什么，老陶觉得被照顾其实是一件累人的事，时间久了，还会烦。他知道这是不对的。他语重心长地对自己说过很多遍，老陶啊，你应该知足，因为知足所以得妥协。可是没用。可能是过惯了自己照顾自己的生活，老陶就是觉得一个人的生活比两个人的好。

　　比较而言，老陶最接受不了的是王小梅对他过去生活的好奇。她说你一个人过了三十年，就没点别的想法？老陶说，也想过给孩子们再找个妈，可又怕找了不合适的反让他们受委屈，更怕对方接受不了四个孩子，当然主要还是怕对方接受不了我的情况，一下要当四个孩子的妈，我替对方想想都觉得头大。王小梅说，那你是怎么熬过来的？老陶说，我没觉得是在熬，把四个孩子拉扯大就够我烦的了，哪有心思想别的。王小梅用十八岁的眼神瞟了老陶一眼，说，这些年就没过个把相好的？老陶想了想，脸红了，然后把头摇得像什么似的。王小梅说，没有？那你脸红什么？老陶不知道该说什么好了，只能说，没有就是没有，总不能给你编一个吧。王小梅说，那你那方面的问题怎么解决？我指的是那方面。老陶有些不乐意了，说，你不是也一个人过了那么些年。王小梅说，男人和女人是不一样的。说完饶有兴趣地看着老陶，似乎吃准了后者肯定有着一种奇特而有趣的解决的方法。

2

　　一个人的时候，老陶也会用王小梅的口气问自己：一个人过了三十年，就没点别的想法？这 30 年，说长是很长，说短也就是一晃眼的工夫。有那么二十来年，每天一睁眼就是干活，家里的，厂里的，脑子里想得最多的是怎么省钱和挣钱的事。也就是近四五年，孩子们出息了，一个一个都混得像那么回事了，于是他的日子好过了，轻松了，也有了闲心，这才慢慢恢复了正常的对时间的感觉。哦，原来一天也可以这么无所事事地度过，这儿看看，那儿逛逛，遛遛鸟，遛遛狗。妈的，以前怎么就没发现。

　　突然就闲得什么也不用干了，说实话，老陶还真有点不适应。早起，他在小区附近的市民广场转悠，有好几个晨练的小圈子同时在开展着各自的项目，打太极拳的，舞剑的，动静最大的是那帮跳健身舞的，开着录音机，年龄未必就比别的圈子年轻，可穿得很年轻，在音乐声中，他们都顺利地找到了年轻的感觉。暂时，老陶还没加入到任何一个晨练的小圈子中去，如果要让他选择，他觉得太极拳不错，慢吞吞的，比较符合他现在的生活节奏。也有和老陶一个小区的邻居热情地邀他加入，老陶总是摆摆手，走开。其实对方要再热情一些，老陶也就加入了。

甲乙丙丁

一、二、三

　　转完市民广场，老陶会回到小区，找个角落，甩甩手，扭扭腰。暂时，他还不习惯在人多的地方做这些，或者说，他还不习惯以一个闲人的姿态出现在他熟悉的环境中。

　　这时，有个女人走进了老陶的视野。她也住在这个小区，一看就是个闲人，神态休闲，穿着休闲。但她和这个小区里的其他闲人不一样，她走路的时候，眼睛是直视的，而且挺着胸，像是那种见过世面经历过风雨的女人。她的年龄介于中年和老年之间。对女人的年龄，老陶向来缺乏应有的判断力。

　　她的生活很有规律，每天早晨六点左右会在小区里疾步走上几圈，然后找个角落压压腿什么的。她总是独来独往，老陶每次见她她都是一个人。真是个奇怪的女人。

　　很偶然的一个机会，老陶在小区附近的音像租赁店里见到了这个女人，然后连着几天，差不多同一时间他都能在那家音像租赁店里见到她。她手里拿着一些碟片走进店里，过一会儿，又拿着一些碟走出来。她很爱看碟？老陶也走进音像店看了看，觉得里面的一切都很陌生。老板招呼他，问他想看哪方面的碟。他说随便看看。老板建议他办一张会员卡，那样能享受到很多优惠。他脑子一热，竟然就办了，并当即就租了两张。可要知道他家里压根就没有影碟机。

　　从决定买影碟机到把机器抱回家，前后花了两个小时，这是老陶有生以来钱花得最干脆的一次。坐电梯上楼的时候，老陶感到了轻微的眩晕，他紧紧地抱着手里的机器，心里经验着一种新的、从来没有过的诱惑，它来自何方要把他带向何处，他不知道，他只是觉得拘谨地过了那么多年，终于可以放松地、甚至是由着性子地过一过了。

　　带着老花镜研究了半天说明书，好歹把开和关的问题解决了，老陶把碟片放进去，影像出来的时候，他禁不住一声欢呼。就在那一刻，一种崭新而绚烂的生活在老陶面前打开了。

3

　　早晨五点左右起床，刷牙洗脸，五点半准时出现在小区有凉亭的那个角落。不能再晚了，晚了就会误事的。而当那个女人六点左右出现在小路的那头时，老陶则装出一副也是刚到的样子，甩胳膊拍肩。他现在已经能较为自然地做这些动作了。在吃过早点后，去菜场带点菜回家，然后睡个回笼觉。再醒来也就该想午饭的事了。整个下午老陶都坐在电视前，看昨天租的碟，他要赶在五点以前看完。

　　有一天，老陶从梦中醒来，也不知几点了，屋子里静悄悄的，电视屏幕上一片雪花。他发了一会儿愣，猛然意识到自己这样生活已经快一个月了。这样的生活到底算是一种什么样的生活？一个陌生的至今都没说过一句话的女人竟然暗中掌握着他生活的节奏，这算怎么回事。

　　一个星期后，老陶接受了孩子们的建议，跟着一个老年旅游团去了一趟苏杭。可一路上，有两个问题不依不饶地纠缠着他，那就是自己和那个女人一天两遇，她怎么就能做到始终不看他一眼？她仿佛永远沉浸在自己的情绪里，那到底是一种什么样的情绪？这两个问题实在不好回答。老陶走了一路也想了一路。6天后老陶终于回到了家，他长长地舒了一口气，好了，曾经让他产生质疑的生活又一次开始了。

　　想到又要见到那个女人，老陶竟然隐隐有些激动。在音像店里，那个女人第一次正眼看了老陶一下，然后不咸不淡地说了一句，出远门了？老陶忙不迭地点头，说，是，去了一趟苏杭。他还想说什么，她已经走开了。拿着碟往家走的时候，老陶居然走出了一路欢快的小碎步。

　　第二天早晨老时间，老地点，因为有了昨天那一眼，老陶老

223

远就热情洋溢地冲那个女人招呼道，来啦。后者只是点了下头，然后走到离老陶远一点的地方开始做甩手操。老陶望着女人略微发福的背影，他的失落是可想而知的。

在对女人自以为是的态度生气的同时，老陶也对自己这一个多月莫名其妙的生活很是不满。他决定不再晨练了，即使锻炼也不去那儿了。这一次没等孩子们建议，老陶主动提出想出去旅游，孩子们当然赞成啦，问想去哪儿？老陶一咬牙，说想去远一点的地方。远一点，那就去海南吧。

这一圈走的，老陶认为自己确实从中体会到了乐趣。回来后他很想找人说说他的感受，他想到的第一个人竟然就是那个他还不知道叫什么名字的女人。他觉得他们之间肯定存在着某种共通东西，是那种东西在吸引着他，但具体那种东西是个什么东西，他不知道。

在音像店碰上的时候，她还是不咸不淡地问了一句，又出远门了？老陶说，是，是，去了一趟海南。女人眼睛亮了一下，虽然短暂，但老陶敏锐地捕捉到了。她说，海南不错，我去过。说完她并没有马上走，似乎还在等老陶往下说，这是老陶没有想到的。那天他们是一路走回小区的，她说她就住在最靠里的3号楼，西单元。她没说更具体的楼层，就这，老陶都觉得够意外的了。

4

老陶又恢复了晨练的习惯。他认为从身心健康的角度出发，早起锻炼是很有好处的。那女人叫叶郑蓉，五十岁，曾经做过生意，现在不做了，主要是没心劲了。熟了以后，老陶发现这个叶郑蓉其实是个相当健谈的人，而且见多识广，老陶以前认识的那些女人和她一比，顿时就没了味道和光彩。尤其是叶郑蓉那种从容的做派颇让老陶着迷。老陶第一次感觉到了退休的好，这样和一个女人闲聊是他以前想都没想过的。

叶郑蓉谈的比较多的是她以前做生意时的那些事，还有就是海南，她好象对海南有着不一般的感情。家庭也谈，主要是说她在加拿大读博士的儿子。老陶说，我的儿子一家也在加拿大，是移民，在蒙特利尔。叶郑蓉说，我儿子在渥太华，倒是离得不远。两个人的儿子让他们一下子感觉近了不少。当然也还是有距离的，那就是渥太华到蒙特利尔的距离。

按叶郑蓉描述，老陶见到了她的老公穆树林，一个走五步就要扶一下眼镜的男人。老陶盯着他看了两分钟，觉得这家伙真他妈走运，娶了这么一个能干的女人。可是怎么从来都没见你们俩一起出来过？老陶的问题刚一出口，叶郑蓉脸上的光彩瞬间黯淡了下去。又熟了一点后，叶郑蓉谈到了穆树林在外有人，以前不是这个样子的，变化就出在他在外面有了人以后。

再见到那个穆树林，老陶对他的感觉就变了，娶到了这么好的女人，还在外面乱搞，真是不知足。究竟是个什么样的女人让穆树林发昏的呢？有时闲着没事，老陶会在心里想象那个未知的女人的模样，因为完全没有依照，也就是瞎想想而已。

通常，老陶都会在晚上准备一个第二天的话题，说心里话，他有点担心叶郑蓉小瞧他。不过更通常的情况是，第二天这个准备的话题根本派不上用场。因为谈话的主动权在叶郑蓉那儿，她皱一个眉头就可能让话题转了向。那天不知怎么就说到了以后的生活，叶郑蓉说，你不是爱看碟吗？

"我？"

"是呀，你不是每天都去租碟吗？那不如自己开个店，这样，我也去你那儿租。"

"好啊，你这个主意不错。"

"说着玩的，"叶郑蓉连忙摆手，"不作数的，开个玩笑而已，别当真。"

　　老陶当真了。他想这即使算不上是叶郑蓉的暗示，也是一个对他新生活的建议。于是老陶的孩子们第一次领教了父亲的固执和任性。孩子们在电话里商量了好几回，最后远在北美的儿子说了一句话，老爷子这一辈子不容易，现在要折腾就让他折腾去吧，都六十二岁的人了，就是折腾也折腾不了几年了。三个姐姐想一想，弟弟说得有道理呀，父亲谨小慎微地过了一辈子，临老了，老了，有了要折腾的念头，多么不容易啊，就满足他吧。

5

　　等音像租赁店开出来了，叶郑蓉在店堂里转了半天，然后看着老陶笑了，我只是说说而已，真有你的，你还真开了起来。老陶说，以后想看什么就跟我说一声，要我这里没有，我给你去进货，千万不要客气。

　　刚开张的头两个月，叶郑蓉几乎每天都会来老陶这里看看，聊会儿。但自从王小梅来了以后，叶郑蓉来的次数越来越少，就算来了，也不怎么说话，并执意办了一张卡。卡是在王小梅手上办的。老陶知道后冲王小梅发了一通火，王小梅酸溜溜地问他是不是和那女人有不寻常的关系。老陶辩解说都是老邻居，这样做不合适。王小梅说，你把店开在这儿，做的不就是老邻居的生意，都不收钱，那你干脆改成音像发放店算了。

　　王小梅显然对老陶的现状非常满意，身体没大问题，孩子们不是有钱就是有学问，总之，都很有出息。所以从一开始，她就把老陶当成后半辈子一起生活的对象，把老陶的事当成自己的事来做，把老陶的喜怒哀乐当成自己的喜怒哀乐。而老陶觉得王小梅对他来说，就像是一块口香糖，嚼了会儿就没味道了，可是他还得含在嘴里，下意识地嚼着，嚼着，弄不好就得一直这么嚼下去了，反正不能随口就吐了。

如果没叶郑蓉在那儿鲜明地比着，也许老陶也知足了。叶郑蓉让他看到了另一种类型的女人，一种他生活经验以外的女人。当然，他和叶郑蓉是没有可能的事，他甚至都不允许自己往那方面多想，想多了是对叶郑蓉的亵渎。他就是希望叶郑蓉生活得好好的，不因为别的，他觉得像她这么出色的女人理应有个对她好的男人。

6

那天中午，老陶正在店里和王小梅有一搭没一搭地说着什么，正好看见穆树林从马路对面穿过来，走到店门口的时候，他停下来接了个电话。老陶听见他说了一句"我回趟家拿点东西就过来"，声音软软的，一副哄孩子的口气。凭直觉，老陶认为穆树林肯定是去会"他外面的那个女人"。老陶对王小梅说他有点累，想回家睡会儿。早就把老陶的身体当成自己的身体的王小梅当然不会有异议。

老陶打了一辆出租车，让司机停在离小区大门有五十米的地方。大概三十分钟后，穆树林走了出来，似乎换过衣服了。老陶立即叮嘱司机，一会儿千万跟住那个戴眼镜的男人。司机是个脸黑黑的小年轻，一下来了劲，两眼放光，左右晃着肩膀，兴奋地说，我操，没问题。

穆树林打了一辆茶绿色的富康。老陶又叮嘱了一遍，千万跟住了。脸黑黑的司机突然转过脸来，问，我操，你不会是警察吧？老陶问他什么意思。他说他有个朋友，有次拉了个警察，完了晃了一下证件，说了一句执行公务，一分钱也没拿到。不等老陶回答，他又说，我操，今天就算你是警察我也拉，就算挣不到钱我也拉，我操，开了两年出租，好歹也让我碰上一回了。

老陶很想对这个小伙子说，你嘴巴里干净一点，别老是"我操我操"的，不好听，也不文明，但后来一想，这孩子说了半天"我操"，其实和外国人老挂在嘴上的"我的天哪"是一个意思，眼下盯住那辆富康车是最重要的，他爱"我操"就让他"我操"去吧。

富康车最后停在了城东的文汇苑门口。穆树林下车后没有马上进去，而是用怀疑的眼光打量着老陶坐的这辆车。老陶让司机赶紧往前开，他的胳臂肘撑在门框上，侧过半边身子，并用手挡着自己的半边脸。

当老陶的车再次返回到小区门口时，穆树林已经不见了。想了想，老陶在小区对面的马路边站了下来。这一站就是四个小时，老陶睁大了眼睛盯着每一个从小区出来的人，看到后来，他的眼睛发酸，感觉眼珠子要掉出来了。

晚上八点，老陶不得不回去了，王小梅还等着他回去吃晚饭呢。说不定已经关了门冲到他家里了。回家的路上，老陶心里有了新的想法。他不禁有点激动。他对自己说，不要急，慢慢来，世上无难事，只怕有心人。他观察过了，小区一共有十六幢六层楼，每幢楼四个单元，每个单元有十二户人家，他每天敲开十二户人家的门，那用六十四天的时间可以敲遍所有的门，当然不排除家里没人的和不愿开门的。那么满打满算，花它个八十天，他肯定能在其中的一扇门后找到那个女人，碰巧了，撞上穆树林都是有可能的。反正就这么定了，老陶要把这当成一项长期的系统工程来做。

7

说干就干，第二天吃过晚饭，老陶对王小梅说去老同事家转转，顺便消消食。那会儿正是店里一天中最忙的时候，王小梅多少有些不高兴，她头也不抬地说，去吧，去吧，好象只有你需要消食似的，好象这个店是我的似的。后半句话老陶没有听见，因为他已经推着自行车上路了。

老陶的口袋里揣了一个小笔记本，已经提前在本上编好了楼层和门牌，每个单元一页。他是这样想的，每敲开一家门，排除掉一户，就在那户的门牌上画个"×"，每天完成一页。

每敲开一家门，老陶就说，你好，我找穆树林。老陶的年龄和他老实巴交的样子，很难会让人生疑。对方一般会跟他说，你找错了。偶尔碰上特别热心的，要他描述穆树林的样子和家庭情况，他就说是夫妇俩，女的四十多岁，男的五十来岁，戴一副眼镜，在城建设计院上班。更偶尔碰上那种多事的，硬要把他请进家里听他慢慢细说，完了恨不能陪他一块儿找，那就比较浪费时间了，好在这样的情况极少发生。

从家骑到文汇苑需要二十五分钟，来回就是五十分钟，老陶基本把时间控制在一个半小时以内。有时候进行得比较顺利，时间还早，老陶就在小区对面的水泥护栏上坐一会儿。老陶并不急着结束这项对他来说得之意外的工作。这样打发退休生活，如果不是正亲身经历着，打死他也想不出来。

说实话，老陶已经从中体会到了乐趣。每天回到家，看看被打上"×"的门牌号，回忆着给他开门的那张脸，妈的，以前从来没想过就在一个平常的小区里竟然有着那么多张表情各异的脸，每一张脸都是不一样的，你永远也不可能预料到下一扇门里面会探出怎样的一张脸来。这里面的乐趣是无穷无尽的，是不干这个的人永远无法体会的。

就在王小梅开始对老陶每天时间固定的外出生疑的时候，后者的工作适时地、意犹未尽地结束了。那天，老陶拿着笔记本从一个单元里出来，当他从本里抬起头，看见了穆树林和一个年轻的女孩挽着手朝他这边过来。尽管有心理准备，老陶还是觉得意

甲乙丙丁

外，更让他意外的是那女孩竟然那么年轻。穆树林也面露意外之色，他的意外可能是觉得老陶面熟，也可能是老陶意外的表情让他意外。

8

如果不是亲眼所见，老陶很难相信，就在自己身边，又有一个男人是这样在生活着的，家里有一个出色的老婆，外面还有个年轻的情人。以前和老陶一个工段的魏胖子也是在家有个豆腐一样水灵的老婆，在单位里还有个姘头。魏胖子的姘头当然知道他是有老婆的，问题是他老婆也知道那个姘头的存在，可魏胖子就是把两边都哄得好好的，相安无事。也有人向魏胖子讨教，这个死胖子抖着一身好肉，竟然说，这样吧，你先去搞一个，然后我再告诉你怎么搞定。得承认，有些男人就是有这个本事。

老陶翻着那本还挺新的笔记本，仅仅用了九页，真是有点可惜了。好几次，老陶都想和叶郑蓉谈谈自己这一段的工作，以及尽管得之意外但显著的工作成果，但最后都忍住了。只要看看她那张日渐憔悴的脸，老陶就觉得说不出口。近一段，每次见到叶郑蓉，老陶都感觉她老了一点，又老了一点。这种感觉特别奇怪，那么短的时间，一个女人脸上的光彩就消退尽了，有了倍受摧残后的沧桑感。而穆树林却似乎越来越有光泽了，腰挺得直直的，行色匆匆地从他店门口走过，好象急着去办什么重要的事似的。可是不出意外的话，他是去会那个年轻的女孩。

老陶很想为叶郑蓉做点什么，至少不能让那张脸这么无休无止地黯淡下去了。他实在看不下去了。他和叶郑蓉谈海南，以前每次说到那个地方，都能引起后者的兴奋，继而脸上焕发出一种神奇的光彩。老陶说天涯海角，说鹿回头，然而这次一点用也没有，叶郑蓉还在老下去，而且是以令人绝望的加速度在老下去。

9

那天，老陶其实本来是想去找那个女孩的，以叶郑蓉哥哥的名义，和女孩谈一谈，晓之以理，动之以情，劝她从穆树林的生活中走出来。

来到女孩楼下，老陶抬头往上看。女孩家的两个窗口都有灯光，其中一个窗口站着一个小伙子，正出神地看着楼下一群玩滑板车的小孩。老陶从左往右数了一遍，没错。是第三和第四个窗口。这么说，女孩那儿有客人。老陶退回到小区外，打算等那个小伙子走了后再上去。

不到二十分钟，小伙子就出来了。他埋着头，走得很快，走到小区门口停了下来，神情迷茫地看看左右两边，又看看身后的小区，似乎拿不定主意是走还是再进去。突然，他穿过马路朝老陶走了过来。

老陶用询问的表情迎着小伙子，可小伙子从他身边走了过去，然后在离他有五米远的一个已经关门的书报亭旁停了下来。但也就停了两秒钟，小伙子又来回踱开了步子，脸绷得紧紧的，烦躁不安地四处张望着，并且不断地把手从裤子口袋里拿出来又插进去。他的样子就像是一匹被谁抽了一鞭子可又还又系着缰绳想跑又跑不了的马。

对这个年轻人的好奇，让老陶决定暂时先不去找女孩，他倒要看看这个小伙子想干什么，会干出什么来。老陶在水泥护栏上坐了下来，冷眼观察着这个个子瘦高长相清秀的小伙子。小伙子已经完全沉浸在了自己的情绪里，根本没意识到有人在一旁看自己。

书报亭上方的路灯闪了一下，随即灭了。那一片顿时陷入黑暗之中。小伙子受了惊吓般猛然抬头，冲着路灯方向仰视着，嘴

甲乙丙丁

里还小声嘀咕着，声音越来越响，仿佛他的忍耐力已经达到了某种极限。老陶背着手走近一点，想听清楚小伙子在说什么。但小伙子的语速很快，怎么听都不像是中国话。老陶又走近一点，竭力捕捉着其中某个可能听懂的词汇。这时，他吃惊地发现在小伙子仰起的下巴那儿有两滴就要滚落的泪水，同时，他也认为自己听清楚小伙子的话了，后者翻来覆去在说的是：为什么，这是为什么？

小伙子终于低下了头，慢慢朝书报亭后面走去。过了一会儿，从那里传来了轻微但异常压抑的哭泣声。

当表情严峻的穆树林出现在小区门口的时候，老陶愣住了，难道他也是从女孩家里出来的？那小伙子刚才在窗口站着的时候，他也在里面吗？老陶认为自己的脑子已经转得足够快了，可还是发蒙。问题好像有些复杂。这个小伙子和女孩是什么关系？兄妹？恋人？是小伙子去女孩那儿撞见了穆树林，还是穆树林去女孩那儿看见了小伙子？小伙子在这儿站了这么久，是在等穆树林吗？老陶的眼睛下意识地去找小伙子。后者已经从书报亭后面走出来了，他也看见穆树林了。只见小伙子双目怒睁，脸涨得通红。老陶还没反应过来，小伙子已经向马路对面发足狂奔了过去。

10

老陶气喘吁吁地赶到的时候，小伙子正拽着穆树林的胳膊往前走。穆树林看起来还算镇静，挺客气地把小伙子的手拿开，又挺客气的说了句什么。小伙子使劲地摇着头。两人就此在路边停了下来。老陶在离他们有七八米的地方，面对马路，装模作样地做起甩手操来。他也知道有些不合时宜，但这个时间，勉强也能说得过去。

穆树林拿出烟来，先让了一下小伙子，被拒绝了。穆树林自己点了一根。抽了两口后，穆树林说了一句什么。小伙子又是一阵摇头，然后就低头看着自己的脚尖，也不说话，似乎他等到半夜，只是为了和穆树林这么站一会儿。

已经十一点多了，路上行人稀少。老陶已经甩了有五分钟手了，他在想是不是换一种方式。每次他扭过脸去，看见的都是穆树林在说，夹杂着一两个手势，而小伙子不是低着头，就是使劲地摇着脑袋。不时有一两个字眼随风吹带过来，可还没吹到老陶耳边已经散落在空气中了。

穆树林又点了一根烟。小伙子终于开始说话了，不过仍然低着头，偶尔快速抬头看一眼穆树林，立马又低下去。穆树林很认真地听着，间或点下头。小伙子不停地说呀说，似乎来了情绪，声音高了起来。但老陶还是听不清楚他在说什么，听起来还是不像中国话。穆树林伸手去拍小伙子的肩膀，手在半途中被后者挡开了。小伙子继续说着，语气激烈，就像是在和人争吵似的。穆树林几次想插话，可根本插不进去。最后只听见小伙子声嘶力竭地喊了一句：你不会明白的。忽然就不知从哪儿拔出一把刀来向穆树林刺了过去。穆树林异常敏捷地往旁边一让，小伙子刺了个空，跟跄了两步才站住。穆树林怒喝一声：你想干什么！小伙子就像是被人从噩梦中叫醒似的浑身一颤，手中的刀应声落在了地上。小伙子凄惨地叫了一声，然后人就像疯了般往东狂奔而去。

直到完全看不见小伙子的身影，穆树林才弯腰捡起了地上的刀，边看边慢慢转过身来。这个身转得非常的慢，似乎很犹豫，似乎是下了很大的决心才转过来的。穆树林的目光和老陶对了一下。老陶心里一慌，转身就走。

"请等一下。"

老陶想拔脚就跑，但"跑"这个动作对他来说过于剧烈了，所以他只是像没听见一样继续往前走着。

甲乙丙丁

"这个老同志，你等一下。"

老陶只能停了下来。他已经走到通道口了，再走两步，他就下去了。

"你是谁？"穆树林走到了老陶跟前，皱眉凝神看着后者的脸，"对了，我见过你。你到底是谁？跟着我干什么？"

"我没跟着你。"

穆树林盯着老陶看了一会儿，忽然颇为无奈地说道，我知道了，是她让你来的，对吧？这种事只有她干得出来。

"我不懂你在说什么。"

"是叶郑蓉让你来的，对吧？"

"我不认识什么叶郑蓉。"

"那你跟着我干什么？"

"我没有跟着你。"

穆树林用力闭了闭眼睛，再睁开时他显得十分疲惫，你跟她说没必要这样，没必要的，完全没必要的，对我没好处，对她也没好处，这是何苦呢。

"我不明白你在说什么。"

说完老陶就想走，穆树林一把拉住了他，几乎是在哀求了，如果你为她好，一定要转告她，别拖了，拖下去对谁都没好处。就算是放我一马。

"我还是不明白你在说什么。"

"还要怎么说呢？啊，她已经拖了我二十五年了，还要怎么拖，还想怎么拖？"

穆树林的勃然大怒是老陶没有想到的，他不禁后退了半步。穆树林也意识到自己的情绪过于激动了，一个劲地摆手，借此平抚自己的情绪，也算是对老陶表示歉意。过了一会儿，他说，我只是想让你转告她，到了我们这个年纪，有些道理已经不用再反复说了，再说已经没意思了。她是聪明人，怎么就不懂这个道理呢？

"我不认识她。"老陶一脸为难地冲着穆树林，"我没法替你转告。"

"行啦，别装了，"穆树林颇不耐烦地打断道，"这种下三烂的做法只有她叶郑蓉想得出来做得出来，和她生活了二十五年，总有些事情是不用脑子也能判断出来的。"

"这和她没关系。"老陶急了。

穆树林冷笑道，你看，承认了吧，还是有关系的吧。

"没有关系，我和她没有关系。我能和她有什么关系。"

"你和她是什么关系，我不知道，也没有兴趣知道，早几年我就不想知道了，"穆树林的语气陡然一变，厉声道，"问题是你跟着我干什么？啊，你究竟想干什么？"

"不想干什么？"老陶嗫嚅道。

"那你跟着我干嘛？"

"我没跟着你。"

"好了，你走吧，不过请你给她带句话：不要再做无用功了。"

老陶已经转过身去了，也不知道是出于心中的不平，还是某种可笑的自尊，他轻轻地但绝对多余地说了一句：就算她做了什么，也是因为你先对不起她。事后证明，这句话是多余的。

穆树林又一次拉住了老陶，瞪着眼睛反问道，我先对不起她？真是好笑，你了解她？你了解她吗？你和她是什么关系？哦，我知道了，穆树林频频点头，怎么，她现在的口味变了，喜欢年龄大的了。

老陶看着一脸嘲笑之色的穆树林，气得半天说不出话来。

"这么说，她不愿离婚还是为了让我难受。对了，你们是什么时候开始的，是不是早就——，啊？"

穆树林扭曲的面部在老陶眼睛里被放大了般狰狞起来。老陶只觉得全身的血都在往头上涌。想也没想，他就朝穆树林扑了过

甲乙丙丁

去。穆树林仰面倒了下去，过程中后脑勺似乎磕在了墙上。老陶也跟着摔在了他的身上。穆树林手上的刀掉到了一边，老陶探身抢先把它抓到了手里。从未有过的愤怒让老陶脑子一片空白。

等老陶从地上爬起来的时候，他看见穆树林的胸口露着一截黄铜的刀柄。老陶也不知道发生了什么，好像他是突然被人领到这个地方来的。怎么会是这样的？

老陶啊老陶！你看你都做了些什么？晚上老陶躺在床上不断地在心里这么对自己说着话，他似乎努力在把此刻说话的自己和那个被说的自己区分开。他觉得在一瞬间失去理智的那个老陶和谨慎卑微地生活了大半辈子的老陶不是一个人。怎么会是一个人呢？虽然老陶竭力回忆，但有一段空白让整个事件缺少了连贯性。一个月过去了，老陶仍然想不起自己是怎么把刀插向穆树林的，插了几刀，那一刹那自己是怎么想的。

你看你都做了些什么？

11

已经五月中旬了，天还没一点要热的迹象。往年这个时候，中午时分穿短袖的人都有。今年有些反常，老陶胳膊肘撑在柜台上，脸冲着外面的马路，自言自语着，今年有些反常呐。

甲、乙、丙、丁

手机响的时候，小东的脸上刚有了灼热的感觉。他很不情愿地停了下来，掏出电话来一看，是一个陌生的号码。会是格子吗？

挂了电话，格子把电话旁的台灯关了，在黑暗里坐着。和小东的交往，似乎自始至终有着一种他自身想抗拒又抗拒不了的力量在起着作用。

互道了晚安后，费珂慢慢把话筒放回话机。曾经很多次，格子刚和她通完半天的电话，放下电话又冲了过来。过来无非是再见一面，或者吵一架，然后他就心满意足地回家睡觉了。但是今天不会了。以后也不会了。永远都不会了。

叶郑蓉连着"喂"了两声，对方却一点声音也没有，过了一会儿，听筒里传来很轻微的"咔哒"声。肯定不是打错的，叶郑蓉想，否则没必要那么小心翼翼地挂断。但会是谁呢？

1

在楼下的小烟杂店买了一条烟后，小东缓缓往南走着。他也不知道要去哪儿。他已经在家呆了两天了，如果不是因为没有烟了，他还会什么也不做地继续呆下去的。走出去一段后，小东想，也许正是因为不知道要去哪，他才愿意这么走一走。

已经五月中旬了，天还没一点要热的迹象。深夜时分，有风吹过的时候，居然依稀有了深秋的味道。夏天还没来到就已经过去了。小东趴在过街天桥的护栏上，望着桥下马路上疾驶而过的车辆，觉得它们带走的就是他还来不及感受的那个季节。妈的，它们竟然在他的眼皮底下把一个季节带走了。

在离小东不远处，一个醉醺醺的流浪汉背靠护栏坐在地上，手里抓着一个酒瓶，正有滋有味地喝着，还不时发出"啧啧"之声。

小东把那条烟夹在两腿之间，腾出手来搓了搓脸。一点感觉也没有。他又使劲搓了搓，好象有了点温热的感觉，但还不是太明显。于是他更用力地搓了搓，这下有点意思了，热了。小东认为这才是一个正常人对五月中旬该有的正常的感觉。

现在更热了，小东就像是从中体会到快乐似的狠命地搓了起来。

　　手机响的时候，小东的脸上刚有了灼热的感觉。他很不情愿地停了下来，掏出电话来一看，是一个陌生的号码。会是格子吗？他们已经有一个来月没联系了，自从上次小东说了那番话后，格子就再也没露过面，并且把家里的电话和手机的号码全改了，似乎打定主意不再和小东有任何联系了。小东去过他家，在他家门口敲了足有十分钟门，格子愣是不开门。小东也曾想到他单位问个清楚，后来想想，实在没必要，人家的态度已经很说明问题了，再去，就是自讨没趣了。

　　"你好！"声音怯怯的，正是格子。没错的。

　　小东用力闭了闭眼睛，然后语气很冲地反问，你是谁？

　　"是我，格子。"

　　"我们认识吗？"

　　电话那头好象被问住了。过了一会儿，格子说，我知道你对我有意见。

　　"你是谁呀，我为什么要对你有意见。"

　　"对不起。"格子的声音仍然怯怯的，而且还很迟疑，感觉下一秒钟就会挂电话似的。

　　"没什么好对不起的。你今天能想到给我打电话，我已经很意外了，我明天一早就去买彩票，怎么也能中个三等奖吧。"

　　电话那头完全没了声息，仿佛电话已经挂断了。小东看了一眼显示屏，提示还在通话中，于是他接着说，你今天给我打电话，会跟我说什么呢，让我猜一猜。是不是想告诉我你又和费珂在一起了，或者有了新的女朋友，情感生活进入了一个崭新的阶段，当然性生活也跟着正常了，是不是？我记得你说过你是只和喜欢的女人做爱的，这么说，现在在你身边的这个女人应该是你爱的女人罗。不管怎么说，有女人的生活应该算是一种有希望的生活，这个希望往小里说，那就是你今天晚上床上有个热气腾腾的女人，往大里说，就是这个女人再给你搞个小把戏出来，谁也不好说这个小把戏日后就不是个人物，哪怕他不是人物，等到他能搞的那一天，他搞的那个女人也有可能给他搞出个能成人物的小小把戏。

　　小东不停地说着，这些话好象根本就不需要经过脑子，而是直接从地缝里冒出来的。同时，他也在想象着电话那头格子的样子，紧咬着下嘴唇，清秀的脸庞红一阵白一阵。他想起了第一次见格子，后者清清爽爽略显羞涩的样子让他心一动。多看了格子两眼，格子的脸竟然就红了。

　　"说得好！"

　　小东慌忙转身去找声音的来源。整个天桥上，只有自己和那个脏兮兮的流浪汉。他又四下看了一遍。

　　"别找了。"流浪汉朝小东很有风度地摆了一下手，眼睛却看着别处，好象他说话和摆手的是两个不同的对象，"是我。说得好，继续说。"

　　小东不由认真地看了他两眼，发现这家伙竟然一脸的踌躇满志，似乎有什么了不得的大事正等着他去办，也只有他能办成，而他喝完瓶中的那点酒就要去了。一个踌躇满志的流浪汉在深夜喝着酒对你说，说得好，继续说。妈的，这算怎么回事。

　　小东停了下来，他突然就觉得无聊极了。

　　"对不起，我也不知道自己都说了些什么。"小东往天桥另一端走去，"在家呆了两天，没说过一句话，今天突然有人主动来和我说话，我高兴糊涂了。"

　　"没什么的。"

　　"这个电话号码是新的？"

　　"是。"

　　"这一段过得好吗？"

　　"还那样，老样子，每天上下班，回家睡觉。"

甲乙丙丁

"和费珂有联系吗?"

"没有,再没有。"

"其实,她还是个不错的女孩,你说得对,对一个自己不了解的人,是没有权利多加评说的。"

格子没接茬。小东顺着天桥的台阶往下走。一个和他一样在打电话的中年男人从下往上来,不一样的是,那家伙是一步两个台阶跳着上来的,一副兴高采烈的样子,嘴里还非常快活地埋怨着,哎呀,你怎么不早说,怎么不早说呀。小东已经尽量靠边了,可那个家伙有意无意地还是和小东擦了一下肩,并且眨了下眼睛。

"你他妈想干什么?"小东冲着那个男人吼了起来。

"没,没想干什么。"格子惊恐不安地回答道。

"哦,不是和你说,在路上走着,被人碰了一下。还没问,你今天打电话有什么事吗?"

"没事,没事,只是打个电话,好久不联系了。"

"是呀,好久不联系了。"

格子那头又没了声音。

"没什么好说的了?那就挂电话吧。等等,再问最后一个问题,你觉得,我们还能做朋友吗?"小东问得十分犹豫。

"我想——,应该能吧。"格子的回答就更犹豫了。

2

挂了电话,格子把电话旁的台灯关了,在黑暗里坐着。和小东的交往,似乎自始至终有着一种他自身想抗拒又抗拒不了的力量在起着作用。从某种意义上说,小东和费珂是一类人,都是那种有力量的人。格子喜欢有力量的人。

刚才小东问他还能不能做朋友,格子想了想,觉得无论是小东，还是费珂，对他来说，哪怕已经没有关系，也没有一点联系，在心里他依旧会常常牵挂他们的，不是想不想去牵挂的问题，而是不由自主就会去惦记。

此刻费珂会在做什么呢？今夜既然已经和一个久不联系的人联系了，那么干脆也给费珂打一个吧。房间里黑乎乎的，格子起身，走到窗口，拉开窗帘，把头探出窗外，仿佛是想让夜风吹走自己的这一想法。

电话通了以后久久也没有人接，格子正在犹豫是不是挂了，费珂的声音传了过来。

"是不是已经睡下了？对不起，没想到你这么早睡，我还想着以前你总是要磨蹭到三四点的。"

"是睡下了，但没睡着，正在和自己斗争是不是起来再干会儿活儿。

"还好吗？"

"想听实话？"

"是。"

"不好。"

"我过来看看你吧。"格子忽然有些冲动。

"现在？"

"对。好久不见了，就聊会儿天，等你想睡了，我就走。"

"你等一下，让我点根烟。"

电话里传来了很轻的走路的声音，格子想费珂应该是穿着那双淡黄色的软底拖鞋。然后是打火机打火的声音，费珂深深地吸了一口。格子在电话这头悉心体会着，他感觉费珂的那口烟一定吸得很香，很舒坦。

"算了，太晚了，都已经躺下了，就在电话里聊会儿吧。你今天给我打电话，说实话，我挺意外的。我以为你再也不会和我联系了。上一次的事情以后，我一直想和你道个歉。"

甲乙丙丁

"已经过去了，我们不说了吧。"

"好。"

"是穿着那双鞋面上有只蝴蝶结的拖鞋吗？"

"对呀，怎么想起问这个？"

"我只是想确认一下。"

"哦，你最近怎么样？"

"还那样，正常上下班，只是现在已经不再请假了。"说着格子笑了起来，"我们部门的经理昨天从我身边经过时，突然就停了下来，问我，'你这个月怎么没请假呀。'"

费珂也笑了，但笑得很勉强。格子仿佛看见了她那弯弯的眉眼。

"以前我总认为我们是不会真的分开的，如果分开，我大概会因为受不了而去死的。我难以想象没有你的日子，我活着还有什么意思，这是我真实的想法。你信吗？"

"信。"

"所以我干了很多傻事，以为那样就能留住你。这一个多月，我想了很多，我觉得一对男女，当他们还没'好'的时候，他们是在为'好'做着努力，他们迎面在往那个'好'的点上跑，他们之间有着一根像橡皮筋那样有弹性的情感线在绷着。一旦'好'了，其实也就到了两个人交往的最高峰。再往后，他们就转身往两个相反的方向跑了，当然那根线还在，但俩人越跑离得越远，线也就绷得越紧，直到终于有一天，线断了。所以说，从真正'好'的那天起，其实他们已经开始'不好'了。"

格子说得有点激动。他已经说完了，但觉得还意犹未尽。

"你怎么不说话？"格子问。

"在听你说。"

"问你个问题，行吗？"

"问吧。"

3

"我们还是朋友吗？我的意思是那种有事没事常联系的朋友。"

"当然。"费珂回答得异常地干脆。

互道了晚安后，费珂慢慢把话筒放回话机。曾经很多次，格子刚和她通完半天的电话，放下电话又冲了过来。过来无非是再见一面，或者吵一架，然后他就心满意足地回家睡觉了。但是今天不会了。以后也不会了。永远都不会了。这样浓烈、纯粹、矛盾、绝望、不顾一切的爱和狠，再也不会有了。

费珂又点了一根烟。这根烟纯属习惯，她抽了一口，又把它掐了。

和格子谈了那么多次分手，分手，其实更深层次的原因，费珂想，可能还是源于自己内心深处对爱的不满足，是在借分手调整和期待着新的爱的强度。所谓强度其中也包含着一种互相的折磨，类似于荡秋千，把这种关系先降到谷底，再借着反作用力弹到一个新的令她心跳的高度。

也许，我从来没爱过谁，我爱的只是那种恋爱的状态，那种被娇惯被纵容的感觉。此想法一冒出来，费珂自己都感到吃惊，她想立即就此反驳几句，不应该是那样的，怎么能那样呢。可想了半天，硬是想不出话来。

电话旁放着穆树林的名片，就是第一次见面的时候，他给她的那张。白底黑字，十分简单。这一个多月来，费珂无数次地拨过穆树林的手机，每次都是一个女声的录音：你好，你所拨打的电话已关机，请稍后再拨。明明知道这个电话再也打不通了，可她还是一遍一遍地拨着，哪怕仅仅是摁摁那一串熟悉的数字，也是和木头的一种联系。这十一个数字所能穿透和抵达的，对眼下的费珂来说太重要了。

"你好，你所拨打的电话已关机，请稍后再拨。"

"本来我已经睡下了，刚才接了一个电话，又得重新培养睡意了。对了，我还没告诉你，我把头发剪了。我知道你喜欢我留长头发的，但是天就要热起来了，这样会凉快一些。夏天就要来了，我们还没一起过过夏天，我记得你说你游泳游得好极了，真想看看你游泳的样子。好了，晚安。"

费珂拿起名片，75036978，是穆树林家的电话。费珂不安地在房间里走动了起来，烟雾再一次在四周弥漫开来。当一个女人懵懵懂懂的声音传过来的时候，费珂轻轻地把电话挂断了。

4

叶郑蓉看了一眼床头柜上的小闹钟，十二点二十，她刚迷迷糊糊睡着。睡眠就像是一只小船在河面上起伏飘荡着，有个男人站在不远处的岸边指着叶郑蓉问：我给你打了那么多次电话，你为什么不接？那个男人面容模糊，可声音是她熟悉的。她努力想看清他的脸，就在这时，电话铃响了。

叶郑蓉连着"喂"了两声，对方却一点声音也没有，过了一会儿，听筒里传来很轻微的"咔哒"声。肯定不是打错的，叶郑蓉想，否则没必要那么小心翼翼地挂断。但会是谁呢？